Sigrid Früh

Verzaubertes Neckarland

Sigrid Früh

Verzaubertes Neckarland

Märchen, Sagen und Geschichten
aus dem Herzen Württembergs
– rund um Stuttgart

Silberburg-Verlag

1 2 3 4 5 08 07 06 05 04

Umschlaggestaltung: Frank Butzer, Tübingen,
unter Verwendung eines Fotos von Rainer Fieselmann
(Motiv: Esslinger Burg).
Druck: Druck- und Medienzentrum Gerlingen, Gerlingen.
Printed in Germany.

ISBN 3-87407-634-2

Inhalt

Von Herrschern, Rittern, Bürgern und Bauern

Geheimnisvolle und unheimliche Geschehen

Von Schelmen und Schlawinern

Vorwort

In deinen Tälern wachte mein Herz mir auf
Zum Leben, deine Wellen umspielten mich,
Und all der holden Hügel, die dich
Wanderer! kennen, ist keiner fremd mir.

Auf ihren Gipfeln löste des Himmels Luft
Mir oft der Knechtschaft Schmerzen; und aus dem Tal
Wie Leben aus dem Freudebecher,
Glänzte die bläuliche Silberwelle.

(Auszug aus »Der Neckar« von Friedrich Hölderlin)

Ernst Meier hat in seinen 1852 erschienenen Märchen- und Sagensammlungen darauf hingewiesen, dass die Brüder Grimm zwar einzelne Beiträge aus Süddeutschland in ihre berühmten Sammlungen aufgenommen haben, dass aber doch die meisten Texte wesentlich auf Mittel- und Norddeutschland, speziell auf Hessen Bezug haben. Meier schreibt dazu: »Der deutsche Süden dagegen und namentlich der schwäbische Teil desselben ist bis jetzt fast noch völlig unvertreten geblieben. Und doch besitzt er an Sagen, Märchen und anderen alten Überlieferungen so reiche und ungeahnte Schätze wie nur irgend ein anderer deutscher Landesstrich.« Meiers Aussage hat bis heute nichts von ihrer Richtigkeit verloren.

Zur selben Zeit schrieb der preußische Diplomat Karl August Varnhagen von Ense, der mit Leuten aus dem schwäbischen Dichterkreis befreundet war: »Dieses Württemberg ist recht die Heimat des Spuk- und Gespensterwesens, der Wunder des Seelenlebens und der Traumwelt. Die Einbildungskraft der Schwaben hat dafür eine außerordentliche Empfänglichkeit, ihre Nerven sind nach dieser Richtung besonders ausgebildet. Das Land ist gepfropft voll von Sagen, Prophezeiungen, Wundern, Seltsamkeiten dieser Art. Die Physiognomie des Bodens trägt gewiss das Ihrige bei, sie spricht im Allgemeinen das Gemüt tief an, man fühlt sich einsam und wie aus der Welt geschieden, in diesen beschränkten Talstrecken, und auf diesen mäßigen Höhenzügen; überall trifft der Blick auf zerstörte Burgen, einsame Kapellen, man wird an ein vergängliches Leben erinnert, zwischen dessen Trümmern sich die Gegenwart kleinlich ausnimmt. Tübingen besonders hat in seinem Örtlichen etwas Ahnungsvolles, Seltsames, und es gibt Hügelecken, und Talwindungen, wo man am hellen Mittag irgend eine Unheimlichkeit ahnen könnte.«

Vieles ist in Vergessenheit geraten. Dennoch, in Gesprächen mit Einheimischen konnte ich erfahren, wie lebendig auch heute noch die alten Geschichten sind, die man von Großeltern und Urgroßeltern erzählt bekommen hat.

Die Volksmärchen gehören mit den Sagen, Schwänken und Anekdoten zu den »kleinen Formen« der Literatur. Die reiche Sagenüberlieferung des Landes am Neckar ist häufiger als anderswo in die Literatur eingegangen. Eduard Mörike, Wilhelm Hauff und Justinus Kerner ließen sich durch Volksdichtungen zum Schreiben eigener Märchen inspirieren. Auch in Balladen schwäbischer Romantiker werden Sagenstoffe in dichterischer Vollendung präsentiert. Ludwig Uhland beschäftigte sich in seiner »Schwäbischen Sagenkunde« eingehend mit der Volksüberlieferung.

Die Sage sucht ebenso wie die Historie nach Spuren der Vergangenheit. Doch ist es nicht ihr Ziel, diese mit wissenschaftlicher Genauigkeit zu verfolgen und zu überprüfen. Doch leben manche historische Gestalten, die im Bewusstsein längst vergessen wären, in der Volkssage weiter. So sind die Hohenstaufen und die Württemberger durch Sagen unsterblich geworden. Und manches Mal habe ich den Eindruck, dass die Erzähler näher an der Wahrheit sind als die Chronisten.

Dies zeigt sich auch in den Sagen um den berüchtigten General Ezéchiel de Mélac, der in einer Geschichte zur Strafe mit dem »Wilden Heer« reiten muss. (Interessant ist, dass im Südwesten bis etwa Mitte des zwanzigsten Jahrhunderts besonders gefährliche Hunde den Namen Mélac bekommen haben.)

Aber auch Persönlichkeiten und Originale aus dem Volk konnten zu Sagenhelden werden. So der »Schäferbartel von Markgröningen« oder die Gestalt des Räubers, des Sonnenwirtle von Ebersbach, der Friedrich Schiller zu seiner Dichtung »Der Verbrecher aus verlorener Ehre« und Hermann Kurz zu seinem Roman »Der Sonnenwirt« angeregt hat.

Sehr wichtig war für mich das Forschen nach klugen und tapferen Frauen und nach den Wurzeln mancher alten Bräuche. So war die Gestalt von Sankt Urban zwischen dem neunten Jahrhundert und der Reformation der Schutzpatron der Weingärtner. Abgeschafft wurde er in den Gegenden Altwürttembergs nicht. In der großen Kirchenordnung von Herzog Christoph aus dem Jahre 1559 wurde auch die protestantische Haltung bezüglich der Heiligenverehrung festgelegt. Der Urbanskult ist wohl einer der wenigen Heiligenkulte, die sich in abgeschwächter Form bis in unsere Gegenwart erhalten haben, besonders in Bad Cannstatt ist er lebendig.

In dieser Sammlung sind zahlreiche Schwänke enthalten, viele davon bekam ich erzählt. Diese Geschichten zeigen ein Charaktermerkmal der Schwaben, nämlich dass sie die Fähigkeit haben, über sich selbst zu lachen und sich selbst auf den Arm nehmen zu können.

Folgende Anekdote gibt auch Aufschluss darüber, wie Schwaben mit Gefühlsregungen umgehen: Der norddeutsche Dichter

Emanuel Geibel fuhr im Wagen mit Eduard Mörike von Fellbach nach Cannstatt. Der Himmel war mit Wolkenflocken gemustert, die von der untergehenden Sonne beleuchtet wurden. Geibel ergriff Mörikes Arm und rief enthusiastisch: »Welch ein Schauspiel, lieber Mörike! Ist es nicht, als nähmen alle guten Geister wehmütigen Abschied?« Mörike, über diesen Gefühlsausbruch erschrocken, antwortete: »Des heißt mer bei ons Schäfle.«

Danken möchte ich allen, die mir einen Text aus der Erinnerung erzählt und zum Gelingen dieses Buches beigetragen haben: dem Wengerter Wilhelm Bauer aus Bad Cannstatt für wertvolle Beiträge zum heiligen Urban; der Buchhändlerin Dorothee Winter für die Geschichte des Backnanger Gänsekriegs; Gerhard Raff für die historischen Hinweise; Carl Lothar Bacher für die Informationen über Schorndorf; meiner Freundin Doris Feller-Neff und meinem Mann Helmut für die Unterstützung meiner Arbeit.

Sigrid Früh

Märchenhaftes

Die goldene Ente

Es war einmal eine Witfrau, die hatte drei Söhne, namens Kasper, Melchior und Baltes, die erlernten alle drei ein Handwerk; der älteste wurde ein Schmied, der andere ein Wagner, der dritte ein Weber. Und als sie ausgelernt hatten, sollten sie wandern und in der Fremde ihr Glück versuchen. Da schickte die Mutter zuerst den Ältesten auf die Reise und füllte ihm, wie es in dem Orte Sitte war, das Felleisen mit selbst gebackenen Küchlein, so viele nur zu dem Zeuge, das er mitnahm, noch hineingingen und sagte: »Lieber Sohn, wenn dir ein Armer begegnet, so teile ihm auch von diesen Küchlein mit!«

Darauf zog er von dannen, und nachdem er einige Tage gewandert war, kam er in einen Wald; da begegnete ihm eine alte Frau und bat ihn, dass er ihr etwas zu essen geben möchte; er aber sagte: »Ich werde selbst noch brauchen, was ich habe.« Da bewirkte die Frau, welche eine Zauberin war, dass er nicht weiter konnte und auf der Stelle nach Haus umkehren musste.

Als nun die Zeit kam, wo der zweite Sohn seine Wanderreise antreten sollte, da tat ihm die Mutter gleichfalls Küchlein in sein Felleisen und sprach: »Nun will ich doch sehen, wie weit du kommen wirst. Vergiss aber nicht, auch den Armen von deinen Küchlein abzugeben!« Da zog er dieselbe Straße wie sein älterer Bruder und kam nach einigen Tagen in den Wald, wo die Zauberin sich aufhielt. Die begegnete ihm alsbald und sagte, sie sei hungrig, er möge ihr doch etwas zu essen geben. Allein er sagte: »Die Küchlein esse ich selbst gern«, und wollte weitergehen. Da machte es aber die Zauberin, dass er keinen Schritt mehr vorwärts tun konnte und auf der Stelle zu seiner Mutter zurückreisen musste.

Endlich schickte die Mutter ihren dritten Sohn auf Reisen und sagte: »Wenn dir's nur nicht ebenso wie deinen Brüdern geht; ich will sehen, wie du durchkommst; ich habe dir da auch Küchlein in dein Felleisen gelegt, die musst du aber nicht allein essen, sondern auch den Armen davon mitteilen.« Dann trat er wohlgemut seine Wanderschaft an und kam nach wenigen Tagen in den Wald, wo ihm die alte Frau begegnete und ihn um etwas zu essen bat. Da nahm er sogleich sein Felleisen vom Rücken und machte es auf und schüttete der Frau alle Küchlein, die er noch hatte, in den Schoß, worauf die Frau sehr vergnügt wurde und ihm sagte: »Weil du so gut gegen mich gewesen bist, so soll dir's auch gut gehen. Da will ich dir eine Ente schenken, die hat goldene Federn und heißt ›Gute Gonda‹. Das musst du dir merken; denn wenn jemand sie dir stehlen oder ihr eine Feder ausziehen will, so brauchst du nur den Namen auszusprechen und dabei zu sagen: ›Es bleibe an dir hangen, was bei dir ist! So kann es nicht fort, sondern muss mit, wohin die Ente geht.‹ Darauf bedankte er sich und zog weiter durch den Wald und kam in ein Wirtshaus, wo er übernachten und sein Abendbrot verzehren wollte. Die Ente aber durfte auch mitessen und fischte sich besonders die Fleischbrocken aus der Schüssel heraus. Da guckten alle Leute groß auf, besonders aber drei Frauenzimmer, die ebenfalls in dem Wirtshause übernachteten, und baten den jungen Weber, dass er ihnen doch eine Feder von der Ente schenken solle. Allein das schlug er ihnen ab; denn er mochte die kostbaren Federn seiner Ente nicht ausrupfen. Da besprachen sich die drei Mädchen mit dem Wirte, dass er sie mit dem Weber in demselben Zimmer zusammen schlafen lassen möge, was der Wirt auch zugab. Als es nun Nacht war und sie meinten, dass der Weber fest schliefe, da stiegen sie still aus ihrem Bett und gingen zu seinem Lager, woneben die Ente saß, und versuchten, ihr einige Federn auszureißen. Da schrie sie aber: »Quack, quack!«, dass der Baltes sogleich aufwachte und sprach: »Gute Gonda, bleibe stehn, was bei dir ist!« Da mussten die drei Mädchen fasernackt, wie sie waren, die ganze Nacht bei der Ente stehen bleiben; und als der Baltes am andern Morgen frühstücken wollte und seiner Ente rief: »Gute Gonda, komm herunter und was bei dir ist!«, da mussten die Mädchen auch mit herunter und nackt frühstücken und ebenso hinter der Ente herziehen, als er weiterging.

Da kam er in ein Dorf, wo die Maurer an einem neuen Hause arbeiteten, und als die die nackten Mädchen sahen, liefen sie zu ihnen hin und hielten ihnen die Maurerkellen vor den Leib. Der Baltes aber sprach: »Gute Gonda, es bleibe an dir hangen, was bei dir ist!« Da konnten die Maurer nicht wieder fort und mussten auch mitziehen.

Darauf zogen sie durch einen andern Ort; da schaute gerade der Pfarrer zum Fenster heraus und sah den Zug und rief: »Ei, so bedeckt euch doch, ihr großen Mädchen! Schämt ihr euch denn nicht, dass ihr so nackt auf der Straße geht?« Und dann kam er eilig aus dem Hause gelaufen und nahm seine große Kappe ab und wollte, auf dass niemand ein Ärgernis nehme, wenigstens das eine Mädchen damit zudecken. Der Baltes aber rief wieder seiner Ente: »Gute Gonda, es bleibe an dir hangen, was bei dir ist!« Da musste auch der Pfarrer mit.

Als sie so nun eine Weile gegangen waren, kamen sie abermals in ein Dorf, wo eine große Bäckerei war. Wie nun die Bäckerknechte den wunderlichen Zug und besonders die nackten Jungfern sahen, da kamen ihrer fünfunddreißig mit Backschaufeln aus dem Hause gesprungen und hielten den Mädchen die

Schaufeln vor den Leib, worauf der Baltes wiederum sprach: »Gute Gonda, es bleibe an dir hangen, was bei dir ist!« Also, dass auch die fünfunddreißig Bäckergesellen dem Zuge sich anschließen mussten.

In dem Wirtshause, wo der Baltes mit seiner goldenen Ente und dem ganzen großen Zuge übernachtete, las er in der Zeitung, dass der König von Portugal eine Tochter habe, die niemals lache, und dass der König habe ausschreiben lassen: »Wer seine Tochter zum Lachen bringen könne, der dürfe sie heiraten.« Da machte sich der Baltes gleich am andern Morgen auf den Weg nach Portugal und meldete sich, sobald er angekommen war, beim Könige und sagte, dass er es sich wohl getraue, seine Tochter zum Lachen zu bringen, worauf der König ihn sogleich am folgenden Morgen um zehn Uhr mit seinen Leuten kommen hieß. Die Königstochter stand auf dem Altan, und wie sie von da herab den seltsamen Transport vors Schloss kommen sah, die drei nackten Jungfern, die Maurer mit ihren Kellen, den Pfaffen mit der großen Mütze und die fünfunddreißig Bäckerknechte mit ihren Schaufeln, da konnte sie sich nicht mehr halten und musste überlaut auflachen. Und also gewann der Weber die Königstochter zur Gemahlin und erbte nach dem Tode des Königs das Reich.

Fläschlein, tu deine Pflicht!

Einige Stunden von Stuttgart, in der Gegend, wo jetzt Hohenheim liegt, wohnte in alten Zeiten ein Müller, der konnte in seiner Mühle nicht vorwärtskommen, denn sie gehörte erstens nicht ihm, sondern einem Edelmann, dem er viel Pachtgeld dafür bezahlen musste; und zweitens fehlte es der Mühle oft an Wasser, sodass er nur wenig mahlen und wenig damit verdienen konnte. Dadurch war der Müller so arm geworden, dass er schon seit mehreren Jahren nicht im Stande war, das Pachtgeld zu bezahlen. Weil der Edelmann ihn aber so sehr bedrängte und ihn aus der Mühle vertreiben wollte, wenn er nicht alsbald seine Schuld entrichtete, so nahm der Müller endlich seine einzige Kuh und gedachte, um Geld zu bekommen, sie auf dem Markte zu verkaufen.

Wie er nun bekümmert mit seiner Kuh durch den Wald zog, kam ein kleines Männlein daher und fragte den Müller, was ihm fehle. Nachdem er dem Männlein alles genau erzählt hatte, sprach es: »Ich will dir die Kuh abkaufen und gebe dir dies kleine Fläschlein dafür. Wenn du das auf den Tisch stellst und sprichst: ›Fläschlein, tu deine Pflicht!‹, so wird dir nichts mehr mangeln.« Der Müller aber war ängstlich und sagte: »Ach, was wird meine Frau sagen, wenn ich statt des Geldes mit diesem Fläschlein komme!« – »Ei«, antwortete das Männlein ganz ärgerlich, »wie magst du dich noch lang besinnen, weißt du denn, ob du deine Kuh auch nur lebendig auf den Markt bringen wirst?« Da fürchtete sich der Müller, weil er's für eine Drohung hielt und gab dem Männlein die Kuh für das Fläschlein, worauf das Männlein plötzlich mit der Kuh in die Erde versank, sodass nichts mehr von beiden zu sehen war. Darauf ging der Müller heim, stellte das Fläschlein sogleich auf den Tisch und sprach: »Fläschlein, tu deine Pflicht!« Da war alsbald der ganze Tisch mit goldenen Schüsseln und den herrlichsten Speisen besetzt; die ließ er sich schmecken, und als er satt war, verkaufte er die Schüsseln und erhielt so viel Geld dafür, dass er mit einem Male ein reicher Mann war.

Da bezahlte er sogleich alle seine Schulden dem Edelmann, dass der sich nur wundern musste, woher der Müller so schnell das Geld bekommen habe, und gab ihm so viel gute Worte, bis er endlich die ganze Geschichte erzählte. Darauf bot ihm der Edelmann große Summen, wenn er ihm das Fläschlein verkaufen wollte, wogegen sich der Müller zwar lange sträubte; als ihm aber der Edelmann nicht nur die Mühle, sondern auch sein ganzes Schloss dafür anbot, da mochte der Müller nicht widerstehen und gab es hin. Wie der Edelmann aber das Fläschlein in der Hand hatte, sprach er: »So, das Schloss bleibt mein! Du hast an der Mühle genug, die kannst du behalten!« Und so war der Müller betrogen. Nun hatte er zwar noch ein gutes Sümmchen; allein weil die Mühle ihm nichts eintrug, so war das Geld bald verbraucht, und er geriet wieder in bittere Armut.

In dieser Not wollte er einstmals einen Freund besuchen und bitten, dass er ihm etwas leihen möchte; und als er im Walde ganz allein dahinwanderte, wurde sein Herz bewegt, und er kniete nieder und betete zu Gott, dass er ihm doch helfen möge. Und während er noch betete, kam ein schwarzer Mann daher, der fragte den Müller, was er sich denn wünsche. Da erzählte er, wie es ihm gegangen war und wie der Edelmann ihn so arglistig betrogen und ihn ins Elend gebracht hatte: Darauf gab der fremde Mann dem Müller ein kleines Fläschlein und sprach: »Da, nimm das Fläschlein! Das ist aber kein solches, wie das erste, sondern es soll dir nur helfen, dass du jenes wieder erhältst. Sobald du sprichst: ›Fläschlein, tu deine Pflicht!‹, so kommen vier Ritter heraus und zerschlagen alles, was sie außer dir finden, und hören nicht eher auf, als bis du sagst: ›Fläschlein, du hast deine Pflicht getan!‹«

Da ging der Müller zu dem Edelmann und sagte, er habe wieder ein solches Fläschlein, und als er es dem Edelmann gezeigt, ließ dieser schnell Essen und Trinken auftragen und bewirtete den Müller aufs Beste, denn er gedachte ihm auch das zweite Fläschlein abzulocken. Nachdem aber der Müller gegessen und getrunken hatte und der Edelmann wiederum von dem Fläschlein zu reden anfing, da zog er's hervor und sprach: »Fläschlein, tu deine Pflicht!« Und alsbald stiegen vier Ritter daraus hervor und hieben ganz schlimm auf den Edelmann los, also, dass er ganz erbärmlich zu schreien anfing und den Müller um Gottes willen bat, er möchte ihn doch verschonen. »Hast meiner auch nicht geschont!«, rief der Müller, »und mich noch dazu um das Fläschlein betrogen!« Da zeigte der Edelmann den Schrank, in welchem das Fläschlein lag, worauf es der Müller nahm und damit fortging; die vier Ritter aber ließ er so lange schlagen, bis dass der Edelmann tot und das ganze Schloss nur noch ein Steinhaufen war, dann sprach er: »Fläschlein, du hast deine Pflicht getan!«, und sogleich wurden die Ritter ganz klein und krochen wieder in das Fläschlein.

Nun war der Müller sehr vergnügt, dass er auch das erste Fläschlein wieder bekommen hatte und sprach täglich zu ihm: »Fläschlein, tu deine Pflicht!« Dann stand sogleich der ganze Tisch voll goldener Schüsseln, die mit den köstlichsten Speisen gefüllt waren; die ließ er sich schmecken und wurde ein so reicher Mann, dass es nicht zu sagen ist. Darauf baute er das alte Schloss zu Hohenheim, und weil er meinte, dass er Schätze genug habe, so legte er das Fläschlein in den Grundstein und vermauerte es; das zweite aber, worin die vier Ritter waren, das behielt er zur Abwehr gegen Feinde und Diebe.

Die Geschenke

Es war einmal ein König, der hatte eine einzige Tochter. Da kamen nun aus allen Landen viele Freier herbei, die sich um die Hand der Prinzessin bewarben; denn sie war reich und schön.

Aber sie hatte zur Bedingung gesetzt, dass sie nur denjenigen zum Manne haben wollte, der sie im Wettlauf besiegt hätte; wer aber von ihr besiegt würde, der sollte an seinem Leben bestraft werden. Da standen nun die meisten von ihrer Bewerbung ab; denn die Prinzessin war so behänd im Laufe, dass sie ein Reh auf freiem Felde einholte. Andere, welche den Versuch machten und die Wette eingingen, mussten es mit ihrem Leben büßen.

Nun lebte nicht weit vom Hofe ein armer Mann, der bekam Lust, um die schöne und reiche Königstochter zu werben und mit ihr den Wettlauf zu bestehen. Er hatte aber oft gehört, dass ein artiger Freier Geschenke mitzubringen habe für die künftige Braut; und da er ohne Mittel war, aber geschickt in jeder Handarbeit, so flocht er erstlich einen schönen Kranz aus Blumen; sodann wob er einen kunstreichen Gürtel aus Damast; endlich strickte er einen seidenen Beutel und tat die wenigen Münzen hinein, die er besaß und die er recht fein schliff, dass sie gar schön glänzten und glitzerten. Mit diesen Geschenken ging er nun nach Hof und meldete sich als einen, der um die Prinzessin freien wollte.

Als die Königstochter den armen Mann sah, ward sie schier zornig über dessen Frechheit; ihrem gegebenen Worte aber getreu, ließ sie sich sogleich mit ihm in einen Wettlauf ein. Der arme Mann strengte sich sehr an, aber er blieb gleich anfangs zurück. Da warf er der Prinzessin den Blumenkranz vor den Weg, und diese, wie denn Mägdlein Freude haben an Blumen, hob ihn sogleich auf, setzte ihn auf ihr Haupt und besah sich wohlgefällig in dem Bache, der vorbeirann. Indem überholte der Mann die Königstochter im Laufe; aber sobald sie es bemerkt hatte, lief sie behänden Fußes nach, und als sie ihn wieder eingeholt, gab sie ihm eine Maulschelle und sprach: »Das nimm vorerst für deine Frechheit, dass du um eine Königstochter zu werben dich unterstehest.« Dann lief sie fort und ließ den Mann wieder weit zurück.

Dieser aber warf ihr alsbald den schön gewobenen damastenen Gürtel vor den Weg, und als diesen die Prinzessin gewahrte, konnte sie der Lust nicht widerstehen, ihn aufzuheben; sie betrachtete das künstliche Gewebe aufmerksam und band sich dann den Gürtel um den Leib, zu sehen, wie er ihr anstünde. Indessen hatte der Mann schon eine weite Strecke vorausgewonnen; als dies aber die Prinzessin gewahrte, verdoppelte sie ihre Schritte und holte den Läufer bald wieder ein. Sie gab ihm wieder eine Maulschelle und rannte hohnlachend weiter.

Sie war schon nahe am Ziele, während der Mann mühsam nachkeuchte; da warf er ihr den offenen Beutel vor den Weg hin, sodass die glitzernden Münzen zerstreut umherfielen. Er wusste, dass Mägdlein an allem, was glänzt, ihre besondere Lust haben; und so geschah es denn auch, dass die Prinzessin sogleich den Beutel aufhob und die schönen Münzen zusammenlas und jedes Stück mit Vergnügen betrachtete. Indem sie damit noch beschäftigt war, hatte der Mann von ihr unbemerkt den Vorlauf gewonnen und das Ziel erreicht. Also musste sich die Prinzessin gefangen geben, und sie ist des armen Mannes Frau geworden.

Die vier Brüder

Es waren einmal vier Brüder, die hießen Hans, Jörg, Jockel und Michel. Davon war der erste ein Scharfschütz, der zweite ein Windbläser, der dritte ein Läufer, und der vierte, der Michel, der war so stark, dass er die dicksten Eichen spielend wie Grashalme aus der Erde rupfen konnte.

Alle vier Brüder waren miteinander in die Welt gegangen. Da traf einmal ein Forstmann den Hans, der eben sein Gewehr angelegt hatte, als wenn er in die Luft schießen wollte, weshalb ihn der Förster fragte, wonach er denn ziele? Hans antwortete: »Hundert Stund von hier, auf einer Kirchturmspitze in Berlin sitzt ein Spatz, den will ich schießen.« Im selben Augenblick drückte er los, und sprach nach einer kleinen Weile: »Da liegt er.« Der Förster aber wollte nicht glauben, dass er etwas getroffen habe, worauf der Scharfschütz den Schnellläufer herbei rief, und ihn nach Berlin schickte, um den geschossenen Spatz zu holen. Der lief auch sogleich hin, war nach zwei Stunden wieder da, und brachte richtig den Spatz mit. Der war aber so gut getroffen, dass der Kopf rechts, der Leib links von dem Kirchturm gefallen war.

Darauf begleitete sie der Förster noch eine Strecke und traf den Jörg. Der stand bei sieben Windmühlen und schien ganz müßig in die Luft zu schauen, und hielt beständig ein Rohr vor seinen Mund. Da sprach der Förster: »Ei Kamerad, was machst du da?« – »Nun«, antwortete Jörg, »ich blase die Windmühlen an, dass sie nicht still stehen, weil heute der Wind nicht weht.«

Nicht weit davon traf der Förster auch den Michel. Der hatte ein großes Seil um siebzig Morgen Land gespannt, dass der Förster gar nicht wusste, was das bedeuten solle, und ihn fragte, was er damit anfangen wolle? »Ach«, antwortete der Michel, »ich wollte mir nur ein Büschele Holz holen, damit ich mir auch ein Feuerle machen kann, wenn's etwa im Winter kalt werden möchte«, riss den ganzen Wald um, dass es krachte, und trug ihn fort. Da verwunderte sich der Förster sehr und eilte, dass er nach Hause kam. Die vier Brüder aber wanderten bald darauf nach Berlin.

Da geschah es, dass der König von Preußen schwer erkrankte und der Leibarzt erklärte: der König müsse sterben, wenn nicht das Kraut des Lebens, das auf dem Sankt Gotthard in der Schweiz wachse, binnen acht Stunden herbei geschafft werde.

Da ließ der König sogleich bekannt machen: wer das Kraut des Lebens innerhalb acht Stunden vom Sankt Gotthard in der Schweiz holen könne, der solle so viel Geld haben, als er nur begehre.

Darauf meldete sich der Schnellläufer und erklärte sich bereit, das Kraut des Lebens zu holen, wenn man ihm schriftlich den verheißenen Lohn zusichere. Das geschah denn auch. Darauf sprang der Jockel schnell davon und kam schon in zwei Stunden auf dem Gotthard an, fand dort auch das Kraut des Lebens und eilte damit wieder zurück. Als er aber noch etwa hundert Stunden von Berlin entfernt war, setzte er sich, um ein wenig auszuruhen, unter eine Eiche und schlief ein. Da ward den übrigen Brüdern die Zeit etwas lang, weshalb der Scharfschütz nach ihm ausschaute und alsbald sah, wie er unter der Eiche saß und fest eingeschlafen war. Da nahm der Scharfschütz flink sein Gewehr und schoss mit einer Kugel nach dem Rockzipfel des Bruders. Dem war es, als ob ihn jemand am Rock zupfe, sodass er aufwachte und schnell nach seiner Uhr sah. Da war's die höchste Zeit, er lief gleich fort und kam nach fünfviertel Stunden zeitig genug in Berlin an und übergab das Kraut. Daraus wurde für den König eine Arznei bereitet, durch welche er in wenigen Stunden vollkommen gesund war.

Nun war der König sehr froh und ließ dem Schnellläufer sagen, er möge kommen und seinen Lohn holen. Dieser aber ließ vorher einen Sack machen, zu dem brauchte er zweihundert Ellen Zwilich, und nahm zugleich seinen Bruder Michel, den Eichenumreißer mit, dass er in dem Sack das Geld tragen solle, was der König zu geben versprochen hatte. So begaben sie sich zum König. Da führte sie der König in eine Schatzkammer und sagte: »Hier nehmt euch so viel, als einer tragen kann!« Da machte der Michel seinen großen Sack auf und nahm eine Tonne Goldes nach der andern wie einen Spielball in die Hand und warf sie hinein. Aber der Sack war noch lange nicht voll, und der Michel konnte noch viel mehr tragen. Deshalb begaben sie sich in eine zweite Schatzkammer und steckten ebenfalls alles Gold, was sie dort vorfanden, in den Sack. Als sie darauf aber in die dritte gingen und noch immer nicht genug bekommen konnten, da wurde der König bös und gab Befehl, dass zwei Regimenter Fußsoldaten und zwei Regimenter zu Pferd vor das Schloss rücken sollten. Bis diese ankamen, dauerte es aber zwei Stunden. Unterdessen hatte der Michel seinen Sack über die Schulter geworfen und war fortgegangen. Weil der Sack aber so dick und so breit war, konnte er damit nicht ungehindert aus dem Schloss kommen, sondern musste ein wenig ziehen. Da ging zwar der Sack hindurch, aber auch die ganze Schlosstür nebst acht Säulen blieben daran hängen.

Darauf ging der Michel seines Weges weiter, bis er zum Königstor kam. Da war der Durchgang wieder zu klein. Allein er drückte herzhaft, hob das ganze Königstor aus und trug's mit seinen Schultern nebst den acht Säulen der Schlosstür und den vielen Tonnen Goldes von dannen. So kam er mit dieser Last an einen See und sprach: »Ich will doch ein Weilchen hier ausruhen, bis der Hans, der Jockel und der Jörg kommen, auch drückt mich das dumme Säckle ein wenig auf der Schulter.« Wie er's nun ablegte, da sah er erst, was noch alles auf dem Sack lag, und als die Brüder jetzt ankamen, mussten sie über den starken Michel herzlich lachen.

Es dauerte aber nicht lange, da rückten die vier Regimenter Soldaten an den See und wollten das Gold wieder holen. Da nahm aber der Jörg sein Windrohr und blies alle Soldaten in den See. Darauf zogen die vier Brüder in Frieden weiter, teilten das Gold unter sich und lebten als reiche Leute vergnügt bis an ihr seliges Ende.

Der Reiter und sein Ross

Wer im Kleinen nicht Sorge trägt, muss im Großen Schaden leiden ... Das erfuhr einst ein Kaufherr, der, um eines schlechten Nagels halber, ein schönes Ross verlor. Dieser ritt von dem Markte nach seiner Heimat zurück, wohl bepackt mit Geld und Geldsorgen. In einem Städtchen hielt er Mittag; und der

Knecht, als er ihm sein Pferd vorführte, sagte: »Herr, es fehlt dem Ross ein Nagel am Hufeisen, am linken Hinterfuß.« – »Ei was!«, sagte der Kaufherr, »Nagel hin, Nagel her! Die sechs Stunden, die ich noch zu machen habe, wird das Eisen wohl noch halten. Ich hab Eile.« Und damit ritt er fort. Nach etlichen Stunden, als er wieder einkehrte und dem Rosse Brot geben ließ, kam der Knecht in die Stube und sagte: »Herr, es fehlte Euerm Pferde ein Hufeisen am linken Hinterfuß. Soll ich's wohl zum Schmied führen?« – »Um!«, sagte der Kaufherr, »Hufeisen hin, Hufeisen her! Die paar Stunden, die ich noch zu machen habe, wird das Pferd wohl aushalten. Ich hab Eile.« Und er ritt wieder fort. Er ritt aber nicht lange, so fing das

Pferd zu hinken an; und das Pferd hinkte nicht lange, so fing es zu stolpern an, und es stolperte nicht lange, so fiel es endlich und brach sich ein Bein und stand nicht mehr auf. Da sagte der Kaufherr freilich nicht mehr: Pferd hin, Pferd her; sondern er kratzte sich hinter den Ohren, schnallte ganz langsam die Geldkatze und den Mantel ab und setzte seinen Weg fort, zu Fuß, wohlbeladen mit Geld und Geldsorgen; und er hatte nun keine Eile mehr. Unterwegs aber dachte er wohl: »An dem ganzen Unglück ist doch nur der vermaledeite Nagel schuld.«

Vorgetan und nachbedacht hat manchen schon in Schaden gebracht.

Hans ohne Sorgen

Es lebte vor Zeiten ein fröhlicher Müller in Schwaben, der hatte über seine Haustür die Worte geschrieben: Hans ohne Sorgen. Da ritt einmal der Herzog von Schwaben an der Mühle vorbei, las die Überschrift und dachte: »Wart, wenn du keine Sorgen hast, so will ich dir schon welche machen!«, und ließ den Müller zu sich rufen und sprach: »Du musst doch auch erfahren, was Sorgen sind. Da will ich dir ein Rätsel aufgeben; kannst du das lösen, so ist's gut; kannst du es aber nicht, so sollst du nicht länger Herr in deiner Mühle bleiben, sondern sollst sie mir abtreten. Das Rätsel, welches du lösen sollst, ist aber dies: Du musst mich besuchen, nicht bei Tag und nicht bei Nacht, nicht nackt und nicht bekleidet, nicht zu Fuß und nicht zu Pferd.« Und als er das gesprochen hatte, ritt der Herzog weiter.

Da zerbrach sich der Müller den Kopf und dachte hin und her, konnte das Rätsel nicht lösen, also, dass es ihm viele Sorgen machte. Dann wandte er sich endlich an seinen Mahlknecht und sagte zu ihm: »Wenn du mir das Rätsel lösen könntest, wollte ich dir gern meine Tochter zur Frau geben, und du solltest nach mir die Mühle erben.« Dem Knecht schien das Rätsel sehr leicht, und er sagte auf der Stelle zu seinem Herrn: »Ei, so geht doch am Mittwoch zum Herzog! Denn der Mittwoch ist ja kein Tag, weil das Wörtlein ›Tag‹ wie in Sonntag, Montag und so weiter darin fehlt, und ist doch auch keine Nacht. Und wenn Ihr nicht nackt und nicht bekleidet sein sollt, so hängt doch ein Fischergarn um! Und sollt Ihr nicht zu Fuß und nicht zu Pferd kommen, ei, so reitet auf einem Esel hin!«

Da wurde der Müller wieder lustig und guter Dinge, hüllte sich in ein Fischergarn und begab sich eines Mittwochs auf einem Esel zum Herzog, der mit dieser Auflösung zufrieden war und den Hans-ohne-Sorgen freundlich entließ. Der Müller aber verlobte alsbald seine einzige Tochter dem Mahlknecht, und nicht lange nachher gab's eine fröhliche Hochzeit in der Mühle.

Der Drache vom Drackenstein

Im Drackensteiner Tal, das in das Filstal mündet, liegt das Dorf Drackenstein. Ehemals stand hier auch ein Schloss mit demselben Namen. In einem frei stehenden Felsen, auf dem die Kirche erbaut ist, befindet sich eine Höhle, das »Totenloch«, und dem gegenüber eine zweite Höhle, das »Drachenloch«. Hier hat ein Drache gehaust, von dem man sich folgende Geschichte erzählt.

Einst hatte der Drache eines Kaisers Tochter geraubt und hielt sie fünf Jahre lang hier gefangen, denn er wollte sie heiraten. Die Kaisertochter aber wollte sich dem Drachen nicht ergeben, so sehr er sich auch um sie bemühte. Er schenkte ihr drei prachtvolle Kleider. Auf dem einen war die Sonne abgebildet, auf dem andern der Mond und auf dem dritten die Sterne. Aber seine Bewerbungen wurden immer zurückgewiesen.

Da verirrte sich einmal ein Schneider, der aber nichts als Bälle machen konnte, in dieser Gegend. Auf dem Drackenstein traf er die Jungfrau und fragte sie, ob sie sich auch hier verirrt habe. Da erzählte sie ihm, sie sei die einzige Tochter des Kaisers von Marokko. Eines Tages sei ein Drache zum Fenster hereingeflogen, habe sie gefasst und sei mit ihr übers Wasser geflogen und habe sie hierher gebracht, wo er sie nun schon fünf Jahre lang festhalte.

Darauf verabredete sich die Jungfrau mit dem Schneider, dass sie fliehen wollten und dass sie ihn, wenn er sie glücklich von hier wegbringe, heiraten wolle und er solle dann Kaiser werden. Nun passten sie auf, zu welcher Zeit der Drache am längsten ausblieb, und als sie das wussten, gingen sie eines Abends fort. Der Schneider hatte die drei schönen Kleider der Prinzessin in seinen Ranzen gesteckt, und so eilten sie dahin, bis sie sicher waren, dass der Drache sie nicht mehr einholen würde. Die Reise wurde aber

dem Schneider zu lang, und er sagte zu der Prinzessin, sie solle einstweilen nur allein nach Hause gehen, er wolle schon noch nachkommen. So trennte er sich von ihr und lebte lustig und guter Dinge, bis er sein Geld vertrunken hatte, und dann reiste er gleichfalls nach der Kaiserstadt.

Dort sah er vor einem Haus ein Netz mit Bällen hängen, und da bekam er wieder Lust zu seinem Gewerbe und ließ sich sogleich als Geselle annehmen. Nach einiger Zeit las er, dass der Kaiser ausgeschrieben hatte, wer binnen drei Monaten drei Kleider machen könne, auf denen Sonne, Mond und Sterne abgebildet seien, der würde zehntausend Gulden bekommen. Es müsste aber jeden Monat ein Kleid fertig werden; zugleich wollte der Kaiser für jeden Monat tausend Gulden Vorschuss geben. Da fielen dem Schneider die drei Kleider ein, die er noch in seinem Ranzen hatte, und er sagte zu seinem Meister, er könne die Kleider machen. Der Meister meldete das sogleich dem Kaiser und bekam tausend Gulden Vorschuss. Die gab er seinem Gesellen, damit der sich kaufen könne, was er für die Kleider brauche. Der Schneider jedoch ging ins Wirtshaus und zechte da in lustiger Gesellschaft, bis der letzte Tag des Monats herankam, bis zu dem das erste Kleid fertig sein sollte. Da wurde es dem Meister himmelangst, dass es ihm den Kopf kosten könne. Er stellte den Gesellen zur Rede, und der sagte, er könne nur bei Nacht an dem Kleid schaffen, wenn er einen Rausch habe, darum müsse er den Tag über ins Wirtshaus. Am andern Morgen übergab er dem Meister das erste Kleid, auf dem die Sonne dargestellt war. Wie des Kaisers Tochter das Kleid sah, rief sie: »Es ist gerade so wie das Kleid, das mir der Drache gegeben hatte.« So ging es auch zu beim zweiten Kleid. Das dritte Kleid aber sollte, so verlangte es die Prinzessin, der Geselle selbst bringen. Und als der nun mit dem Sternenkleid kam, da erkannte die Prinzessin ihren Erretter. Bald hielten sie Hochzeit, und der Schneider ist dann wirklich noch Kaiser geworden.

Die Tochter des Armen und das schwarze Männlein

Es war einmal ein armer Mann, der hatte sehr viele Kinder und nichts zu essen für sie. Da wusste er sich endlich gar nicht mehr zu helfen und nahm einen Strick und steckte ihn ein und sagte zu seinen Kindern: »Ich will fort und sehn, dass ich euch Brot schaffe.« In seinem Herzen aber hatte er den Gedanken, sich zu erhängen.

Als er nun in den Wald kam, band er den Strick an eine Eiche und wollte sich wirklich aufhängen, sah sich aber erst noch einmal um, ob auch niemand in der Nähe sei, der ihn sehen könne. Und wie er eben sich umwandte, so stand ein schwarzes Männlein hinter ihm und fragte: »Was willst du da machen?« Darauf erzählte ihm der arme Mann, dass er viele Kinder habe und die müssten Hunger leiden; diesen Jammer könne er nicht länger mehr mitansehen, und weil er doch nicht helfen könne und die Not nur noch vermehre, so habe er lieber seinem Leben selbst ein Ende machen wollen.

Darauf sagte das schwarze Männlein: »Da hast du nichts Gutes im Sinn; es wäre dir wohl sonst noch zu helfen. Wenn du mir deine älteste Tochter geben willst, so sollst du so viel Geld haben, dass ihr alle miteinander reichlich davon leben könnt.« Ja, die Tochter wolle der arme Mann ihm wohl geben, da sie es gewiss gut bei ihm habe, und darauf sagte das Männlein weiter: »Nun, so will ich morgen in einer Kutsche zu dir kommen und das Geld bringen; das musst du aber, ohne ein Wort zu reden, hinnehmen und deine Tochter dafür in den Wagen setzen!«

Alsdann ging der Arme wieder guten Mutes nach Haus und sprach zu seiner Tochter: »Morgen wird ein vornehmer Herr in einer Kutsche kommen und dich abholen.« Da freute sich das Mädchen und meinte, dass es glücklich sei. Und als der fremde Herr am folgenden Tage wirklich ankam und das Geld brachte, da setzte die Tochter sich vergnügt zu ihm in den Wagen und fuhr mit ihm davon, bis dass sie vor ein Schloss kamen. Da führte der Mann sie hinein und sagte ihr, dass sie ihn erlösen könne. Dann ging er mit ihr in einen schönen Garten, der war ganz voll von Rosen und sagte zu ihr: »Morgen werde ich verreisen; dann musst du an drei Morgen nacheinander in den Garten spazieren gehn und darfst von allen Rosen dir abbrechen, so viele, als du haben willst; nur den einen Stock musst du unberührt stehn lassen und musst auch an mich nicht denken, wenn du daran vorübergehst. Wenn du das tust, dann werde ich erlöst werden. Dann will ich dies Schloss mit allen Schätzen, die darin verborgen sind, dir schenken.«

Da versprach ihm das Mädchen, dass es gewiss alles so machen wollte, wie er es gesagt hatte, und ging gleich an den beiden nächsten Morgen in den Rosengarten und pflückte sich Rosen, aber keine von dem verbotenen Stocke. Als sie aber am dritten Morgen wiederkam, da waren gerade an diesem einen Stocke so viele und so prächtige Rosen aufgeblüht, dass sie dabei stehn bleiben musste und sie nicht genug betrachten konnte und dachte: »Das sind einmal schöne Rosen! Von denen möchte ich wohl eine haben! Wenn es nur das schwarze Männlein nicht sähe!« Und dabei kam es ihr vor, als ob jemand ihre Hand an den Rosenstock hinzöge, und dann dachte sie: »Was kann denn das schaden, wenn ich ein paar abpflücke! Das Männlein wird's nicht merken; es ist ja nicht einmal hier!« Und alsbald langte sie zu und brach sich ein paar Rosen von dem verbotenen Stocke.

Als sie darauf in das Schloss zurück ging, kam ihr sogleich das schwarze Männlein entgegen und sagte: »Ach, was hast du getan! Was hast du getan! – Aber erlösen musst du mich dennoch!« Und dabei schlug er ihr auf den Mund, da war sie stumm.

Da versank plötzlich das Schloss in die Erde, und das Mädchen stand ganz allein und verlassen da und hatte viele Schmerzen. Dann lief sie überall umher und kam in einen Wald und musste von Kräutern leben, weil sie keine andere Nahrung finden konnte.

Da geschah es eines Tags, dass ein Graf in dem Walde Jagd anstellte und das Mädchen fand und es fragte, wo es her sei? Allein es konnte auf alle Fragen nicht ein einziges Wort erwidern und nur durch Zeichen andeuten, dass es nicht reden könne; dem Grafen aber gefiel es so gut, dass er es mit auf sein Schloss nahm. Da schrieb es nun alles auf, was ihm von Anfang an begegnet war, worüber der Graf ein großes Mitleid bezeigte und das junge Mädchen, das alle Tage schöner wurde, endlich so lieb gewann, dass er es zu seiner Frau nahm.

Da stand es kaum ein Jahr an, da gebar sie ihm ihr erstes Kind. Bevor das Kind aber getauft werden konnte, ließ der Graf jede Nacht wachen und ließ Lichter brennen, damit nicht etwa böse Geister es stehlen oder einen Wechselbalg dafür einlegen möchten. Aber dennoch kam das schwarze Männlein und holte das Kind, ohne dass die Wächter es hindern konnten. Darüber wurde der Graf sehr zornig und gab sich erst einigermaßen zufrieden, als seine Frau bald darauf neue Hoffnung hatte, wieder ein Kind zu bekommen. Sowie sie es aber zur Welt gebracht hatte, wurde es ihr abermals, trotz aller Vorsicht, von dem schwarzen Männlein gestohlen.

Die junge Gräfin wurde endlich zum dritten Male guter Hoffnung und kam glücklich mit ihrem Kinde nieder. Da ließ der Graf ein ganzes Regiment Soldaten vor dem Schlosse aufstellen und alle Türen wohl verwahren; das schwarze Männlein erschien aber doch wieder und ging mitten durch die Wache, die es nicht abhalten konnte, hindurch und begab sich in das Schloss.

Allein diesmal war es nicht gekommen, um auch das dritte Kind zu holen, sondern es brachte vielmehr die ersten beiden frisch und gesund mit und stellte sie der Mutter wieder zu, gab ihr auch die Sprache zurück und sagte: »Jetzt bin ich erlöst!«, und war alsbald verschwunden.

Da war die Freude groß, dass die Gräfin wieder reden konnte und dass sie auch ihre Kinder wiederbekommen hatte, und von da an lebte sie noch lange vergnügt und glücklich mit ihrem Manne und mit ihren lieben Kindern.

Von der Stadt- und der Feldmaus

Vor Zeiten lud eine Maus, die auf dem Feld geboren und erzogen war, eine andere Maus, die in der Stadt wohnhaft und vor das Tor spazieren gegangen war, zu Gast.

Als dieselbig gekommen, führet sie die in ihre schlechte Höhlen und bäurische Wohnung, bot ihr an, so viel ihre Armut vermochte, von dem Besten, und war nichts, das sie hatte und nicht herfürtrug. Sie setzt dem Gast vor: Erbsen, Hafer, Gerste, dürre Birn, Hagebutten und Eicheln, auf dass, so der Gast zu einem nicht Gefallen fände, doch am andern sich ergötzen möchte.

Die Stadtmaus nagte und versuchte von jeglichem ein wenig. Verächtlich schüttelte sie den Kopf und sprach: »Heut habe ich in meiner Herberg so viel köstlich Speis von allerlei Völligkeit halber stehen lassen und sollt hier allererst mich mit diesen groben und bäurischen, ja säuischen Früchten beschweren? Darum verwundert mich, dass dich allhie in Einöd, wildem Wald und Bergen allein zu wohnen so sehr erfreuet, dahin du doch den größten Teil deiner Haushaltung schwerlich tragen kannst, dazu denselben mit Hungermahlen zu genießen gezwungen wirst. Bedenkst du nicht, dass allen Kreaturen auf Erden ihr Leben geliehen ist? Und ob du dir schon, solang du lebst, nichts, das seinem Leib wohl tut, abbrichst, währet es doch nur ein kurze Zeit. So du aber solch bequeme Gelegenheit deines Wohllebens aus den Händen lässt, wird dir's hernach, wenn du gestorben bist, widerfahren? Nimmermehr wohlan, in Ansehung deines allhie einsamen, armseligen Lebens, Elends, Leibesaufenthalts und Hungers – so dir's beliebt, begib dich mit mir bei den Menschen und in die Stadt, da du alles im Überfluss nach all deines Herzens Begehr haben und gebrauchen magst!«

Durch solch glatte Wort ihres Gastes ward die Feldmaus bewegt und ging mit ihr in die Stadt.

Da führet sie die Stadtmaus in eines gar reichen und gewaltigen Herrn Haus und in ihre Wohnung, fernen wie es finster ward, aus einem Gemach in das ander, erstlich in die herrlichen Schlafkammern und Säle. Sie zeiget ihr die schönen weichen, wohlzugerichteten Bett, mit goldenen Stücken, Purpur und Seiden umhängt und gedeckt, und die übergüldenen Tafeln, Samten, Pfühle und Tapeten und sprach: »Siehe, in dieser Wollust mag ich immerdar spazieren und meine Augen erlustigen. – Nun komm«, sagt sie, »wir wollen uns nach der Reis und dem Umgehen ergötzen und besehen, was es in der Speiskammer für ein Gestalt hab.«

Da fanden sie denn eine Fülle von seltsamen und mancherlei übergebliebenen Leckerbisslein, so von dem gestrigen Gastmahl aufgehoben worden. Sie bracht ihrem Gast jetzt von diesem, dann von jenem, was sie deucht, dass es ihr am besten schmecken würde, sie dabei vermahnend, guten Muts und fröhlich zu sein.

Die Feldmaus antwortet, das Glück hab ihr Elend einmal in ein selig satt Leben verwandelt, darum wolle sie sich dieser erwünschten Zeit ergeben und weidlich schlemmen.

Als aber ihr Gespräch und Bankettieren sie am allerbesten und sichersten dünkte, kommt der Hausknecht, macht mit den Schlüsseln ein Geräusch vor der Tür, sperrt auf und gehet hinein, ein Licht, alles zu besichtigen, mit sich tragend.

Und wie er sah, dass von dem meisten, das da stund, durch diesen Wirt und Gast genagt und dasselbig benascht war, sprach er bei sich selber: »Hier werden Katzen und Fallen vonnöten sein!« Suchet derhalben in allen Winkeln, ob er vermerken könnte, wo diese Mäus ihren Lauf hätten, und ging wieder hinweg.

Die Stadtmaus sprang flugs davon, wie dieser kam. Sie wusste als eine, die des Handels gewohnet, mehr denn ein Schlupfloch, sich zu verbergen. Und nachdem die Tür wiederum verschlossen und es still worden, ging sie aus ihrem Gewahrsam und ruft nach ihrem Gesellen, der Feldmaus.

Die kroch mit großem Herzklopfen und Zittern hervor, klagte, wie sie als eine, die fremd und des Orts nicht kundig wär, mit heftigem Schrecken und Zagen kümmerlich hinter einem Steinlein des Menschen Augen hätte entfliehen mögen. Fragt daneben, ob sie allweg solche Gefahr bestehen müsste.

»Täglich«, sprach die Stadtmaus. »Aber wenn du wie ich alle Gelegenheit erlernest, hat es kein Not um dich, und du magst wie ich sicher hier bleiben.«

»O nein«, sprach die Feldmaus, »solchen Backenstreich will ich nicht mehr erwarten, denn ob ich schon wie du und mehr hierin bekannt würde, bestehet doch alles sein Zeit, und ich würde samt dir der Katzen und Fallen halber, die aufs allerlistigst gestellt, wie der Mensch davon sagte, täglicher Gefährlichkeit und endlich des Tods gewärtig sein müssen. Darum, liebe Freundin, lass dir's wohl gehen! Ich will wiederkehren zu meinen Wäldern, Bergen und schlechter Nahrung und lieber in Sicherheit arm, denn in dem allergrößten Reichtum mit Sorgfältigkeit und Angst allhie leben.«

Der Räuberhauptmann und die Müllerstöchter

Es war ein reicher Müller, der wohnte ganz allein in einem Tal und hatte drei schöne Töchter. Von denen hörte ein Räuberhauptmann und fuhr in einem prächtigen Wagen hin und bat, dass der Müller ihn doch beherbergen möge. Ja, das wollte er wohl tun. Wie sie nun abends bei Tisch saßen und allerlei miteinander redeten, so sagte der Fremde auch, dass er noch unverheiratet sei, und fragte den Müller, ob er ihm nicht eine von seinen Töchtern zur Frau geben wolle. Der Müller, der den Räuber für einen vornehmen Herrn hielt, und meinte, dass seine Tochter nicht besser versorgt werden könne, sagte ja, er solle sich nur eine auswählen. Da wählte dieser sich die älteste.

Nun hätte der Räuber gern sogleich Hochzeit gehalten; allein der Müller sagte, die Aussteuer müsse erst noch gemacht werden. Dafür dankte der Fremde zwar – denn sein Schloss sei mit allem wohl versehen –, aber die Tochter selbst wünschte vor ihrer Verheiratung die Wohnung ihres Bräutigams einmal zu sehen. Deshalb wurde die Hochzeit noch aufgeschoben, und sie fuhr einstweilen zum Besuche mit. Da wurde ihr aber der Weg sehr lang. Es ging durch Berg und Tal, immer dichter und tiefer in den Wald hinein. »Kommt dein Schloss noch nicht bald?«, fragte sie immer ängstlicher ihren Bräutigam. »Es wird bald kommen«, sagte er jedes Mal, »nur noch ein wenig Geduld!« Endlich und endlich kamen sie wirklich an. Da war alles in dem Schloss aufs Schönste eingerichtet, und der Bräutigam selbst führte seine Braut überall hin und zeigte ihr alles; nur ein einziges Zimmer schloss er nicht auf. Dann brachte er sie zurück zu ihrem Vater und hielt nicht lange nachher wirklich Hochzeit mit ihr.

Der jungen Frau aber wollte es auf dem Schloss gar nicht gefallen. Ihr Mann war oft wochenlang fort, ohne dass sie wusste, wo er war; und wenn er dann heimkam, brachte er einen ganzen Haufen roher Menschen mit, die aßen und tranken und spielten, während die arme Frau sich oftmals zu der Mühle zurückwünschte. Ganz besonders unheimlich aber war es ihr, dass der Mann ihr so streng verboten hatte, ein einziges Zimmer aufzuschließen und hineinzusehen. Außerdem gab er ihr jedes Mal, wenn er verreiste, ein Ei, welches sie sorgfältig aufheben und nie aus der Hand legen sollte. Das tat die Frau denn auch gewissenhaft. Sobald der Mann aber zurückkam, ließ er sich immer gleich das Ei zeigen.

Eines Tages jedoch, als er fort war, konnte die Frau es nicht lassen, die verbotene Türe zu öffnen; und da sah sie ein ganzes Zimmer voller Leichen und Totengerippe und entsetzte sich so darüber, dass sie am ganzen Leibe zitterte und bebte und das Ei fallen ließ. Da war es zerbrochen.

Als nun der Mann heimkam und das Ei verlangte, konnte sie es nicht vorweisen. Da merkte er auch aus dem ganzen Aussehen seiner Frau, was sie getan hatte, und sagte: »Nun komm nur mit, jetzt darfst du in die Kammer, weil du hineingesehen hast!«, und schleppte sie hin, schnitt ihr den Hals ab und warf sie zu den übrigen Leichen.

Nicht lange darauf nahm der Mann einen anderen Wagen und andere Pferde und kleidete ganz anders, und fuhr abermals zu dem Müller und sagte: »Ich habe gehört, dass Ihr zwei so schöne Töchter habt. Gebt mir doch eine davon zur Frau.« Der Müller entschloss sich schwer dazu, willigte aber doch ein, weil die Tochter Lust hatte, gab ihr eine reiche Aussteuer und ließ sie sogleich mitfahren.

Dieser zweiten Frau erging es bald ebenso wie ihrer Schwester. Sie bekam immer ein Ei, wenn ihr Mann ausging, das sollte sie sorgfältig in der Hand tragen, und außerdem hatte er ihr verboten, jemals die eine Tür aufzumachen. Als sie aber dennoch eines Tages die Totenkammer aufschloss und hineinging, ließ sie vor Schrecken das Ei in einen Eimer mit Blut fallen, und eh sie es abwaschen konnte, war ihr Mann zurückgekommen, sah das Blut an dem Ei und sagte: »Jetzt ist es aus mit dir!«, und führte sie ebenfalls in die Kammer und schnitt ihr den Hals ab.

Der Räuberhauptmann aber wusste sich so geschickt zu verkleiden und zu verstellen, dass, als er jetzt zum dritten Male zu dem Müller kam und um die jüngste Tochter anhielt, der Müller ihn nicht wiedererkannte, sondern ihn für einen ganz anderen Menschen hielt. Mit vieler Mühe bekam der Räuber endlich auch die dritte Tochter und machte es mit dieser nun ebenso wie mit ihren beiden Schwestern. Er untersagte ihr streng, das eine Zimmer aufzuschließen, und gab ihr, wenn er ausging, jedes Mal ein Ei, das sie beständig tragen sollte. Diese Frau aber war vorsichtig und legte das Ei in ein Körbchen und ließ es darin liegen, wenn sie im Schloss umherging. So kam sie denn auch einmal an die verbotene Tür, die sie schon oft angesehen hatte, und dachte, ei, du sollst doch einmal zusehen, was wohl darin ist, und schloss die Tür auf. Aber wie erschrak sie da, als sie hier lauter Leichen fand und darunter auch die Köpfe ihrer beiden Schwestern, die sie noch erkennen konnte.

Schnell setzte sie sich nun hin und schrieb einen verstellten Brief, als ob ihr Vater schwer erkrankt sei und sie noch einmal vor seinem Tode zu sehen wünschte. Als darauf der Räuber nach Haus kam und die Frau ganz traurig fand, fragte er sogleich nach dem Ei. Das war zwar nicht zerbrochen, aber die Frau bat ihn um alles in der Welt, dass er sie doch zu ihrem Vater bringe, der wolle sterben und wünsche, sie noch einmal zu sehen. Und als der Räuber den Brief gelesen, gab er endlich ihren Bitten nach und fuhr schon am anderen Morgen mit ihr fort.

Die Frau aber hatte ganz heimlich die Köpfe ihrer Schwestern mit in die Kleiderkiste gepackt, die sie mitnahm, und kam deshalb in große Angst, als ihr Mann unterwegs noch einmal umkehren wollte; er habe vergessen, nach seinen Vögeln zu sehen, sagte er. Die Frau konnte wohl denken, dass er damit die Totenkammer meinte, und sie fürchtete, dass er entdecken könnte, was darin vorgefallen war. Deshalb bat sie ihn so dringend und so zärtlich, ihre Reise nicht aufzuhalten, dass er endlich nachgab und sie zu ihrem Vater führte. Den trafen sie ganz gesund an; die Tochter aber hatte sogleich die Knechte ihres Vaters bestellt, die umgaben das Haus und nahmen den Räuber gefangen. Der wurde dann vor ein Gericht gestellt und verurteilt und hingerichtet.

Zugleich aber verlangte der Richter von der jungen Frau, dass sie seinen Leuten den Weg zu dem Räuberschloss zeigen sollte, damit auch die Gehilfen des gottlosen Mannes ihre Strafe bekämen. Das tat die Frau auch sogleich und wies den Leuten den Weg in den Wald. Weil sie aber voranging und die andern nicht recht Acht gaben und zurückblieben, so geschah es, dass sie plötzlich ihre Führerin verloren hatten und deshalb wieder umkehrten. Da irrte die Frau nun allein herum und stieß mit einem Male auf die Räuberbande und wurde gefangen genommen. »Da haben wir also das böse Weib, das unseren Hauptmann verraten hat!«, sagten die Räuber und beschlossen, sie lebendig in Harz zu sieden, und banden sie an einen Baum und begaben sich in den Wald, um Holz und Harz herbeizuschaffen.

Als die arme Frau nun bitterlich weinte, kam plötzlich die alte Mutter des geköpften Räubers zu ihr und band sie los, weil sie Mitleid mit ihr hatte. Dann eilte sie, so schnell sie nur konnte, zum Wald hinaus und traf auf der Straße einen Fuhrmann, der hatte Fassringe geladen; und den bat sie, er möge sie doch aufsitzen lassen und unter den Ringen verstecken, weil die Räuber sie verfolgen könnten. Der Mann aber sagte: »Das könnte mir Wagen und Pferde kosten! Ich mag mit den Räubern nichts zu tun haben!« Da ging die Frau fort und kam bald zu einem zweiten Fuhrmann, der hatte Fässer auf dem Wagen; und auch er hatte keinen Mut, die Frau aufzunehmen. So lief sie wieder eine Strecke weiter, bis sie ganz ermattet zu einem dritten kam, der hatte Brunnentröge geladen, den einen immer größer als der andere, sodass mehrere ineinander gelegt werden konnten. Dieser Fuhrmann nahm sie auf und versteckte sie unter dem untersten Brunnenstein und legte die übrigen über sie her.

Als die Räuber nun aber mit vielem Holz und Harz zurückkamen und die Frau nicht mehr vorfanden, sprangen sie ihr nach. Da trafen sie den ersten Fuhrmann mit den Reifen und luden ihm den ganzen Wagen ab und eilten weiter, als sie die Frau bei ihm nicht fanden. Ebenso machten sie es dem zweiten und dann auch dem dritten Fuhrmann. Diesem warfen sie die Brunnensteine einen nach dem andern herunter bis auf den untersten, unter welchem die Frau verborgen war. Da geriet der Fuhrmann in Todesangst. Als nun aber gerade einer den Stein anfasste, um ihn aufzuheben, da rief der neue Anführer: »Wir wollen weitergehen! Da sitzt sie doch nicht drunter.« Und so ließen sie den letzten Brunnenstein liegen und zogen ab. Der Fuhrmann aber lud eilig einige Steine wieder auf und brachte dann die Frau glücklich zu ihrem Vater.

Darauf hatten die Räuber einen so großen Zorn auf die Frau, dass sie mehrmals versuchten, des Nachts in die Mühle einzubrechen und Feuer darin anzulegen. Als sie aber zum dritten Male kamen, hatte man aufgepasst und nahm alle gefangen.

Der Müller aber mochte in der Mühle nicht länger wohnen und zog mit seiner Tochter in die benachbarte Stadt. Dort wohnte auch der brave Fuhrmann, der die Frau gerettet hatte, und zum Dank dafür und weil er ihr auch sonst gefiel, hat sie ihn geheiratet; und beide haben noch lange glücklich miteinander gelebt.

Das irdische Paradies

Es gingen einmal drei Gesellen miteinander auf Wanderschaft. Sie wanderten durch viele fremde Lande und sahen viel Sonderbares und Seltsames. Eines Tages kamen sie in ein Land, in dem war ein mächtig hoher Berg. Und sie fragten die Leute, was denn hinter dem Berg sei. Doch niemand wusste, was für ein Land hinter dem Berg war. Nur einer meinte, er habe von seiner Urahne gehört, dass dahinter das Paradies liege. Und weil die drei schon so viel Herrliches und Verlockendes vom Paradies hatten erzählen hören, wollten es alle drei auch einmal mit eigenen Augen sehen.

Nun ging dies aber nicht anders, als dass zwei unten blieben und den Dritten nach Kräften auf den Berg schoben. Endlich war er oben, und die Freunde riefen ihm zu, er solle erzählen, was er drüben sehe. Doch dieser lächelte nur und ging über den Berg. Dann machte sich der Zweite an den Aufstieg. Er musste aber dem Dritten hoch und heilig versprechen, dass er ihm sagen werde, was er drüben im Paradies alles sehe. Als er aber oben angelangt war, machte er es wie der Erste, er lächelte herab und verschwand hinter dem Berg.

Jetzt war das umstehende Volk argwöhnisch geworden, es half dem Dritten hinauf, band ihm aber ein Seil an den Fuß, um ihn sogleich wieder herabzuziehen, damit er es nicht wie die beiden anderen mache. Kaum war nun der Dritte oben, fing er an zu lächeln wie die anderen zwei und wollte über den Berg ins Paradies hineinspringen. Allein das Volk zog ihn rechtzeitig vom Berg herab und bestürmte ihn mit Fragen, wie es drüben im Paradies aussehe. Der arme Bursche öffnete den Mund und versuchte zu reden – er war aber plötzlich stumm geworden. Jetzt weiß das neugierige Volk erst recht nichts vom Paradies. Und weiß es nicht bis zum heutigen Tag.

Die drei Federn des Drachen

Da sollte einmal ein Mann hingerichtet werden und bat den König um Gnade. »Ja«, sagte der König, »wenn du auf den Glasberg gehen und den Drachen fragen willst, weshalb meine Tochter beständig krank sei und wo der Schlüssel zu meiner Schatzkammer sich befinde, so soll dir das Leben geschenkt sein.« Dazu war der Mann denn gern bereit und machte sich sogleich auf den Weg.

Nach einiger Zeit kam er an ein tiefes Wasser und sah auch zugleich einen Mann in einem Schiffe daselbst, den bat er, dass er ihn doch hinüberfahren möchte. »Wohin geht die Reise?«, fragte der Schiffer. »Nach dem Glasberge!«, sagte der Mann. »So fraget doch einmal«, versetzte der Schiffer, »den Drachen auf dem Glasberge, weshalb ich immerwährend hier fahren muss?« Ja, das wolle er wohl tun, sagte der Mann, und ließ sich überfahren und setzte seine Reise dann fort, bis er endlich auf den Glasberg kam. Ganz oben stand ein Haus; er ging hinein und fand daselbst eine alte Frau, die fragte ihn, was er wolle, und warnte ihn vor dem Drachen, der ihn töten werde, wenn er ihn hier antreffe. Da erzählte der Mann ihr alles, was er den Drachen fragen sollte, und sagte dann: »Es ist

einerlei, ob ich hier oben oder dort unten mein Leben verliere; lasst mich nur hier bleiben und wenigstens einen Versuch wagen!«

Da fühlte die alte Frau Mitleid mit ihm und sagte: »Ich will sehen, dass ich euch durchhelfe; gebt nur Achtung auf alles, was der Drache in dieser Nacht sprechen wird!« Darauf versteckte sie den fremden Mann hinter ihrem Bette.

Als nun abends der Drache nach Haus kam, rief er sogleich: »Ich rieche Menschenblut!« »Ach, wer weiß, was du riechst«, sagte die Frau, »es sind wohl gestern einige Tropfen auf den Boden gefallen.« Da war er zufrieden und legte sich bald in sein Bett und schlief ein. Die alte Frau aber musste immer an seiner Seite schlafen, und wie er nun eben fest schnarchte, da zog sie ihm eine Feder aus, dass der Drache aufwachte und ganz unwillig rief: »Was zupfest du mich denn so?« – »Ach, nimm's nicht übel«, sprach die Frau, »ich hab es bloß im Traume getan.« – »Na, was träumte dir denn?«, fragte der Drache. – »Ach, es ist ein dummer Traum«, sagte die Frau, »ich träumte, weshalb die Tochter des Königs wohl immer krank sei.« – »Es ist wahr«, sprach der Drache, »sie ist schon lange krank; allein wenn sie ihren ersten Geliebten heiraten wollte, so würde sie bald gesund werden.«

Als der Drache nach einer Weile wieder eingeschlafen war, zog die Frau ihm eine zweite Feder aus, dass er ganz bös wurde und aufsprang und sagte: »Was willst du denn, dass du mich so zupfest?« – »Ach, verzeih«, rief die Frau, »ich wollte nichts, ich hab es bloß im Traume getan.« – »Na, was träumte dir denn schon wieder?«, fragte der Drache. – »Ach«, sagte die Frau, »es träumte mir, wo wohl der Schlüssel zur Schatzkammer des Königs geblieben sei.« – »Es ist wahr«, sprach der Drache, »der König kann den Schlüssel nicht finden; denn er ist in seinem Sofa eingenäht und eingepolstert. Nun lass mich aber in Ruhe.«

Nach einer Weile aber, wie der Drache abermals eingeschlafen war, riss sie ihm eine dritte Feder aus. Da wurde er so wild, dass er die Frau packte und sie zum Bett hinauswerfen wollte. Als sie ihm aber sagte, dass sie es nur im Traum getan habe, da gab er sich zufrieden und fragte: »Was hat dir denn jetzt schon wieder geträumt?« – »Ach«, sagte die alte Frau, »ich weiß gar nicht, was ich diese Nacht für dumme und seltsame Träume habe! Denke dir nur, ich träumte eben, auf dem und dem Wasser müsse ein Schiffer beständig hin und her fahren und wisse gar nicht, wie er von seiner Arbeit erlöst werden könne.« – »Es ist wahr«, sprach der Drache, »auf dem Wasser fährt der alte Schiffer schon viele hundert Jahre lang; aber der Narr sollte nur einmal einen andern, den er übergefahren, in seinem Schiffe lassen und selbst aussteigen und sagen: ›Jetzt fahr du!‹, so wäre er abgelöst. Wenn du mich jetzt aber noch einmal im Schlafe störst, so werf ich dich zum Bett hinaus.«

Nein, das wolle sie auch ganz gewiss nicht, sagte die Alte und ließ ihn nun auch schlafen bis zum hellen Morgen; da flog er wie gewöhnlich fort.

Jetzt zog sie den fremden Mann, den sie hinter ihrem Bett versteckt hatte, hervor und fragte ihn, ob er alles gehört habe? Ja, er hatte alles genau gehört, und so bedankte er sich vielmals bei der alten Frau; und als er Abschied nahm, schenkte sie ihm noch die drei Federn, die sie dem Drachen ausgezogen; die würden ihm Glück bringen, sagte sie.

Als der Mann nun auf seiner Rückreise an das Wasser kam, fragte der Schiffer, was der Drache gesagt habe. »Fahr mich nur erst hinüber! dann will ich dir alles erzählen«, sprach der Andere. Und als er nun ausgestiegen war, sagte er zu dem Schiffer: »Wenn Ihr das nächste Mal wieder einen überfahrt, so müsst Ihr selbst vor ihm aussteigen und sagen: ›Jetzt fahr du!‹, so werdet Ihr erlöst sein.« Da bedankte sich der Schiffer und wünschte ihm Glück auf den Weg.

Es dauerte auch nicht lange, so kam er bei dem Könige an und berichtete, was der Drache gesagt hatte. Darauf wurde die Prinzessin sogleich mit ihrem ersten Geliebten verheiratet und war von Stund an ganz gesund. Sodann ließ der König sein Sofa auftrennen und fand richtig darin den Schlüssel zu seiner Schatzkammer und war darüber so vergnügt, dass er den Mann, der ihm wieder dazu verholfen hatte, reichlich beschenkte. Dieser wurde aber auch außerdem durch die drei Drachenfedern ein so reicher Mann, dass er sein Geld gar nicht aufzehren konnte.

Der schwäbische Froschkönig

Es war einmal ein König, der hatte nur eine Tochter, das war aber ein Lumpenmensch. Eines Tages ruderte die Prinzessin über den See, da fiel ihr goldenes Armband ins Wasser und versank. Jetzt war der Jammer groß, der König sah nämlich sehr aufs Geld und das Armband war viel wert, und so war jeden Tag im Schloss der Krach. Deshalb stand die Prinzessin ganz traurig am Ufer des Sees, da plitscherte und platscherte es im Wasser und heraus kam ein dicker, wüster Frosch und fragte: »Prinzessin, was gibst du mir, wenn ich dein goldenes Armband heraufhole?« – »Ein Goldstückle, so groß wie ein Taler«, sagte diese. – »Nix da, für Gold und Silber hol ich das Armband nicht rauf, aber wenn du mir drei Wünsche erfüllst, hole ich es.« – »Da muss ich zuerst meinen Vater fragen«, erwiderte die Prinzessin, lief hinauf ins Schloss und erzählte dem König alles.

Da meinte dieser: »Was kann sich so ein wüster Frosch schon wünschen? Und am End ist das Armband auch drei Wünsche wert.« Die Prinzessin lief hinab und rief dem Frosch zu: »Mein

Vater hat's erlaubt, ich darf dir drei Wünsche erfüllen.« Da tauchte der Frosch hinab und kam mit dem Armband um den Kragen herauf. Die Prinzessin streifte gleich das Armband auf ihren Arm und fragte: »Was hast du für drei Wünsche?« – »Die sag ich, wenn's mir passt« antwortete der Frosch und tauchte wieder ins Wasser hinab.

Die Prinzessin ging ins Schloss zurück und hatte die Sache mit dem Frosch bald vergessen. Es vergingen noch ein paar Jahre und die Prinzessin war das allerschönste Mädle unter der Sonne. Als sie eines Abends mit ihrem Vater und ihrer Mutter beim Vesper war, klopfte es an der Tür, herein kam der Frosch und sagte: »Prinzessin, jetzt sag ich mein ersten Wunsch, ich will sieben Tag lang im Schloss essen und trinken und du musst mir das Essen vorlegen und den Wein einschenken.« – »Da draus wird überhaupt nix«, sagte die Prinzessin. Aber der König, wenn er auch aufs Geld sah, ein rechter Mann war er eineweg, meinte: »Versprochen ist versprochen, du legst ihm das Essen vor und schenkst ihm den Wein ein.« Das tat die Prinzessin und es wurde ihr ganz angst, was der Frosch als zweites wünschen würde. Und richtig, jetzt rief er: »Jetzt will ich sieben Nächt im Schloss schlafen, und die Prinzessin muss mir jeden Morgen das Bett machen.« – »Daraus wird überhaupt nichts«, sagte diese, aber der König antwortete: »Ich hab dir schon einmal gesagt, versprochen ist versprochen, das Bett wird gemacht!« Der Prinzessin wurde es nun himmelangst, was der Frosch als drittes wünschen würde, und richtig, jetzt rief er: »Nun will ich sieben Nächt bei der Prinzessin im warmen Bett schlafen.« Die lief zum König und schrie: »Das gibt's nicht, dass der wüste, kalte Denger bei mir im Bett schläft.« Der König wusste zuerst gar nicht, von was sie sprach, als er aber von dem dritten Wunsch hörte, meinte er: »Jetzt hab ich dir schon ein paar Mal gesagt, versprochen ist versprochen, und sieben schlechte Nächt gehen genau so rum wie sieben gute.«

– »Aber mein Hemd leg ich dazwischen!« Und das tat sie auch. Wie sie sich aber am Morgen der siebten Nacht umdrehte, um den Frosch aus dem Bett zu schmeißen, lag ein schöner Prinz neben ihr. Das war nun freilich etwas anderes wie der wüste Frosch. Der Prinz erzählte ihr, dass er verwünscht gewesen sei und sie ihn erlöst habe. Er fragte sie: »Willst mich heiraten?« Sie umarmten und küssten sich, und was sie sonst noch taten, geht niemanden etwas an. Dann zogen sie sich an und gingen zum König, dieser stimmte auch gerne zu, weil der Prinz ein stattlicher Mann war. Dann aber sagte er: »Verlobung und Hochzeit feiern wir jetzt in einem, dann sparen wir noch.«

Der lustige Ferdinand

Es war einmal ein Soldat, der war immer lustig und guter Dinge, obwohl er nur wenig zu beißen hatte; denn die Groschen und Kreuzer wollten nie lange in seiner Tasche bleiben, sodass oft Schmalhans bei ihm Koch war. Doch ließ er sich das nicht verdrießen; er blieb immer der lustige Ferdinand; so nannten ihn nämlich seine Kameraden.

Als er nun eines Tages vor der Tür des Königs die Wache hatte und sich das schöne Schloss mit seinen Kostbarkeiten recht betrachtete und all die vornehmen Herrn sah, die da aus und ein gingen und dem König zu Diensten waren, da dachte er, so ein König hat es doch gut; der hat Geld genug, und für Geld kann man ja alles haben in der Welt. Hätt ich nur Geld, ich wüsste wohl, was ich täte.

Wie dem lustigen Ferdinand diese Gedanken so im Kopfe herumgingen und er niemand hatte, dem er sie hätte mitteilen können, so nahm er ein Stück Kreide und schrieb an die Tür, die zum Zimmer des Königs führte: »Das Geld bezwingt die ganze Welt.«

Als später der König ausging und diese Worte las, ließ er eine strenge Untersuchung anstellen, wer das geschrieben hatte. Da gestand es der lustige Ferdinand sogleich ein, und weil der König ein guter, gnädiger Herr war, ließ er ihn selbst vor sich kommen und stellte ihn darüber zur Rede, verzieh es aber dem Soldaten leicht, weil dieser sagte, er habe das nur so hingeschrieben, weil er auf dem Posten nicht habe reden dürfen und doch den Gedanken nicht habe loswerden können. Dann aber wollte der König ihm beweisen, dass jener Gedanke unrichtig sei. Allein der lustige Ferdinand wusste den König immer zu widerlegen und sagte endlich sogar: »Herr König, wenn ich nur Geld genug hätte, so wollte ich alles erreichen, es möchte sein, was es wollte; ja, ich glaube fest, ich wollte Eure Tochter zur Frau kriegen und selbst noch ein König werden.«

Diese Rede von einem gemeinen Soldaten verdross zwar den König ein wenig, doch ließ er sich's nicht merken und sagte vielmehr: »Um dich zu widerlegen, will ich eine Wette mit dir eingehen. Du sollst ein ganzes Jahr lang so viel Geld haben, als du verlangst; kannst du während dieser Zeit die Liebe meiner Tochter gewinnen, so ist es gut, du sollst sie haben; will sie dich dann aber nicht, so kostet dir's den Kopf. Jetzt besinn dich wohl!« Der lustige Ferdinand besann sich aber nicht lange und sagte sogleich, er wolle die Wette wohl eingehen, erhielt dann vom König den Schlüssel zur Schatzkammer und nahm sich fürs Erste so viel Geld, als er nur heimtragen konnte. Dann ließ er Essen und Trinken sich schmecken, lud seine Kameraden zu sich ein, fuhr spazieren und ging auf Reisen, sah und genoss für sein Geld alles, was das Herz begehrte. Um die schöne Prinzessin aber kümmerte er sich gar nicht. Die war indes nicht so vergnügt wie Ferdinand. Um sie nämlich vor allen Nachstellungen und Bewerbungen zu hüten, hatte der König sie auf eine kleine Insel, die in der Nähe des Schlosses lag, bringen lassen und hatte streng verboten, dass ja kein Mannsbild zum Besuch zu ihr gelassen würde. Da lebte sie nun wie in einem Gefängnis und hatte oft Langeweile.

Als der lustige Ferdinand eines Tages wieder in die Schatzkammer kam und seine leeren Taschen mit Gold füllte, fragte ihn der König, wie es gehe und mahnte ihn zugleich, dass er nur noch ein halbes Jahr übrig habe und wohl sehen möge, wie er in dieser Zeit das Herz seiner Tochter gewinne; denn sonst werde es ihm unfehlbar das Leben kosten, sagte er.

Ferdinand blieb guten Mutes und dachte, es ist wahr, du musst dich jetzt wohl nach der Prinzessin umsehen, und ging zu einem Goldschmied, der war so geschickt wie kein anderer Meister in der ganzen Welt, und bestellte bei ihm einen goldenen Hirsch mit großem, zackigen Geweih; im Innern aber sollte der Hirsch hohl sein, sodass ein ausgewachsener Mann sich darin verbergen könne. Das Gold dazu holte Ferdinand aus der Schatzkammer des Königs, und da dauerte es nicht lange, da war der Hirsch fertig und war so überaus schön geworden, dass man gar nichts Herrlicheres sehen konnte.

Durch eine geheime Tür, die niemand fand, wer es nicht wusste, kroch der lustige Ferdinand in den Bauch des Hirsches und nahm zugleich seine Zither mit, die er ganz ordentlich zu spielen verstand. Dann hatte er dem Goldschmied alles entdeckt und hatte ihn für vieles Geld dazu bewogen, dass er den Goldhirsch aufs Schloss brachte und ihn dem König vorstellte. Der konnte sich gar nicht genug darüber verwundern. Als nun aber der Goldschmied ein bestimmtes Zeichen gab und im Bauche des Hirsches eine Zither anfing zu spielen, da wusste der König nicht, was er vor Entzücken sagen sollte. Auch die Königin war ganz außer sich und bat den König, er solle den Hirsch doch kaufen und seiner Tochter auf die Insel schicken, dass sie sich damit unterhalten möchte. Der König sagte ja, das wolle er gern tun und kaufte den Goldhirsch und ließ ihn sogleich der Tochter bringen. Die freute sich nicht wenig darüber und ließ den Hirsch beständig die Zither schlagen und konnte das Spiel nicht satt hören, bis sie endlich müde wurde und einschlief.

Da machte der lustige Ferdinand leise die Tür auf und schlüpfte heraus und besah sich die Prinzessin, die in ihrem Bett lag und ruhig schlief. Sie war aber so wunderschön, dass er seine Augen nicht von ihr wegwenden mochte und es endlich nicht lassen konnte, ihr einen recht langen, herzhaften Kuss auf die Lippen zu drücken, also, dass die Prinzessin davon erwachte und schier erschrak, als sie einen Mann vor ihrem Bett stehen sah. Ferdinand aber sagte ihr sogleich, wer er sei und bat sie so dringend und rührend, sie möge ihn doch nicht verraten – er wolle ihr auch alle Tage etwas vorspielen, so lange sie's nur hören möge –, sodass die Prinzessin es endlich ihm versprach, wenn er hübsch still in seinem Versteck bleiben wollte. Ja, das wolle er ja herzlich gern, sagte er, und verkroch sich alsbald wieder in den Bauch des Hirsches.

Am andern Morgen konnte die Prinzessin es gar nicht erwarten, bis sie den Hirsch wieder spielen hörte. Auch der König kam, um es zu hören, und freute sich ganz besonders, weil seine Tochter so vergnügt war; ja, sie meinte, dass sie jetzt gewiss keine Langeweile auf der Insel mehr haben werde.

Als es nun Abend war und die Prinzessin wieder ganz allein war und zu Nacht aß, da machte der lustige Ferdinand die Tür auf und rief leise: »Prinzessin, ach liebe Prinzessin, darf ich nicht ein wenig herauskommen? Ich habe so arg Hunger! Seit gestern habe ich nichts mehr gegessen und heut so viel spielen müssen!« Ja, da erlaubte es ihm die Prinzessin, dass er heraussteigen und mit ihr essen durfte. Und wie sie ihn nun recht betrachtete und sich mit ihm unterhielt, da gefiel er ihr recht gut und immer besser, also, dass sie es gern geschehen ließ, als er zu guter Letzt sie in den Arm nahm und recht tüchtig abküsste. Und wie sie nun zu Bett ging und der lustige Ferdinand ihr klagte, wie ihm der Rücken gar so weh täte, weil er in dem Hirschbauche immer krumm liegen müsse, und wie ganz erbärmlich er in der letzten Nacht habe frieren müssen, da ließ die Prinzessin ihn mit unter ihre Bettdecke schlüpfen, und beide hatten sich dann recht herzlich lieb und versprachen sich, dass sie nicht voneinander lassen, sondern immer so beisammen bleiben wollten und vergaßen ganz, dass sie noch gar nicht verheiratet waren.

So ging das nun vier oder fünf Monate fort, und die beiden waren überaus glücklich. Den lustigen Ferdinand sah man nirgends, und der König meinte, er werde wohl wieder auf Reisen sein. Da wurde plötzlich die Prinzessin bleich und krank, sodass der König ihr seinen Leibarzt schickte, der sie untersuchen und ihr was verordnen sollte. Der Doktor aber schüttelte den Kopf, ging zum König und sprach: »Der Prinzessin kann ich nicht helfen; die wird in einigen Monaten, wenn sie ein kleines Kind bekommen hat, von selbst schon wieder wohl werden.« Darüber ward der König so ungehalten und aufgebracht, dass er den Arzt ins Gefängnis werfen ließ. Dann schickte er einen andern Doktor zu der Prinzessin; der sagte aber dasselbe wie der erste und wurde ebenfalls dafür eingesperrt, zuletzt saßen sieben Ärzte im Gefängnis. Da sprach die Königin: »Wenn du nochmal sieben Ärzte ins Gefängnis wirfst, wird die Sache auch nicht anders, du suchst jetzt einen Mann für unsere Tochter.«

Der König ging zu seiner Tochter auf die Insel und meinte: »Wenn du schon ein Kind bekommst, müssen wir einen Mann für dich suchen«; da lachte die Prinzessin und meinte: »Ich hab einen Mann, den lustige Ferdinand, den du ja selbst in dem goldenen Hirsche mir geschenkt hast«, und öffnete die Tür und ließ ihn aussteigen.

Da ärgerte sich der König zwar, konnte aber doch sein Wort nicht brechen, weil die Prinzessin erklärte, dass sie nie einen anderen lieben und heiraten möge; und so hat der lustige Ferdinand, noch ehe das Jahr herum war, seine Wette gewonnen, hat die Prinzessin behalten und ist nach dem Tode ihres Vaters auch noch König geworden.

Von klugen und tapferen Frauen

Die Weiber von Schorndorf

Am 25. September des Jahres 1688 marschierten die Franzosen unter General Ezéchiel de Mélac an den Rhein, besetzten in rascher Folge Speyer, Mainz, Heidelberg und andere Plätze, zogen sich bei Philippsburg zusammen und wandten sich dann dem Schwabenlande zu. Es folgte die Besetzung von herzoglichen Gebietsteilen und einigen Reichsstädten, darunter Heilbronn. Am 16. Oktober hatten die Franzosen die steinerne Neckarbrücke bei Lauffen eingenommen und in wenigen Tagen sich fast des ganzen schwäbischen Kreises bemächtigt.

Administrator Friedrich Karl brachte den »Landprinzen« Eberhard Ludwig in Sicherheit und begab sich am 20. Oktober selbst auf den Hohentwiel, »um diesen bedeutsamen Posten bei so geschwinden Zeitläuften zu besichtigen und seine Person, dem Lande zum Besten, in größere Sicherheit zu bringen«. Nur die verwitwete Herzogin-Mutter Magdalena Sybille blieb in Stuttgart und wurde auf diese Weise unbeabsichtigt und unbewusst das Vorbild der wackeren Schorndorferinnen, die bald danach, als die Not am größten war, das ganze Land durch ihren Heldenmut aus der schweren Bedrängnis befreiten.

Am 17. Dezember erhielt Schorndorf die Aufforderung, sich zu ergeben. Die Verteidiger der Stadt und ihr Befehlshaber, Pe-

General Ezéchiel de Mélac

ter Krummhaar, waren entschlossen, wehrhaft zu bleiben. Die Magistratsherren auf dem Rathaus waren jedoch anderen Sinnes, der herzogliche Kriegs- und Kirchenrat Tobias Heller und der Hofjunker Friedrich von Hoff hatten sie bewogen, ihre Stadt den Franzosen auszuliefern.

Da zeigten sich die Frauen und Töchter der Stadt glücklicherweise einig und dieser schwierigen Lage mehr gewachsen. An ihre Spitze stellte sich die Bürgermeisterin Anna Barbara Walch. Sie kannte ohne Zweifel die Gefahr, welche dem weiblichen Geschlecht demnächst drohte, und beschloss, Widerstand zu leisten. Sie ließ das »Weibsvolk« in ihre Wohnung bestellen, wo sie sich mit ihresgleichen über eine wirksame Gegenwehr besprechen wollte. Nach kurzer Beredung waren sich die Frauen einig. Sie beschlossen, den Kommandanten Krummhaar in der Verteidigung der Stadt zu unterstützen und die Beschlüsse des Magistrats um jeden Preis zu hintertreiben. Um sicher zu gehen, schlüpfte Frau Walch von außen in den großen Kachelofen der Ratsstube und horchte ungesehen den Verhandlungen zu. Die Sage berichtet sogar, sie habe aus ihrem Versteck heraus warnende und drohende Zwischenrufe vernehmen lassen, welche drinnen unheimlich genug klangen, um Anwandlungen eines

Schauergefühls zu bekommen. Dann kehrte sie zu den Frauen zurück, welche sich alsbald mit feld- und landwirtschaftlichen Geräten bewaffneten.

So drangen sie in die Ratsversammlung ein, entwaffneten die Männer, sperrten sämtliche Auswege ab und hielten sie bei knappster Kost gefangen. Die Behandlung, welche sie den zwei anwesenden Kommissären angedeihen ließen, muss keine zarte gewesen sein. Namentlich wurde dem herzoglichen Kriegs- und Kirchenrat arg mitgespielt. Was für Schmach und Spottreden in dieser Zeit der arme Gefangene hat anhören müssen, ist nicht zu beschreiben. Den herzoglichen Hofjunker zwang man, an den Verteidigungs- und Rettungsgeschäften teilzunehmen. Die Frauen lösten sich beständig ab, Wachfeuer wurden auf dem Marktplatz gemacht, die mutigsten Frauen der Stadt wurden zu Offizierinnen ernannt. Nach zwei Tagen und Nächten zog der Feind ab. Das geschah in der Vorwoche des Weihnachtsfestes 1688.

Durch das Beispiel der Schorndorferinnen ermutigt, bewaffnete sich auch die männliche Bevölkerung der ganzen Umgegend. Mit einem Schlag hatte das geängstigte Landvolk und zum Teil auch die Stadtbürgerschaft sich aufgerafft, um sich zu verteidigen. In Göppingen spielten gleichfalls die Weiber die Hauptrolle. Bei dem herrschenden Misstrauen gegen die Regierung, die sich tatsächlich jämmerlich benommen hatte, wurde ein vornehmer Herr, den man für einen Regierungskommissar hielt, von den Weibern aufgehalten, bis er ihnen eine wahrheitsgemäße Auskunft über seine Sendung gegeben hatte. Auch in Stuttgart stürmten die Bürger das Rathaus und belagerten die Wohnung des französischen Gesandten. Ehe noch die kaiserlichen Hilfstruppen herbeigekommen waren, hatten die Franzosen allenthalben den Rückzug antreten müssen.

Der ganze Erfolg war dem mutigen Auftreten der Frau Bürgermeisterin Walch von Schorndorf zu verdanken. In zweiter

Ehe wurde sie die Frau des neuen Bürgermeisters Johann Georg Kinkelin, dem sie vierzig Jahre lang treu zur Seite stand. Sie selbst starb ohne Leibeserben am 20. November 1741. Im Volksmund lebt sie heute noch – als »Frau Bürgermeister Künkelin«. Ihre erfolgreiche Tat hat die Bedeutung eines wahren und nachahmungswerten Schwabenstreichs erlangt.

Der erste Geschichtsschreiber dieses bedeutsamen Ereignisses, der Provisor Daniel Speer an der Göppinger Lateinschule, welcher im Frühjahr 1689 die Schrift erscheinen ließ, »Der durch das Schorndorffische und Göppingische Weiber-Volck geschüchterte Hahn«, wurde gemaßregelt. Er kam vor ein Stuttgarter Gericht, erhielt eine Festungsstrafe auf dem Hohenneuffen, wo er in zweimonatiger harter Gefangenschaft so mürbe wurde, dass er reuig bekannte, er habe das Büchlein »ohne genugsame Überdenkung« geschrieben – und sofort wurde er begnadigt.

Die Weiber von Göppingen

Daniel Speer, seit 1673 in Göppingen als Kirchenmusiker und Schulmeister angestellt, hat die Geschichte von der Weiber-Courage in Göppingen und Schorndorf mit der von ihm verfassten Flugschrift: »Der durch das Schorndorffische und Göppingische Weiber-Volck geschüchterte Hahn« rasch unter die Leute gebracht und so auch der Nachwelt überliefert. Dies gilt in ganz besonderem Maße für die Ereignisse in Göppingen. Denn die auf uns überkommenen Zeugnisse, vorwiegend Bittschriften, Lageberichte und Notizen in Rechnungsbüchern, lassen zwar die militärischen Bewegungen der belagernden Franzosen nachvollziehen und eindringlich erkennen, wie sehr sich die Zivilbevölkerung vor Plünderung und Brandschatzung fürchtete, sie

geben aber nicht den Blick auf die Göppinger Straßen frei, wo sich das eigentlich Merkwürdige zugetragen hat.

Die Menschen in der Stadt verfolgten besorgt das Näherrücken der französischen Soldaten, die nun nicht mehr weit entfernt, bei Esslingen mit über tausend Mann ihr Lager aufgeschlagen hatten. Auch wenn Göppingen noch nicht direkt bedroht war, so bekamen die Bewohner doch schon recht deutlich die Kriegsnot zu spüren. Göppingen musste im Verbund mit den anderen Städten Lebensmittel zur Verpflegung der Truppen stellen und wiederholt hohe Summen an Kriegssteuern zahlen. Mit dem regierungsamtlichen Schreiben vom 10. Dezember 1688 wurde beispielsweise die Stadt aufgefordert, innerhalb von 14 Tagen, 6000 Gulden »zur handt zu bringen und zu gemeiner Landschafft Cassa gewiss und ohnfelbar einzulüfern«.

Die Regierung in Stuttgart hoffte, mit Geldleistungen den Feind zufrieden stellen und so letztlich die Zerstörung und Verwüstung des Landes verhindern zu können. Diese Politik fand draußen in den Städten wenig Gegenliebe. Hier forderte man vielmehr militärische Aktionen, um die Feinde wieder aus dem Land zu treiben. In den im Dezember 1688 fast täglich abgesandten Schreiben setzt der Göppinger Untervogt, Georg Sigmund Schott, seine ganze Hoffnung auf die baldige Herbeirufung der Truppen des Schwäbischen Kreises; dies umso mehr, als man gerade die neuesten Schreckensnachrichten von der Brandschatzung Tübingens und der Belagerung der Festung Schorndorf erfahren hatte. Gegenüber seinem Amtskollegen in Heidenheim stellte er die Untätigkeit der Regierung bloß, indem er dieser den Widerstandswillen und die Entschlossenheit der Bevölkerung entgegenhielt. Ein starkes Stück der Courage konnte er wenige Tage später in der eigenen Stadt erleben.

Das Geschehen nahm seinen Lauf, als ein Regierungskommissar von Stuttgart kommend in Göppingen eintraf und sich im »Goldenen Kreuz«, der damals ersten Herberge der Stadt, zu einer Stärkung von der Reise niedergelassen hatte. Einigen Göppinger Bürgern kam dieser Mann bekannt vor. Sie waren sich ziemlich sicher, ihn zuletzt in der Festung Asperg gesehen zu haben, als sie dort selbst in Besatzung lagen und diese gegen die Franzosen verteidigen wollten. Mit dieser Erinnerung verbanden sie allerdings nichts Angenehmes. Der hohe Herr hatte nämlich aus ihrer Sicht in unrühmlicher Weise an der Übergabe der Festung an die Franzosen mitgewirkt, er schien ihnen in diesem Zusammenhang sogar »der Beschäftigte« gewesen zu sein. In der Stadt sprach sich dies rasch herum und es verbreitete sich die Befürchtung, dieser Kommissar könne abermals in unguter Mission unterwegs sein.

Eine Volksschar, überwiegend Frauen, zog daraufhin kurz entschlossen vor das Wirtshaus, in der Absicht, den Fremden solange aufzuhalten, bis die erwartenden Kreistruppen eingetroffen wären. Die Menge hatte sich kaum versammelt, da eilte Altbürgermeister Johann Georg Helferich herbei. Er wollte diesen »Weiberaufstand und Zusammenlauff mit harten Worten, auch endlich gar mit zuschlagen« zu unterbinden versuchen. Die Frauen gingen danach heim und kehrten mit allerhand »Kuchel- und Stall-Waffen« zurück. So bewehrt, belagerten sie die schon verschlossenen Stadttore und umlagerten das Wirtshaus zum »Goldenen Kreuz.«

Dem Herrn Kommissar konnte der lautstarke Tumult auf der Straße nicht länger verborgen bleiben. Mit einem Blick aus dem Fenster erkannte er rasch die Situation und rief nach den Pferden für sein Reisegefährt. Der Amtsverweser – Vogt Schott weilte zu dieser Zeit außerhalb der Stadt – und ein fürstlicher Beamter hatten inzwischen die Wirtsstube betreten. Ihnen fiel die unangenehme Aufgabe zu, dem hohen Herrn mitzuteilen, dass nicht mehr er, sondern die Bürgerschaft »Meister« in der Stadt sei und diese ihm die vor die Haustür gebrachten Pferde weggenommen habe. Daraufhin soll der Kommissar voller Zorn zu seiner Pistole gegriffen und aus dem Fenster geschrien haben: »Ich gebe Feuer auff die Canaillen!« Während der Amtsverweser in Angst um das Wohl der Frauen ihn eindringlich bat, von dem Ansinnen abzulassen, zeigte sich die Versammlung von der Drohung keineswegs eingeschüchtert. Nach Speers Bericht sollen einige sogar mit der Aufforderung: »Schmeißt den Herrn zum Fenster heraus!« reagiert haben.

Auch als der Kommissar über die Gründe des Aufruhrs und insbesondere über die zu seiner Mission kursierenden Mutmaßungen ins Bild gesetzt worden war, ließ er sich noch immer nicht beruhigen. Angesichts der in Frage gestellten Rollenverteilung antwortete er hitzig: »Was gehet es die Canaillen an, wann gleich die Herrschaft oder Regierung das ganze Land den Franzosen übergebe, was haben die Canaillen dazu zu reden? Item, ich hätte Lust, wann ich nur in der Nähe ein paar hundert Franzosen haben könnte, solche herein und die Canaillen plündern zu lassen!«

Freilich, fürs Erste hatte das Volk auf der Straße das Sagen. Selbst die taktisch geschickte Aufforderung, man möge ihm die »Rädlingsführer« ausliefern, brachte nicht den gewünschten Erfolg. Die Menge hielt zusammen. Und wie ernst dies war, musste der Diener des Kommissars erfahren, als er mit dem Pferd durch sie hindurchreiten und so Platz schaffen wollte. Er wurde vom Pferd heruntergezogen. Einige »zaußten solchen beim Haar, andere stießen ihn in die Rippen, andere mit in den Händen habenden Steinen klopfften ihm um den Püfel herum, dass also der gute Kerl froh war, noch ohne sondern Schaden dieser Weiber Tractation zu entkommen.«

Als der Kommissar endgültig erkennen musste, dass ihm die städtische Amtsgewalt nicht beistehen und er selbst der Menge nicht entkommen konnte, gab er schließlich seinen Auftrag preis: Er sei wie der schon vor zwei Tagen durchgekommene Kollege auf dem Weg zum Prinzen Ludwig, um diesen mit seinen Soldaten um Hilfe gegen die Franzosen zu ersuchen. Das hätte auch eine kluge Ausrede sein können. Speer schildert, das just in diesem Augenblick Vogt Schott in Begleitung des erwähnten Kommissars zurückgekehrt sei. Er brachte die gute Nachricht mit, die Franzosen übten keine Gewalttätigkeiten gegen die Stadt aus und es komme auch zu keinen Einquartierungen. Dem Vogt, der in der Stadt hohes Ansehen genoss, wurde geglaubt. Als nun auch noch der Göppinger Amts- und Stadtphysikus, Martin Maskosky, mit der Botschaft in der Stadt eintraf, die Truppen der Kreisvölker seien bereits aufgebrochen und im Anmarsch, machte sich endgültig Erleichterung breit. Die Versammlung vor dem Wirtshaus löste sich auf, vereinzelt wurde noch an den Stadttoren »im Verborgenen« Wache gehalten. Der Kommissar beeilte sich, nach Stuttgart zu kommen, um der Herzogin die Nachricht von den anrückenden Kreistruppen zu überbringen. Er musste jedoch vor dem Erreichen der Stadttore umkehren und abermals in dem für ihn so ungastlichen Göppingen absteigen. Inzwischen war nämlich Mélac mit seinen Truppen von Esslingen nach Stuttgart vorgerückt und bereits in die Hauptstadt eingedrungen.

Die hier geschilderte Chronologie der Ereignisse folgt im Wesentlichen der Darstellung Daniel Speers. Für die offenherzige Schrift musste er mit mehrmonatiger Kerkerhaft büßen. Speer hatte in der Flugschrift wohlweislich seinen Namen verschwiegen, aber die Obrigkeit machte ihn schnell als den Verfasser aus. Um die ihn erwartende hohe Strafe zu mildern, bat die Bürgerschaft den Herzog-Administrator Friedrich Karl bei seinem Besuch in Göppingen, im März des Jahres 1689, um Gnade für Speer. Und auch die gesamte Schuljugend trug ein Bittgesuch für ihren inhaftierten Lehrer vor. Am 8. April wandten sich Vogt, Bürgermeister und Gericht von Göppingen an den Herzog mit der Bitte, Gnade walten und Speer in die Stadt zurückkehren zu lassen. Ende Mai 1689 kam Speer endlich frei, wurde aber nach Waiblingen versetzt. Fünf Jahre später durfte er nach Göppingen zurückkehren und wieder in sein altes Amt eintreten.

Der Backnanger Gänsekrieg

Die Gänse hatten für die Backnanger eine enorme Bedeutung. Nicht nur, dass die Gänse morgens mit ihrem lauten Geschnatter durch die Totengasse an die Murr watschelten, sie waren auch für jeden Haushalt Bares. Dreimal im Jahr wurden die Daunen gerupft. Im Frühjahr bereicherten die Eier die Mahlzeiten, im Herbst gab es einen Braten und das Schmalz war ein nahrhafter Vorrat für den Winter. Außerdem war es die Grundlage für selbst zubereitete Salben und Umschläge. Die Kiele der Federn dienten als Schreibgeräte. Die Gans wurde also bis auf die Knochen von den Frauen verwertet.

Hinzu kommt, dass sie mit ihrem Instinkt die Meteorologen von heute ersetzten, denn wenn eine Gans im Frühjahr Eier legt, dann kann man sich darauf verlassen, dass es nicht mehr kalt wird. Auch sind Gänse wachsamere Hüter des Hauses als so mancher Hund. All diese Gaben waren mit nur sehr geringem Aufwand zu erhalten, tummelten sich die Gänse doch den Tag über an der Murr ohne jede Aufsicht, am Abend kamen sie von selbst pünktlich zurück. Da ist es kein Wunder, dass die Zahl der Gänse ständig zunahm.

Da Gänse nun mal keinen Respekt vor Privateigentum haben und Salat und junges Gemüse besonders schätzen, konnte es schon auch mal vorkommen, dass sie sich in die Gärten entlang der Murr verirrten. Und wem gehörten diese Gärten? Den Vermögenderen unter den Bürgern. Die Verwüstung eben dieser Gartenbeete war auch der Grund, weshalb Bürgermeister, Gericht und Rat, nämlich gerade die vermögenden Bürger, im Jahr 1606 die Gänsehaltung in Backnang verboten. Alle Gänse in Backnang sollten abgeschafft werden. Der Auftakt zum Gänsekrieg war gegeben. Die Tatsache, dass auch die vornehmsten Bürgerinnen, nämlich die Müllersfrauen Christina Ludewig und Sarah Primwies, beide Stifts- und Stadtbürgerinnen, an erster Stelle das Schreiben der Backnanger Weiber an den Herzog unterschrieben, zeigt uns, dass der Unmut der Frauen quer durch alle Schichten ging.

Denn es waren Männer, die das Verbot aussprachen, es waren die reicheren und vornehmeren Männer, nämlich Bürgermeister, Gericht und Rat, die Verwaltung. Schon damals wurde Hausarbeit offensichtlich so geleistet, dass für die Männer zwar das Ergebnis sichtbar war, nicht aber die vielen Einzelheiten, die getan werden mussten, um einen reibungslosen Ablauf zu garantieren. Im Klartext: Es musste erst der Gänsebraten zu Martini wegfallen und im Bett ungemütlich kalt werden, damit auch den Männern die Tragweite dieser Entscheidung bewusst wurde. Aber zunächst brach unter den Frauen ein Sturm der Entrüstung aus und sie forderten von der Verwaltung, das Verbot zurückzunehmen, stießen aber auf taube Ohren. Die Gänse mussten abgeschafft werden.

Über die damaligen Ereignisse berichten heute nur noch Kopien des Schriftverkehrs zwischen dem Herzog und den Backnanger Weibern einerseits, aber auch zwischen Herzog und Stadtverwaltung beziehungsweise Vogt und den sich später noch einschaltenden Backnanger Männern. Leider sind die Kopien nicht vollständig, sodass aus den vorhandenen Briefen die Vorgänge rekonstruiert werden mussten. Die Frauen wollten sich dem Verbot nicht beugen. Da die Stadtverwaltung hart blieb, wandten sie sich an die nächsthöhere Instanz, die höchste überhaupt im Lande, an den Herzog. Als dieser bei seinem nächsten Besuch, vier Jahre nach dem Verbot, mit seinem Gefolge zum Jagen nach Backnang kam, wandten sich die Frauen im August 1610 mit einem Bittschreiben direkt an ihn und brachten ihr Anliegen ausführlich und mit großer Klarheit vor: »... bitten hierauf Euer fürstlich Gnaden wir ganz demütig und hochfleißig, dieselben wöllen unser ob eingeführter Ursachen wegen durch gnädigen Befehl verschaffen, dass obgemeldte unser fürgesetzte Obrigkeit allhie zu Backnang uns wie von Alter wieder lassen Gäns halten.« Der Herzog schenkte den Frauen Gehör und ließ die Sache überprüfen. Sein Vogt, Lienhard Korn, nahm dazu im Einvernehmen mit der Stadtverwaltung folgendermaßen Stellung: Die Gänsehaltung sei verboten worden, weil die Gänse »alles verderbt und verwüstet (hätten) was andere mit großen Kosten uff ihren Güettern angebaut hätten«. Außerdem weist er daraufhin, dass die Sache so dringend nicht sein könne, weil sich sonst ja die Männer um die Angelegenheit kümmern würden. Er jedenfalls plädiere für Härte und auch dafür, »den Weibern mit Strafen oder starkem Verweis zu begegnen, damit die Weiber nicht zu viel Gewalt gegen die Obrigkeit und die Männer gewännen«. Der Herzog jedoch stellte sich auf die Seite der Frauen und verlangte, dass eine Lösung gefunden werden müsse. Er meinte, dass man »solch Gevögel« nicht einfach abschaffen könne.

Doch nichts geschah, weshalb die Frauen ein weiteres Schreiben an den Herzog richteten, worin sie ihn auch daran erinnerten, dass er bei seinem Regierungsantritt versprochen habe, »alle alten Freiheiten seiner Untertanen zu achten«. Wieder stellte sich die Stadtverwaltung stur, denn inzwischen ging es längst nicht mehr nur um die Gänse, sondern ums Prinzip. Würde man jetzt nachgeben, würde der »lautere Hass und Widerwillen gegen die Obrigkeit noch belohnt und überhaupt sei ein Verhandeln mit diesem gemeinen Weibervolk ganz umsonst und vergebens«.

Aber auch der Herzog gab nicht nach. Er ordnete an, seine Räte mögen zur Backnanger Sache Stellung nehmen. Doch auch diese Stellungnahme, die den Backnangerinnen bis zu drei Gänsen zubilligt, wurde von der Stadtverwaltung abgelehnt mit der Begründung, die Stadt würde unregierbar, wenn man jetzt nicht hart bliebe.

Inzwischen schrieb man April 1611 und noch immer war keine Lösung in Sicht. Im Gegenteil, der Konflikt spitzte sich immer mehr zu. Jetzt griffen auch die Backnanger Männer ein. Sie schrieben einen Brief an den Herzog und erinnerten ihn an seinen Befehl vom letzten Jahr, dass die Gänsehaltung wieder erlaubt werden müsse, dass dieser Befehl von der Stadtverwaltung jedoch bis heute missachtet würde. Dies bringe große Zerrüttung und Uneinigkeit unter die Bürger. Gestern habe der Bürgermeister sogar Frauen mit Schimpf und Schande ins »Narrenhüslin« gebracht. Der Herzog solle endlich Ordnung schaffen und dem Bürgermeister verbieten, sich weiter in diese und andere Rechte der Bürger einzumischen.

Auf die erneute Stellungnahme des Herzogs erfolgte aber wieder nur Ablehnung durch die Stadtverwaltung. Sie denunzierte die unterschreibenden Bürger als »widerspenstige Hetzköpfe« und blieb bei der Befürchtung, die Stadt würde unregierbar, sobald man nachgebe. Im Mai 1611 setzte der Herzog eine Spezialkommission ein, die den Auftrag hatte, den Streit in Backnang endlich zu schlichten. Die nicht überlieferte Empfehlung dieser Kommission begünstigte wohl eher die Frauen. Die Stadtverwaltung verweigerte erneut die Ausführung.

Im Januar 1612 wandten sich die Frauen wieder an den Herzog mit einer ausführlichen Beschreibung der Zustände. Nach wie vor würden Frauen, die Gänse hielten, schwere Geldstrafen auferlegt, oder sie müssten deshalb ins Gefängnis. Selbst stillende Mütter würden vom Stadtknecht abgeführt. Sie äußerten in dem Schreiben auch die Befürchtung, dass sie durch dieses neuerliche Bittgesuch noch mehr Schikanen erdulden müssten als bisher. Wieder wurde von der Obrigkeit, diesmal vom Landhofmeister, eine Kommission eingesetzt, um die Sache zu klären. Die Stadtverwaltung wurde im Februar 1612 dazu von zwei Räten aus Stuttgart vernommen. Ausführlichst trug sie noch einmal alle Argumente gegen die Gänsehaltung vor. Einstimmig stünden alle Räte hinter diesem Beschluss und »sollte der Herzog nicht gnädig sein, bitten sie alle um ihren Rücktritt aus Amt und Würden, damit nur endlich die scharfen, ehrenrührigen Worte gegen sie aufhören und der Hader ein Ende habe«.

Die herzoglichen Räte und die Stadtverwaltung einigten sich schließlich auf einen Vergleich. Noch im selben Monat wurde eine Gänseordnung erlassen, die die Gänsehaltung in Backnang regelt. Diese Ordnung hatte später in ganz Württemberg Gültigkeit.

Die Geschichte des Backnanger Gänsekriegs war den Bürgern in Backnang lange Zeit eher als Anekdote bekannt denn als wahres Ereignis; viele kannten sie überhaupt nicht. Erst der Beschluss des Backnanger Gemeinderates im Dezember 1980, den neuen Brunnen in der Fußgängerzone mit einer Gänsefrau zu verzieren, rief die Geschichte wieder in Erinnerung. So wurde den streitbaren Backnanger Frauen in unserer Zeit ein Denkmal gesetzt.

Weiberlist

Ein Herr, der sich zum Sonntag einen Gast vom Lande geladen, brachte seiner Magd zwei Hähnchen mit, die sie zum Essen braten sollte. Die Magd richtete sie auch zu und rückte sie in der Pfanne ans Feuer. Aber als sie nun gar wurden und zu duften begannen, vermochte sie ihrer Leckerhaftigkeit nicht zu widerstehen, schlang beide Hähnchen hinunter und warf die Knöchlein in die Asche. Inzwischen kam der Gast vor der Zeit und fand die Hausmagd in der Küche. »Ist der Herr noch nicht zu Hause?«, fragte er. »Um des Himmels willen«, raunte die Magd und zeigte mit der Hand auf die andere Türe, »nur still, wenn Euch Euer Leben lieb ist. Er steht dahinter und zieht sein Messer noch ab, er will Euch beide Ohren abschneiden!« – »Was ist das«, sagte der Gast, »bist du unsinnig?« – »Nein, aber er«, entgegnete die Magd, »das kommt zuweilen über ihn. Vor acht Tagen hat er noch einem die Ohren abgeschnitten, hier in der Küche.« Da machte der Gast, dass er aus dem Hause kam, aber er war noch nicht zur Türe hinaus, so trat der Herr mit dem Messer in der Hand durch die andere herein. »Die Hähnchen sind gar«, sagte er, »man riecht es durch das ganze Haus. Ich will sie einstweilen zerlegen.« – »Schöne Gäste habt Ihr«, sagte die Magd. »Eben ist er hier gewesen und schnappt sie mir aus der Pfanne und fort war er. Wenn Ihr lauft, könnt Ihr ihn noch erwischen.«

Der Herr wusste nicht recht, was er davon halten sollte, aber er setzte ihm nach und sah ihn auch alsbald auf der Gasse vor sich laufen. Aber der begann nur schneller zu rennen, als er ihn mit dem Messer kommen sah, und sein Gastgeber rannte hinter ihm her und schrie: »Wenigstens eines kannst du mir doch lassen.« – »Überhaupt keins«, schrie der Gast und rannte in der Angst um seine Ohren zum Tore hinaus, so schnell ihn die Füße trugen; und weil er nie wieder in der Stadt einkehrte, so ist es auch nicht herausgekommen, wo die Hähnchen geblieben waren.

Sibylle auf der Teck

Zu den bekanntesten Bergen der Schwäbischen Alb gehört die Teck bei Kirchheim. Sie springt als scharfe Bergecke gegen das Neckarland vor, weithin sichtbar und die Gegend beherrschend. Dort stand vor uralten Zeiten ein Heiligtum unserer germanischen Vorfahren. Nächtliche Opferfeuer flammten empor, und heilige Priesterinnen flehten die Götter an um Schutz und Segen. Später erhob sich auf dem Berg die stolze Burg der Herzöge von der Teck, deren Gedächtnis noch im Wappen und Titel des württembergischen Königshauses erhalten ist.

Unter dem Felsen, worauf einst die Teckburg stand, befindet sich eine merkwürdige Höhle. Man nennt sie das Sibyllenloch. Von ihrem Eingang aus hat man eine schöne Aussicht auf den weiten Westen und die untergehende Sonne. Ihr Inneres ist aus bräunlichem Gestein schön und hoch gewölbt. Mehrstimmiger Gesang hallt herrlich in ihr, und dem Knall einer Pistole antwortet ein mächtiger Widerhall aus der Tiefe des Berges. Nach kurzer Zeit verengt sich die Höhle, sodass, wer weiter will, auf dem Bauch kriechen muss.

Nach der Volkssage soll sich einst die Höhle zwei Stunden weit, bis Gutenberg, hingezogen haben, denn eine Ente, die man einmal hineingesetzt, sei bei Gutenberg in der Lauter wieder zum Vorschein gekommen. Angestellte Grabungen haben dies nicht bestätigt, aber die Knochen mächtiger ausgestorbener Raubtiere, des Höhlenbären und Höhlenlöwen, haben sie zutage gefördert. In dieser Höhle soll ein großer Schatz verborgen sein, über dessen Herkunft uns nachfolgende Sage Aufschluss gibt.

Vor uralter Zeit wohnte tief drinnen im Teckberge eine wunderbare Frau, die von den Leuten die Sibylle genannt wurde. Die Höhle war der Eingang zu ihrer unterirdischen Wohnung, die wohl schöner und herrlicher gewesen sein mag als das Schloss eines Königs. Denn die Sibylle war unermesslich reich an Silber, Gold und Edelgestein. Da sie auch fromm und gut war, hatten ihr die Götter die Zaubermacht und die Gabe der Weissagung verliehen. Oft fuhr sie auf ihrem goldenen Wagen, der von zwei großen Katzen, andere sagen auch von Pferden, gezogen wurde, ins Land hinaus, besuchte die Leute und tat ihnen Gutes, wo sie nur konnte. Von ihren Prophezeiungen ist noch manches im Gedächtnis des Volkes erhalten geblieben. So von einem schrecklichen Krieg, der einst am Rhein, in der Gegend von Köln, ausbrechen werde. Während dieses ganzen großen Krieges, der furchtbarer sein wird, als je ein Krieg gewesen ist, wird es »drei Stunden um Teck herum« sicher sein.

Die Sibylle hatte drei Söhne. Diesen gefiel es, als sie groß geworden waren, nicht mehr im unterirdischen Schloss der Mutter. Sie bauten sich eine feste Burg auf dem nahen Wielandstein, dessen Felsen steil über das Lenninger Tal sich erhebt. Aber

bald gerieten sie miteinander in Zank und Streit, denn der jüngste Bruder, ein tückischer und händelsüchtiger Mensch, tat der Mutter viel Leid an und hetzte auch die beiden anderen Brüder fortwährend gegeneinander auf. Mit der Zeit wurde die Feindschaft so groß, dass die drei Brüder nicht einmal das Wasser mehr aus derselben Quelle trinken mochten, sondern es aus drei verschiedenen Brunnen schöpften.

Der eine ließ es aus dem Wasserfall bei der Torfgrube holen, der andere aus dem Brunnen im Rinnenbuckel und der dritte aus der Lauter. Der Magd, die das Wasser holen musste, gab der böse Bruder jedes Mal einen Wolf als Begleiter mit. Zuletzt bauten sich zwei Brüder eigene Schlösser, der eine auf dem Teckberg, der andere aber, der schlimmste, auf dem Diepoldstein. Hier führte er ein arges Räuberleben und nahm seiner Mutter und seinen Brüdern weg, was er nur konnte. Man hieß ihn deshalb »den Rauber«, und diesen Namen hat sein Schloss behalten bis auf den heutigen Tag. Auch sagt man heute noch im Lenninger Tal von Brüdern, die immer in Händel und Feindschaft miteinander leben: »Das sind Kerle wie die drei Brüder auf'm Schlössle.«

Der Zwist der ungeratenen Söhne machte der Mutter großen Kummer. Es gefiel ihr nicht mehr im Lande, und sie beschloss auszuwandern. Eines Tages bestieg sie ihren wunderbaren Wagen, fuhr auf ihm den steilen Teckberg hinab, dann uber den Kahlenberg und den Götzenbrühl den Dettinger Teich hinunter, durch die Lauter hindurch und die Weinberge empor zum Reigelwald. Dort erhob sie sich mit ihrem Wagen in die Luft, fuhr über die Wälder hinweg und ließ sich endlich auf einem Wiesenplatz zwischen Linsenhofen und Beuren nieder. Hier verliert sich ihre Spur, und niemand hat sie seitdem mehr gesehen.

Der Wiesenplatz aber heißt immer noch die »Sibyllenkappel«. Er galt bis in das 19. Jahrhundert hinein als heilige Stätte, und die Wiesen waren steuerfrei. Der Weg von der Höhle bis zum Reigelwald hat noch den Namen »Sibyllenfahrt« und ist wunderbarerweise deutlich zu erkennen. Alle die Stellen nämlich, über welche der Wagen und die Füße der Zugtiere hinweggegangen sind, haben den Sommer hindurch ein satteres Grün und behalten es auch im Spätjahr vierzehn Tage länger als die anderen. Auch die Frucht, die hier wächst, hat ein brauneres Gelb und schmeckt ganz vortrefflich.

Ihre Schätze hat die Sibylle in der Höhle zurückgelassen. Sie liegen in einem Koffer oder einer Truhe verwahrt und werden von einem schwarzen Pudel bewacht. Wer sie hebt, wird unermesslich reich. Viele Leute haben es schon versucht, doch ohne Erfolg. In den Kriegszeiten des 16. Jahrhunderts wagten sich ihretwegen sogar spanische Soldaten in die Höhle hinein. Sie brachten aber nichts mit heraus als blutig zerschundene Hände und zerrissene Kleider.

Der Schatz im Sibyllenloch

Die Sibylle hat viele Schätze im Teckberg zurückgelassen. Die sind dort in einer Höhle und werden von einem tiefschwarzen Pudel mit einem weißen Krawättle bewacht. Einmal wollte ein Mann aus Beuren in die Höhle eindringen, um den Schatz zu heben. Da aber sei der Pudel riesengroß geworden, seine Augen seien wie Pflugräder gewesen und aus seinem Rachen sei Feuer geloht. Erschrocken ist der Mann geflohen und ist von dem Schrecken lange Zeit krank gelegen.

Bis heute ist niemand zu den Schätzen vorgedrungen, obwohl viele danach gesucht haben. Aber ein Sonntagskind, das in der Johannisnacht oder in den zwölf heiligen Nächten geboren ist, kann den Schatz heben und unermesslich reich werden.

Die Katharinenlinde bei Esslingen

In Esslingen lebte einmal ein Mädchen namens Katharina; das wurde beschuldigt, eine Hexe zu sein. Obgleich sie ihre Unschuld beteuerte, wurde sie doch auf die Höhe zwischen dem Kernen und dem Rotenberg geschleppt und dort verbrannt. Im letzten Augenblick, ehe die Flammen sie erfassten, rief sie mit lauter Stimme: »Zum Zeichen dafür, dass ich unschuldig sterbe, werden drei Blutstropfen vom Himmel fallen, sobald ich tot bin. Und noch eine Probe meiner Unschuld will ich geben: Begrabt mich an der Stelle, an der ich sterbe, und wenn sich die Erde über meiner Asche geschlossen hat, so sollt ihr eine Linde mit der Krone nach unten und mit den Wurzeln nach oben in meinen Hügel einpflanzen. Die Linde wird trotzdem ausschlagen und der stärkste Beweis für meine Unschuld sein.« Kaum

war sie tot, da fielen wirklich drei Blutstropfen vom Himmel, und als man die Linde in den Grabhügel pflanzte, wie das Mädchen es gesagt hatte, da grünte sie wirklich. Die Linde wurde darum Katharinenlinde genannt.

Das Mädchen von Esslingen

Als General Ezéchiel de Mélac vor Esslingen sein Lager aufgeschlagen hatte, sandte er Botschaft an den Rat der Stadt, er wolle sie verschonen, wenn man ihm jene Bürgerstochter ausliefere, die er beim Anmarsch vor den Toren der Stadt gesehen hatte. Darauf sei die Bürgerschaft eingegangen und Mélac sei abgezogen, sagen die einen. Nach den anderen aber haben die Bürger das wüste Ansinnen abgewiesen. Mélac stürmte die Stadt und hielt seinen Einzug.

Benedikt Hägele, der Wirt zum Schwarzen Adler in der Küfergasse, fürchtete deshalb für das Schicksal seiner Tochter Margarete – denn sie war es gewesen, auf die Mélac sein Auge geworfen hatte –, zog ihr Mannskleider an und versteckte sie im Haus des Weingärtners Peter, das in der oberen Beutau dicht an der Stadtmauer gelegen war. Als das Mädchen im Haus ihres Vaters nirgends zu finden war, ließ Mélac die ganze Stadt nach ihr absuchen. Endlich auf der Bühne von Peters Haus fand man sie und schleppte sie auf die Burg, wo sich Mélac in dem Häuschen an der hinteren Mauer eingerichtet hatte. »Willst du die Meine werden«, redete Mélac sie an, »so soll deine Vaterstadt von Stund an frei sein; andernfalls ist sie verloren und allen voran dein Vater.« Einen Augenblick besann sich Margarete. Dann willigte sie ein, sich für die ihrigen aufzuopfern. »Aber nicht hier in der Stadt wollen wir zusammen sein«, sagte sie, »sondern Obertürkheim zu hat mein Vater einen Weinberg und einen einsamen Turm darin. Dort wollen wir uns diese Nacht um zwölf Uhr treffen.« – »Sonderbar«, erwiderte Mélac, »aber um deinetwillen soll mir's recht sein.« – »So lass mich jetzt nach Haus, dass ich von den meinigen Abschied nehme«, bat Margarete. Mélac willigte ein.

Als Margarete nach Hause kam, erzählte sie ihren Eltern, was sie vorhabe und bat ihre Eltern, ihr einen Dolch mitzugeben, da sie Mélac zu ermorden gedenke. Sie nahm von ihren Eltern Abschied und kam zur festgesetzten Zeit in das Weinberghäuschen zu Mélac. Kaum stand sie vor ihm, als sie den Dolch zog, um ihn zu ermorden. Doch er entwand ihr ihn. In demselben Augenblick aber fuhr es wie Sturmessausen über das Türmchen, als sollte es einfallen, und eine Stimme rief: »Verbrecher, dein Maß ist voll, du musst mit!« Entsetzt griff Mélac nach dem Dolch, stieß ihn Margarete ins Herz, rannte hinaus, setzte sich auf seinen Rappen und musste, ob er wollte oder nicht, der wilden Jagd nachreiten und wird wohl mit ihr reiten müssen bis an den Jüngsten Tag.

Das Silberglöcklein auf der Stuttgarter Stiftskirche

Auf den Höhen um Stuttgart standen einst sieben Burgen. Eine von ihnen hieß die Weißenburg. In dieser wohnte eine Edelfrau. Die hatte sich einst im Walde verirrt und kam nicht mehr heim. Da nahm ihre Tochter ihr sämtliches Silbergeschmeide, brachte es zum Silberschmied und ließ daraus ein silbernes Glöckchen machen. Als es fertig war, hing man es in den höchsten Turm der Burg. Die Tochter läutete es selbst täglich abends um neun Uhr und nachts um zwölf Uhr, damit der Klang von der Mutter gehört werde als Zeichen des Heimwehs der Tochter. Aber die Mutter hörte das Glöcklein nicht und kam nicht wieder, solange das Edelfräulein lebte. Daher setzte die Tochter, nachdem sie viele Jahre gewartet hatte, in ihrem

Vermächtnis fest, dass das Glöcklein auf dem Turm der Stuttgarter Stiftskirche ganz oben aufgehängt werde, wenn einmal die Weißenburg nicht mehr stehe. Dazu setzte sie zweihundert Gulden aus für den Mesner, der das Glöcklein zu läuten habe.

Und als sich nach zweihundert Jahren eine Prinzessin im Walde verirrte und an dem Klang des Glöckleins den Weg nach Hause wieder fand, da wurde die Stiftung erneuert.

Der Hexensprung über das Lenninger Tal

Der Graf zu Wirtemberg, der auf seiner Burg Hohenurach saß, hatte eine wichtige Botschaft an den Kaiser nach Prag zu übermitteln und wollte auch so bald wie möglich den kaiserlichen Bescheid in Händen haben. Der Bote sollte, so befahl der Graf, binnen acht Tagen gen Prag und wieder zurück nach Hohenurach

reiten. »Das vermag der beste Reiter unter der Sonn nicht!«, erklärten die Knechte und wagten darum nicht, dem Befehl ihres Herrn nachkommen. Ein ganzer Tag verging; kein Bote fand sich, und der Graf wurde immer ungeduldiger.

Da meldete sich am Abend ein altes, buckliges Weiblein beim Grafen von Wirtemberg und versprach ihm, seinen Wunsch zu erfüllen. Ehe eine Woche um sei, werde seine Botschaft beim Kaiser und dessen Antwort in des Grafen Hand sein. »Dank, gute Frau«, sagte der Graf, »haltet Ihr Euer Wort, so soll Euch ein reicher Botenlohn werden.«

Die Frau ging nach Hause, setzte einen kohlschwarzen eisernen Topf auf das Herdfeuer und bereitete aus allerlei Wurzeln und Kräutern eine Zaubersalbe. Damit bestrich sie ein Kalb, setzte ihren Mann darauf und schärfte ihm ein, unterwegs ja kein Wort zu sprechen. Dann rief sie: »Hopp hopp auf!«, und schon hob sich das Kalb in die Luft und jagte davon.

Dem Mann verging Hören und Sehen bei dem wilden Ritt durch die Nacht. Aber am Morgen traf er auf der Prager Burg ein, übergab dem Kaiser die Botschaft und erhielt auch sogleich ein Schreiben, das er dem Grafen nach Hohenurach bringen sollte. Ohne Säumen machte sich der Mann auf den Rückweg. Wieder ging's auf dem Kalb hoch in den Lüften wie der Sturmwind über Felder und Wälder, Berge und Täler dahin. Schon war er am Lenninger Tal – und mit einem mächtigen Sprung setzte das Kalb von der einen Talwand zur andern hinüber. »Ho! Das war aber ein Sprung!«, entfuhr es unversehens dem Mann – und schon lag er auf der Erde, so gewaltig hingeschlagen, dass ihm alle Knochen im Leibe wehtaten. Als er sich wieder erhoben hatte, war das Kalb verschwunden. Es blieb ihm nichts anderes übrig, als den Weg unter die Füße zu nehmen, um noch rechtzeitig mit der kaiserlichen Botschaft auf die Burg Hohenurach zu kommen. Hätte er geschwiegen, wäre ihm viel Mühe erspart geblieben.

Die Esslinger Zwiebeln

Im Herbst ist der Teufel einmal nach Esslingen gekommen. Er war gekleidet wie ein vornehmer Herr und spazierte durch die Straßen. Er wurde auch von vielen Esslinger Bürgern höflich gegrüßt. Zuletzt kam er auf den schönen Wochenmarkt, ging zu einer Marktfrau und verlangte einen Apfel. Die Marktfrau aber war aus einem Esslinger Filial, und die sind immer noch ein bisschen gescheiter als die Esslinger. Als sie sich nun bückte, um aus einem Korb einen schönen Apfel zu holen, sah sie, dass der vornehme Herr einen Geißfuß hatte. So wusste sie auch gleich, wer vor ihr stand. Sie ließ schnell den Apfel, den sie schon in der Hand hatte, wieder fallen, nahm stattdessen eine große Zwiebel und reichte diese dem Teufel mit den Worten: »Beißat Se no herzhaft nei, i han für Sia an ganz bsonders Schena rausgsucht!« Der Teufel biss in die Zwiebel, verzog das Gesicht, stampfte auf den Boden und verschwand unter Schwefelgestank. Seitdem sei der Teufel nie mehr nach Esslingen gekommen. Die Esslinger aber heißen seit dieser Begebenheit bei ihren Nachbarn »Zwiebeln«.

Dieser Name hat aber gar nichts Abwertendes, duftet es doch im Herbst aus allen Wirtschaften nach dem beliebten Zwiebelkuchen, der unbedingt zum Neuen Wein gehört. Eduard Mörike hat dem Zwiebelkuchen sogar ein literarisches Denkmal gesetzt.

Gräfin Henriette von Wirtemberg und Mömpelgard

Im Jahr 1415 geriet der tapfere Carl Friedrich von Zollern, der Oetinger genannt, in Streitigkeiten mit Wirtemberg, und um einen mächtigen Helfer zu bekommen, verkaufte (oder verpfändete) er seine Burg mitsamt Hechingen an Bernhard von Baden. Bisher war er in württembergischen Diensten und einer der Räte Graf Eberhards IV. gewesen. Nun kündigte er nach dessen Tod (1419) der Administratorin-Witwe, der Gräfin Henriette von Wirtemberg, mit groben Schimpfworten den Dienst auf. Als man ihm mit ihrer Feindschaft drohte, ließ er das Wort fallen: »Kann oder wird mich ein giftiges Weibsbild verschlingen?« Der Gräfin wurde das Wort hinterbracht, und sie schrieb an ihn: »Ja, nicht nur dich, sondern auch deine Burg Hohenzollern, samt allem, was seines Rechtes ist, will ich verschlingen, auf dass du mit Schaden inne werdest, wie du nicht ein feiges Weibsbild, sondern deine Fürstin verachtet und gereizt hast.«

Als bald darauf der Graf in eine Fehde mit den verbündeten Reichsstädten geriet, die vor seinen Räubereien nicht sicher waren, und seine Burg zwei Jahre lang vergeblich von ihnen belagert ward, ergriff die Gräfin Henriette den Augenblick der Rache, sandte den Belagerern unerwartet 2000 ihrer Kriegsknechte und nötigte den Grafen, dem zuletzt nur noch 34 Mann übrig geblieben waren, zur Übergabe. Den Gefangenen steckte sie in einen tiefen Turm zu Mömpelgard, wo er lange schmachtete. Die Ulmer aber zerstörten das Schloss und zerbrachen selbst die Steine.

Erst nachdem Graf Ludwig von Wirtemberg die Regierung angetreten hatte, wurde der Oetinger freigelassen und auf einem Zuge nach dem gelobten Land (1429). Sein Bruder Eitelfritz verglich sich mit Wirtemberg und erhielt gegen Abtretung einiger Dörfer und dem Versprechen, für sich und seine Nachkommen auf ewige Zeit Wirtembergs Diener zu sein, die zerstörte Burg wieder.

Prinzessin Antonia von Wirtemberg

Prinzessin Antonia, die älteste Schwester Herzog Eberhards III., war eine der geistreichsten Frauen ihrer Zeit. Sie wurde von den evangelischen Geistlichen Johann Jakob Strölin, Johannes Laurentius Schmidlin, dem Großvater Albrecht Bengels, und Johann Valentin Andreä in Philosophie, Religion und Hebräisch unterrichtet. Sie befasste sich mit der Mystik und der Kabbala.

Mit ihren Lehrern zusammen entwarf sie die Konzeption für das berühmte Teinacher Altarbild, bekannt als »Turris Antoniae« oder »Die kabbalistische Lehrtafel der Prinzessin Antonia«. Diese Lehrtafel stellt den Versuch dar, das umfassende Weltbild (»totius mundi«) farbig im Bild festzuhalten. Bemerkenswerterweise ist hier die göttliche Dreieinigkeit weiblich personifiziert dargestellt.

Friedrich Christoph Oetinger hat über diese Lehrtafel tiefgründige Betrachtungen angestellt und seine Erkenntnisse aufgeschrieben. Vor allem aber ist beachtlich, dass in dieser Zeit von einer Frau derartige Gedanken und Inspirationen ausgingen.

Von Herrschern, Rittern, Bürgern und Bauern

Der Blutturm im Nesenbachtal

Zur Zeit des deutschen Königs Arnulf lebten auf der Biberburg am Neckar in der Nähe von Cannstatt zwei Brüder, Ericho und Werner. Ihr Charakter war sehr verschieden. Der ältere Ericho war ruhig und ernst, der jüngere Werner dagegen leichtsinnig,

unbesonnen und schnell aufbrausend. Trotz dieser Verschiedenheit lebten die Brüder in großer Einmütigkeit beisammen. Ihr Hauptvergnügen war die Jagd. Besonders gerne jagten sie im Nesenbachtal, denn die Abhänge desselben bedeckten große Wälder, und das Wild kam oft herab ins Tal, um an dem Bach zu trinken oder in den Seen zu baden.

Als sie einst wieder dort jagten, wurden sie von einem Gewitter überrascht. So ungern sie es taten, denn sie hatten noch gar nichts erlegt, mussten sie sich doch nach einem Schutz vor dem Gewitter umsehen. Sie begaben sich daher in einen alten Turm, welcher noch aus der Römerzeit stammte und nah beim Egelsee stand. Als sie in der Nähe des Turmes waren, zerschmetterte ein Blitzstrahl eine gewaltige Eiche, und ein Reh, welches unter ihr Schutz gesucht hatte, sprang herbei und legte sich in seiner Angst zu Erichos Füßen. »Nun dürfen wir doch nicht ohne Beute heimkehren«, rief Werner und erhob seinen Jagdspeer. »Schone das arme Tier, das bei uns Schutz sucht!«, rief ihm sein Bruder zu und beugte sich über das zitternde Reh. Aber schon hatte Werner den Speer geschleudert und dieser fuhr in Erichos Schulter. Nach wenigen Minuten gab der tödlich Getroffene seinen Geist auf, nachdem er noch seinem Bruder vergeben und ihn ermahnt hatte, seiner Unbesonnenheit Meister zu werden.

Werner geriet in Verzweiflung. Nachdem sein Bruder im Erbbegräbnis ihrer Familie zu Mühlhausen am Neckar beigesetzt worden war, nahm er seine Wohnung in dem alten Turm, der nun der Blutturm hieß. An der Stelle, wo die unselige Tat geschehen war, ließ er ein hohes Steinkreuz errichten. Sechs Jahre lebte er hier in tiefster Einsamkeit, täglich gequält von Gewissensbissen, und konnte die Ruhe seiner Seele nicht finden. Endlich entschloss er sich auf den Rat eines alten Priesters, der sich zufällig zu ihm verirrt hatte, eine Pilgerfahrt ins heilige Land zu unternehmen. Ehe er ging, grub er in das Steinkreuz die Worte: »Den Brudermord sühnt nicht Reue und Buße.«

Erst nach 62 Jahren kehrte er wieder zurück. Er war in Palästina in Gefangenschaft geraten, hatte bei verschiedenen Herren als Sklave gedient, war im Gefängnis gelegen und endlich bei einem Zug durch die Wüste ohnmächtig zusammengebrochen, und der Sklavenvogt hatte ihn als Futter für die Schakale liegen lassen. Ein alter, milder Araber hatte ihn gefunden und es ihm ermöglicht, in die Heimat zurückzukehren. Nun stand er als armer Greis wieder an der Stätte, an der sein Leben eine so ernste Wendung genommen hatte. Der Blutturm hatte inzwischen wieder einen Bewohner gefunden; denn an jener Stelle des Tales hatte Herzog Liudolf von Schwaben einen Stutengarten angelegt, und der Aufseher wohnte nun in dem Blutturm. Niemand wusste mehr etwas von der unglücklichen Tat, welche hier geschehen war. Denn die Inschrift an dem Kreuz war unleserlich geworden.

Noch einmal betete Werner an dem Steinkreuz. Einige Tage später fand man ihn tot am Grabe seines Bruders in der Kirche zu Mühlhausen liegen. Seine Züge waren friedlich. Er hatte seine Schuld hart gebüßt und konnte nun versöhnt zu seiner Ruhe eingehen.

Sankt Urban

Im 9. Jahrhundert erschien in Schwaben, von Sankt Gallen ausgesandt, ein christlicher Sendbote, der dem schwäbischen Volk, das noch nicht christlich war, das Evangelium bringen wollte. Dieser Glaubensbote hieß Urban. Er predigte überall, vom Bussen bis an den Neckar herab, besonders aber in der Nähe von römischen Niederlassungen, zum Beispiel in Rottenburg, Ulm, Cannstatt. Als er alt geworden war, bewohnte er in der Nähe von Cannstatt eine Klause, und diesen Ort nannten seine Anhänger Altenburg (des »Alten Burr oder Burrle«). Um des alten Urbans Klause erhoben sich bald viele Wohnungen, die sich zu einem Städtlein vermehrten, welches endlich gar mit einer Mauer umgeben wurde. Von hier aus entsandte Urban wiederum seine Lehrboten; er selbst aber predigte so weit im Umkreise, als seine Füße ihn just an einem Tag zu tragen vermochten. Hatte er sein Berufswerk vollendet, so kehrte er wieder heim nach Altenburg am Strande des Neckars. Hohe Stangen mit Querhölzern als Zeichen des Kreuzes verkündeten, dass Christen hier wohnten.

Urban unterrichtete seine Zuhörer aber nicht nur in den christlichen Heilswahrheiten, sondern er lehrte sie auch die Reben pflanzen und die köstlichen Beeren keltern und den Saft in Kübeln bewahren zum Umtrunk bei frohen und traurigen Vorkommnissen. Hieran fanden gar viele Menschen aus leicht begreiflichen Gründen guten Gefallen, und wo ein sonnenreicher Berg sich erhob, der am ehesten vom Schnee befreit war, da wurden Reben gepflanzt mit großer Sorglichkeit und unermüdlichem Fleiß, so besonders an den südlichen Höhen von Cannstatt bis hinauf nach Esslingen und hinüber nach Wendlingen. (...)

Bis zum Jahre 1320 war Stuttgart Filial von Altenburg, und manche Einwohner von Stuttgart mussten noch lang den so genannten Galluszins bezahlen. Urban hatte nämlich Gaben gesammelt zum Bau des Klosters zu Sankt Gallen. Erst war es freier Wille, wer etwas geben wollte, dann eine Gewohnheitsgabe und später eine Musssteuer. Denn manche Grundeigentümer schenkten aus Gottesfurcht dem heiligen Gallus ein Stück Land, dessen Ertrag dem Patron alljährlich verfiel. Wer nun dieses Land später kaufte, erbte, geschenkt erhielt oder bebaute, der war gehalten, einen gewissen Abtrag davon der Kirche zu Altenburg zu entrichten.

Den heiligen Urban verehren noch heute unsere Weingärtner als ihren Schutzpatron. In Stuttgart und in Uhlbach hat man ihm unter der Gestalt eines Weingärtners ein Denkmal gesetzt, und beim Urban in Uhlbach steht in den Stein eingehauen der Spruch:

O heiliger Urban, schenk uns Wein,
wir wollen dafür dankbar sein!

Die Belagerung der Burg Hohenstaufen

Im Jahre 1127 wurde die Burg Hohenstaufen von König Lothar belagert. Die Besatzung bestand nur aus einigen Burgmannen, die der alte, schon neunzigjährige Burgvogt Sueneger befehligte. In der Burg war auch die kranke Herzogin Judith mit ihren Kindern. Schrecken überfiel die Burgbewohner, als sie das große königliche Heer sahen. Nicht einmal einen Boten mehr konnten sie an den Herzog Friedrich absenden, um ihn zum eiligen Entsatz herbeizurufen. Als der König den Berg enger umschloss, flüchteten sich auch die Bewohner des Dorfes Hohenstaufen hinauf in die Burg. Allein nun hatte sich die Zahl ihrer Insassen so vermehrt, dass bald Mangel an Wasser und Nahrung eintrat. Die Lebensmittel wurden nur noch in kleinen Portionen abgegeben.

Da sah man die Kinder des Herzogs im Burghof ihren Trank und ihre Nahrung an die Not leidenden Kinder verteilen. Namentlich der kleine Friedrich mit den blauen Augen und den hellblonden Haaren, von dem man noch nicht ahnte, dass er der große Kaiser Friedrich Barbarossa werden würde, ging oft herum und schenkte, was er selbst erhalten hatte.

Als die Not aufs höchste gestiegen war, ließ der Burgvogt den letzten Scheffel Gerste dem letzten Ochsen füttern. Dann wurde dieser geschlachtet und Sueneger warf den vollen Ochsenmagen über die Mauer, dass er vor dem Feind zerplatzte und die schönste Gerste zum Vorschein kam. Die Belagerer vermeinten, dass es bei den Burgleuten doch nicht so schlimm stehen könne, wenn sie ihr Schlachtvieh noch so gut füttern, und wollten abziehen. Da rückte aber der Bruder der Herzogin Judith, Herzog Heinrich von Bayern, auch noch als Feind vor die Burg und die

Belagerung wurde fortgesetzt. Das brach der kranken Frau das Herz. Sie starb bald nach der Ankunft des Bruders.

Während nun droben auf der Staufenburg alles sich dem Schmerze hingab, ordneten Lothar und Heinrich drunten ihre Heerhaufen, um die Burg jetzt mit verdoppelten Kräften anzugreifen. Aber ehe sie zum Sturme schreiten konnten, kam aus der Burg ein Herold und begehrte die Herren zu sprechen. Sueneger ließ den Tod der Herzogin melden und begehrte, um die hohe Leiche im Lorcher Kloster beisetzen zu können, einen zweitägigen Waffenstillstand. Das Gesuch wurde bewilligt, jedoch mit der Bedingung, dass der Leichenzug seinen Weg durch das königliche Lager nehmen müsse. Man wollte Sueneger damit schrecken, denn niemand im Lager glaubte an den Tod der Herzogin. Man hielt es für eine Kriegslist, durch die man Kostbarkeiten aus der Burg bringen wolle.

Am andern Tag gegen Abend tat sich das Tor der Burg auf und der Leichenzug kam heraus. Dienstmannen trugen den prunklosen Sarg, hinter dem Sueneger ging, den kleinen Friedrich an der Hand. Nach ihnen kam das Schwesternpaar, dann die Besatzung der Burg in glänzender Waffenrüstung und zuletzt das in die Burg geflohene Landvolk. Heiße Tränen rollten über die Wangen der Trauernden, die vom Wachen und Hungern bleich und hohl geworden waren. Am Eingang zum Lager harrten König Lothar und Herzog Heinrich des Zuges. Sie glaubten noch jetzt nicht an den Tod der Herzogin. Darum befahlen sie, den Sarg zur Erde zu stellen und zu öffnen. Wie erschraken sie aber, als ihnen das bleiche und vergrämte Antlitz der Toten entgegenstarrte. Herzog Heinrich stieß einen erschütternden Schrei aus und warf sich in wildem Schmerze über die Leiche der Schwester, die er durch seinen Stolz und seine Härte getötet hatte. Mit seinen Rittern und Knechten schloss er sich dem Trauergefolge an und begleitete die Tote hinab zur stillen Gruft im Kloster Lorch.

Zum Hohenstaufen kehrte Heinrich nicht mehr zurück. Er ließ dem König sagen, dass er der Toten zulieb von der Fehde gegen die Staufer abstehe. Allein aber wollte Lothar die Belagerung nicht fortsetzen, zumal er Kunde erhielt, die Herzöge Friedrich und Konrad seien mit Heeresmacht im Anzug. So schlug er das Lager ab und zog mit seinem Heere von dannen. Als kurz darauf die beiden Staufer anrückten, waren sie höchst erstaunt, den Feind nicht mehr vor der Burg anzutreffen. Ihre Freude verwandelte sich aber in Trauer, als sie Judiths Ende vernahmen und erfuhren, wie sie noch im Tode die Retterin der Burg gewesen war.

Ein Schwabenstreich

Ruhmwürdig ist die Courage, welche jener Soldat gehabt, in dem Kriegsheere Barbarossae; dieser tapfere Alemann und Schwab könnte wegen seines abgematteten Pferds der Armee nicht folgen, hatte also ziemlich weit nach derselben seinen müden Schimmel an dem Zaum geführt, ganz alleinig, dem aber fünfzig starke Türken begegneten, vor welchen er sich allein ganz nicht entsetzt, sondern mit einer Hand sein Ross gehalten, mit der andern also gefochten und einen solchen Streich geführt, dass er einem Türken vom Kopf hinab den ganzen Leib, auch durch den Sattel, bis auf die Haut des Pferds voneinander zerspalten, ob welchem die andere der Gestalten erschrocken, dass sie eilends die Flucht genommen: dergleichen tapfere Courage gebühren einem rechtschaffenen Soldaten.

Diese Geschichte aus der Schwäbischen Chronik hat Ludwig Uhland zu seiner Ballade »Schwäbische Kunde« inspiriert.

Flämmchen am Aasrücken

Über dem Aasrücken beim Hohenstaufen tauchen nächtlicherweise kleine Flämmchen auf, die zwischen dem Staufen und dem Rechberg hin und her wandeln und hineinfliegen ins Land. Eins von diesen Lichtern ist heller und größer als alle andern: Das ist der Geist Kaiser Rotbarts, der seine stolze Stammburg sucht und das große alte Reich. Zuletzt kommt ein kleines Flämmchen: das ist der unglückselige Konradin, den die Reue nagt, weil er die Burg der Väter vergaß, den Horst, aus dem die Adler sich geschwungen.

Verschiedene Bewohner der Gegend erzählen, dass man zu bestimmten Zeiten immer noch die Lichter sieht.

Die Glocke im Sindelfinger See

Eines Tages, als Graf Utzimbert von Calw müde von der Jagd im Sindelfinger Wald, auf seine Burg heimgekehrt, eingeschlafen war, hatte er einen seltsamen Traum. Es däuchte ihn, als träte ein Mann in weißen Kleidern vor ihn und spräche zu ihm: »Du sollst die Mauern deiner Burg abbrechen und aus ihren Steinen eine Kirche bauen. Zum Zeichen dafür, dass ich von Gott komme, lass dir sagen: es wird sich eine Glocke in einem See in der Nähe finden; diese soll der Erstling für das Gotteshaus werden und für ewige Zeiten soll sie auf seinem Turme hangen.«

Kaum graute der Tag, da meldete sich einer seiner Jäger beim Grafen, er habe ihm wichtige Kunde zu bringen. »Was ist's?«, fragte Utzimbert. »Schon lange war ich einer Wildsau auf der

Fährte. Gestern Abend bin ich wieder auf ihre Spur gekommen; wie ich sie verfolge, komme ich zu einem See im Walde. Dicht an seinem Ufer im Gestrüpp fand ich die Sau mit ihren Jungen in einer Höhlung am Boden, und der Rand der Höhlung glänzte wie Metall. Wie ich aber genauer hinsehe, da war die Höhlung der Bauch einer gewaltigen Glocke; die hatte die Sau aus dem See gewühlt.«

Als der Jäger seinen Bericht geendet, erkannte der Graf die Wahrheit seines Traums. Alsbald sandte er Leute an den See, um nach der Glocke zu suchen. Und wirklich fand man diese ganz nach des Jägers Bericht. Mit Mühe zog man die Glocke aus dem Schlamm und hängte sie auf den Turm der neu erbauten Kirche zu Sankt Martin in Sindelfingen.

Die Sünderhalde

Am Tag des heiligen Servatius 1339 vergnügten sich Hans Bernhard Rugger, Rudolf von Weißenburg und einige andere im Adelberger Freihof zu Stuttgart mit Ballschlagen. Bernhard Rugger strengte sich besonders an, den Ball zu treffen; denn am Eingangstor stand die schöne Hilde Loselin und schaute mit ihrer Freundin dem Schlagen zu. Leider traf er aber gerade heute weit daneben, während sein Freund immer sehr gut schlug. Diesem »lustpatscheten« die Fräulein, während sie den Rugger auslachten, zumal er erst kürzlich der Loselin seine Geschicklichkeit im Ballspiel auf einem Spaziergang im Lustgarten gerühmt hatte. Da er schon lange eifersüchtig auf Rudolf von Weißenburg war, wie er merkte, dass die Hilde Loselin diesem mehr zugetan war als ihm, so geriet er jetzt in höchste Wut, warf Ball und Schläger

in die Ecke und ging hinüber in die Wirtschaft zur Ilge, um seinen Unmut im Wein zu ertränken. Aber seine Wut wurde nur größer, denn er sah durchs Fenster, wie sein Nebenbuhler die Fräulein nach Hause begleitete und wie sie Abschied nahmen unter schallendem Gelächter, welches er auf sich bezog. Unglücklicherweise kam der Glückliche auch herein in die Ilge und trank neben dem Erzürnten seinen Wein. Er redete ihm zu, er solle doch kein »Wenzel« und wegen dieser Geschichte nicht so zornig sein, versuchte auch, mit ihm anzustoßen. Rugger aber wollte nichts wissen, sondern stürzte seinen Wein hinunter und stellte sich draußen auf. Als Rudolf sorglos pfeifend herauskam, stieß ihm Rugger seinen Degen in die Brust, dass er rücklings niederfiel. Flugs eilte der Mörder davon; aber der Getroffene rief ihm nach: »Rugger, das ist ein Bubenstück und wird dir schwer vergolten werden, wie du es verdienst!«

Der Mörder wurde sogleich ergriffen, und es wurde ihm vom Adelsgericht zu Wien das Todesurteil gesprochen. Als ihm das Urteil verlesen wurde, sagte er nichts darüber, sondern bat nur darum, ihn die Stätte wählen zu lassen, wo er büßen sollte, was ihm auch gewährt wurde. Hierauf sagte er: »Meine Ahnen besaßen bis auf mich, den Letzten meines Geschlechts, den Gabelberg längs des Dobels als gültfreies Eigentum, dort will ich sterben, da, wo mein Vater die ersten Reben pflanzte, und diese Halde soll geheißen sein ›der Sünder‹ für ewige Zeiten. Auch soll die Weinberghalde zinsen der Stadt zwölf Pfund Heller, dafür soll sie aber wieder verpflichtet sein, jedem armen Sünder auf seinem Endgange eine Zweimaßkanne voll guten Weins nachtragen zu lassen und davon zu trinken zu geben, so viel er mag. Also soll es schon bei mir gehalten werden.«

Rüstig schritt Rugger hinaus, seinem Todesplatze entgegen. Bei dem untern Heusteigweg blieb er stehen und verlangte Wein und trank zwei Schoppen, dann wallte er weiter, die Esslinger Steige hinauf bis dahin, wo der Weg erstmals rechts gegen die Heide des Gabelberg zieht, dort trank er nochmals und an seinem Weingarten zum dritten Mal. Dann setzte er sich frei auf ein niedriges Mäuerlein, nicht fern vom Graswege, wo man die Stadt überschauen kann, zog sein Brusthabit aus, nahm lauten

Abschied von dem Ort seiner Jugend, reckte dann den bloßen Hals weit vorwärts und empfing furchtlos den Todesstreich, obwohl er erst 22 Jahre, zwei Monate und sieben Tage alt war. Sein Kopf fiel ihm in den Schoß und sein Körper blieb sitzen, bis man ihn nahm und nahebei begrub. Die Weingarthalde hat noch heute den Namen »Sünder«, und eine Steintafel mit lateinischer Inschrift zeigte noch lange Zeit die Richtstattmauer an.

Der Postmichel von Esslingen

Im Herbst des Jahres 1491 wurde der Esslinger Kaufherr Amandus Marchtaler auf der Esslinger Steige zwischen Stuttgart und Gablenberg ermordet aufgefunden. Trotz aller Nachforschungen blieb der Mörder unbekannt.

Nach einigen Jahren, als fast schon Gras über die Sache gewachsen war, fand der Esslinger Postbote Michel Banhard einen kostbaren Siegelring an der Stelle, da der Mord geschehen war, steckte ihn arglos an den Finger und saß so eines Tages in der Herberge bei einem guten Trunk mit seinen Gesellen. Da kamen die Gerichtsschergen und holten ihn in den Turm; denn die ganze Stadt zieh ihn des Mordes. Aber trotz aller Folterqualen wollte er die Tat nicht gestehen. Endlich aber war er von der Pein zermürbt und verlangte selbst nach dem Tod.

Als letzte Gnade bat er sich aus, auf seinem Schimmel zur Richtstatt reiten und noch einmal auf seinem Horn ein Stück blasen zu dürfen. Als er an dem Haus Marchtalers vorbeiritt, sah eben dessen Neffe, der des kinderlosen Oheims Gut geerbt hatte, zum Fenster heraus. Als Michel ihn sah, rief er zu ihm hinauf: »Junger Herr, ich muss unrechterweise für Euer geerbtes Blutgut das Leben lassen. Es mög Euch all Euer Tun so sauer werden, wie mir meine Endwallfahrt am heutigen Tag, weil Ihr kein mild Wort geredet habt für mich, den armen Postknecht. Alljährlich einmal, am Michaelistag, aber will ich Euch vor den Fenstern ein Stücklein blasen, daß Euch's durch Mark und Bein gehen soll.« Darauf blies er noch eins auf seinem Horn. Und dann ging's hinaus zur Richtstatt.

In demselben Augenblick, da er hingerichtet wurde, hörte man auf der Straße nach Stuttgart einen Reiter traben, der sein Posthorn blies. Als aber die Michaelisnacht kam, da hörte man plötzlich im Hof des Marchtalerschen Hauses des Postmichels wohl bekanntes Horn. Marchtaler und die Nachbarn fuhren aus den Betten und liefen ans Fenster. Da sahen sie den Michel auf seinem Schimmel sitzen, den Kopf unter dem Arm in den Gärten an der Rübgartensteig verschwinden und hörten ihn im Wegreiten ein Lied blasen.

Am nächsten Morgen verließ Marchtaler die Stadt und zog fernhin über Land. Aber er fand nirgends Ruhe; denn er selbst war der heimliche Mörder seines Onkels. Er mochte sein, wo er wollte: alljährlich erschien ihm in der Michaelisnacht der, der unschuldig den Tod für ihn gelitten. Nach langer Irrfahrt kam er als gebrochener Greis nach Esslingen zurück. Noch einmal musste er die böse Nacht erleben. Am andern Morgen fand man ihn in Krämpfen vor seinem Bett liegend. Daraufhin beichtete er seine Tat, stiftete sein Vermögen den Armen und bestimmte insbesondere, dass jedem durchkommenden armen Wanderer acht Pfennige zur Zehrung gereicht werden sollten. An der Stelle aber, da er den Mord vollbracht hatte, ließ er ein Steinkreuz errichten und die Worte daraufschreiben:

Wanderer, steh still,
Merk, dass um Heilands Will
Zu Stuttgarten im nahen Tal
Acht Pfennig werd dir an der Zahl.

Die drei Herrenberger Grafen

In dem festen Bergschloss Herrenberg wohnten vor langer Zeit drei Grafen, die das Schloss und die Stadtkirche erbaut hatten. Weil sie aber ein so wildes, wüstes Leben geführt hatten, mussten sie nach ihrem Tod geistweis gehen. Man hörte sie oft zur Herbstzeit beim Jagen im Schönbuch lärmen und schreien, und das Gebell der Hundemeute gellte nächtelang durch den Wald. Ab und zu fuhren sie auch auf einem mit vier Katzen bespannten Wagen vom Herrenberger zum Ehninger Schloss, und das ging wie der Wind über Stock und Stein, mit Saus und Braus. Nicht umsonst war in der Nähe des Herrenberger Schlosses mitten im Wald ein Platz, auf dem die Hexen zum Tanz zusammenkamen.

Der Schäferlauf zu Markgröningen

In Markgröningen lebte einmal ein Graf, der hatte einen Schafsknecht namens Bartholomäus. Nun wurde der Knecht einmal bei dem Grafen verklagt, dass er heimlich von seines Herrn Schafe verkaufe und das Geld für sich behalte. Der Graf war sehr überrascht, denn er hatte den Barthel immer für treu und ehrlich gehalten. Er konnte kaum glauben, dass er sich in ihm getäuscht habe. Doch beschloss er, sich selbst zu überzeugen.

Er reiste also über Land und kam als Metzger verkleidet zurück. Dann ging er zu dem Knecht auf das Feld und versuchte ihm etliche von den Schafen abzukaufen. Aber wie sehr er auch

schmeichelte und bat und so teuer er auch die Schafe bezahlen wollte, der Knecht wollte nichts davon wissen. Ja, als er nicht nachließ und nach einem Stück der Herde griff, erhob der Knecht seine Schippe und wollte den frechen Metzger schlagen. Da gab sich der Graf zu erkennen. Er lobte den treuen Knecht, schenkte ihm einen Hammel und befahl, dass jedes Jahr an Bartholomäi, am Namenstag seines treuen Knechts, die Schäfer ein Freudenfest feiern und dabei des ehrlichen Barthels gedenken sollten. Daher wird heute noch alle zwei Jahre, am 24. August, der Schäferlauf zu Markgröningen abgehalten.

Herzog Ulrich von Wirtemberg

Herzog Ulrich von Wirtemberg war in ganz jungen Jahren zur Regierung gelangt. Von Haus aus von feuriger, anspruchsvoller Art wusste er nicht Maß zu halten in dem, was ein Fürst verlangen darf. Darum begann er bald, sein Volk hart zu drücken. Da rotteten sich die Bauern des Landes zusammen, um das harte Joch abzuschütteln. Ihr Anführer war ein Mann namens Hans, der war ein Pfeifer und stammte aus Hardt bei Nürtingen. Und zum Zeichen dessen, dass sie in großer Not waren und keinen Rat mehr wussten, hieß sich die Bauernrotte »der arme Konrad«.

Die Rotte der Bauern zog gegen das Remstal, der Herzog ihnen nach. Vor Schorndorf nahm er ihren Haufen gefangen, ihre zwölf Anführer aber wurden zum Tode verurteilt. Doch wollte der Herzog ihnen die Gnade gönnen, dass jeder mit ihm um sein Leben würfeln dürfe. Einer um den andern von den zwölfen würfelte, keiner warf mehr als der Herzog; darum wurde einer um den andern zum Tode geführt. Als Letzter kam der Pfeifer an die

Herzog Ulrich von Württemberg

Reihe. Der Herzog würfelte und warf zwölf. Wie aber der Pfeifer den Würfelbecher in die Hand nahm und die Würfel auf den Tisch rollten, war eines der Augen an einem der Würfel abgesprungen, und der Pfeifer hatte dreizehn geworfen. Damit war er frei und konnte nach Hause gehen.

Als etliche Jahre nachher der Schwäbische Bund gegen Herzog Ulrich zu Felde zog und ihn geschlagen hatte, also dass er mit wenigen Getreuen des Landes verjagt wurde, da kam Hans der Pfeifer zu ihm und versprach ihm, ihn sicher außer Landes zu geleiten, da er alle Wege und Stege kenne. Also führte er den Herzog zuerst über die Filder, willens, ihn zum Herrn von Lichtenstein und von da aus über die Alb und die Donau in die Schweiz zu führen. Als sie aber hinter Köngen an die große Neckarbrücke kamen, da war sie von den Bündischen dicht besetzt. Mutig schritt der Pfeifer voran mit nichts bewaffnet als mit seinem guten Beil. Damit hieb er einen um den andern zu Boden, bis er die Brücke bis zur Mitte gesäubert hatte. Der Herzog sprengte ihm nach und gedachte, den Rest der Feinde vollends niederzureiten. Allein diese waren noch zu stark und setzten dem braven Pfeifer und des Herzogs Begleitern hart zu. Als der Andrang der Bündischen gar zu stark wurde, da nahm des Herzogs Getreuester, Georg von Sturmfeder, ihm den Herzogsmantel ab und legte ihn sich selbst um. Und wie der Herzog sah, dass sich auch der Pfeifer der Feinde nicht mehr erwehren konnte, da rief er: »Mir nach, Georg!«, gab seinem Pferd die Sporen, setzte über das Geländer der Brücke und sprengte in den Fluss hinab. Georg, der ihm folgen wollte, versank in den Fluten. Als die Bündischen sahen, wie der Herzogsmantel in den Wellen verschwand, glaubten sie nichts anderes, als dass der Herzog ertrunken sei, und freuten sich, eines so scharfen Gegners ledig zu sein. Allerdings entdeckten sie später, dass eine Täuschung gewesen war und Herzog Ulrich noch lebte.

Ulrich aber ritt, froh seinen Feinden entrinnen zu können, davon in der Richtung, die ihm der Pfeifer gewiesen hatte. Dieser aber hatte gerade noch so lange die bündischen Reiter aufhalten können, bis der Herzog den rettenden Sprung tun konnte. Dann brach er schwer blutend zusammen. Im Davonjagen hörte Ulrich eben noch den Sterbenden die Worte von der Brücke herunterrufen: »Herr Herzog, wir sind quitt!«

Ulrich ritt erst in der Richtung nach des Pfeifers Heimat, den Neckar aufwärts gegen Oberensingen und Hardt. Dort hatte ihm der Pfeifer zu Lebzeiten einen Unterschlupf beschrieben in einer Schlucht zwischen beiden Ortschaften. Es war dies ein Felsenspalt, in dem sich eben ein Mann verstecken kann. Dort barg sich Ulrich in der ersten Nacht. Als er am andern Morgen erwachte, hatte eine Spinne ihr Netz über den Eingang seiner Höhle gesponnen. Plötzlich hörte der Herzog Pferdegetrappel. Zwei seiner Verfolger ritten dicht an seinem Versteck vorbei. Da hörte er, wie der eine zum andern sagte: »Gesell, wir wollen die Höhle durchsuchen; gewiss steckt er drinnen.« – »Bist du von Sinnen?«, erwiderte darauf der andere. »Was wird er in der Höhle stecken? Dann hätte er doch beim Hineingehen das Spinnengewebe zerreißen müssen.« Damit ritten die beiden weiter; die Spinne hatte dem Herzog das Leben gerettet. Noch heute nennt man das Felsenloch in der Schlucht unterhalb von Hardt den Ulrichstein.

Von da zog Ulrich als armer, einsamer Wanderer weiter dem Lichtenstein zu, wo ihm der Burgherr in Treue zugetan war. Zu Reicheneck, zwischen Metzingen und Reutlingen, verdingte der Herzog sich an einen Bauern um des lieben Brotes willen. Aber er bekam bald Streit mit den andern Knechten. Von einem von diesen erhielt er einmal eine Ohrfeige. Darum machte er sich wieder auf die Wanderschaft. Von Reicheneck ging der Herzog Tübingen zu. In der Nähe der Stadt traf er in einem Weinberg einen Weingärtner, der eben mit den seinigen eine Schüssel Erbsenbrei auslöffelte. Der Herzog hatte weidlich Hunger, trat deshalb bescheiden an die Essenden heran und bot ihnen die Zeit. »Wit mitthalta?«, fragte der Alte. Als der Herzog es bejahte, fuhr dieser fort: »No lang zua!« Aber der Herzog sah sich fragend um, denn er hatte keinen Löffel. Da lachte der Weingärtner den Herzog aus und sagte: »Guck, i mach dir oin.« Darauf schnitt er das Knäusle vom Brotlaib, höhlte es aus und gab es dem Herzog als Löffel. Der Herzog nahm ihn und half damit wacker den Brci auslöffeln. Zum Schluss aß er auch den Löffel. Während dem erfuhr er allerlei, unter anderem auch den Namen des Tübingers und dass er in der unteren Stadt in der Froschgasse wohne.

Als der Herzog nach Jahren wieder in sein Land gekommen war, geschah es eines Abends, als er sich an die Tafel setzte, dass ihm kein Löffel gedeckt war. Da fiel ihm die Geschichte mit dem Tübinger Weingärtner ein und sogleich schickte er einen Eilboten in die Froschgasse nach Tübingen mit dem Befehl, ihm den Mann sofort herzubringen, wie er gehe und stehe. Dieser war entsetzt, denn er wusste, dass mit dem Herzog nicht zu spaßen war. Als er in das Schloss nach Stuttgart kam, musste er neben dem Herzog an der Tafel Platz nehmen. »Warum isst du nicht?«, fragte der Herzog. Der Tübinger gestand, dass er keinen Löffel habe. »Kannst du keinen Löffel machen?«, herrschte der Herzog den Erschrockenen an. »So will ich dir's zeigen.«

Und der Herzog schnitt das Knäusle vom Brotlaib, höhlte es aus und reichte es seinem Gast. Da konnte der gute Mann nichts mehr sagen als: »Also send Ihr's gwäe, Herr Herzich!« Lachend bejahte es der Herzog, beschenkte den Weingärtner reichlich, gewährte ihm und seinen Nachkommen Freiheit von Lasten und Abgaben, wie er es auch denen von Hardt getan hatte zum Dank für des Pfeifers Treue.

Wie der Herzog Ulrich aber noch auf der Flucht war, kam er nach langen Irrfahrten in die Gegend des Lichtenstein. Er wusste zwar, dass der alte Burgherr treu zu ihm hielt, doch wagte er es nicht, am helllichten Tag in die Burg zu gehen. Darum versteckte er sich den Tag über in der Nebelhöhle und kam nur in der Nacht auf den Lichtenstein. Aber auch dort wusste außer dem Burgherrn und seiner Familie niemand um den nächtlichen Gast als eben der treue Torwart. Auch wurde des Herzogs Name nie genannt. Wenn er abends an das Burgtor kam und Einlass begehrte, so sagte er nur: »Der Mann ist da.« Daraufhin öffnete ihm der Torwart.

Die Goldmacher in Stuttgart

Wenn die Stuttgarter Bürger in den 1590er Jahren am Schloss vorbei, an dem Lusthaus und dem Anlagensee vorübergingen, so konnten sie fast zu jeder Tageszeit, gewöhnlich aber in aller Frühe und den ganzen Vormittag, besonders wenn der Vollmond am Himmel stand, aus einem langen Kamin des Lusthauses eine dicke schwarze Rauchsäule emporwirbeln sehen. Verwundert blieben sie dann stehen, weil ihnen einfiel, dass hier der Herzog seine Goldküche hatte, in welcher er mit seinem Alchimisten die geheime Kunst praktizierte, Gold zu machen aus altem Eisen und anderen unedlen Metallen.

Die Alchimie oder die geheimnisvolle Kunst, unedle Metalle in edle, in Gold zu verwandeln, diese vermeintliche Kunst wurde schon in den ältesten Zeiten mit großem Eifer betrieben, und obgleich stets vergeblich versucht, fand sie in der Habsucht und Verirrung der Menschen doch jederzeit wieder neue Nahrung. In Deutschland breitete sie sich besonders im 16. Jahrhundert stark aus. Gelehrte und Ungelehrte, Hohe und Niedere ergaben sich ihr, an fürstlichen Höfen, selbst am Hof des Kaisers Rudolf II. wurden Hofalchimisten angestellt und Laboratorien eingerichtet, worin das große Geheimnis mit unglaublicher Beharrlichkeit verfolgt wurde. Zu den eifrigsten Verehrern dieser Kunst gehörte auch der Herzog Friedrich I. von Württemberg, ein Mann von sonst hellem Verstand. Er hatte in der Alchimie

sogar Unterricht genommen, dies geschah bei einem gewissen Peterleisen von Innsbruck, der nachher sein Sekretär war. Um eine ergiebige Geldquelle zu bekommen, beschloss er, die Alchimie ernstlich zu betreiben. Da es ihm aber im Land an Eingeweihten der Kunst fehlte, so sah er sich auswärts nach solchen um und erließ ein Ausschreiben, in dem es hieß: »Wer die geheimnisvolle Kunst der Alchimie versteht und sichere Proben seiner Geschicklichkeit dartun kann, der soll an mein Hoflager nach Stuttgart kommen, wo ihn Ehre, Atz (Nahrung) und guter Lohn erwarten wird.«

Zu diesem Zweck richtete sich der Herzog ein schönes Laboratorium im alten Lusthaus am Tiergarten ein und praktizierte täglich darin. Der Tiergarten lag zwischen dem jetzigen alten Schloss und dem Anlagensee. Nicht selten geschah es nun, dass der Herzog mit Schurzfell, aufgestülpten Ärmeln und Lederhosen wie ein gemeiner Schmied zu sehen war, ja, er sprang oft im gleichen Gewand eilig zum Geheimschreiber und diktierte ihm dieses oder jenes oder unterschrieb vorgelegte wichtige Dokumente; sogar ein Todesurteil gegen einen jungen Adeligen unterzeichnete er in diesem Labor, ohne es zu lesen. Als nun das Todesurteil vollzogen war, stellte es sich heraus, dass der angebliche Mörder seine Tat in unbewusstem Nachtwandel vollbracht hatte und völlig unschuldig war. Danach soll sich an vier aufeinander folgenden Freitagen nachts in der Geisterstunde in dem Laboratorium ein Gespenst gezeigt haben, das dortselbst übel wütete und allerlei Tiegel und Kolben zerschmiss.

Auf des Herzogs Ausschreiben stellten sich bald mehrere Fremdlinge ein, die sich zu Meistern der Alchimie aufwarfen. Der erste war ein gewisser David Bürkheimer von Wasserburg. Im »Gasthaus zum Becher« quartierte er sich ein, machte daselbst mehrere Gaukelkünste und gewann dadurch sein Herbergsgeld. Der Herzog hörte von dem angekommenen Tausendkünstler, ließ ihn zu sich rufen und befragte ihn über die Alchimie. Bürkheimer erklärte zwar, dass er es in dieser Kunst bis jetzt noch nicht zur Vollkommenheit gebracht habe, er hoffe und glaube jedoch, dass er in Bälde den Stein der Weisen finden werde. Es gingen ihm zur Erreichung dieses Ziels nur die nötigen Mitte ab, so der Herzog ihm die Gnade schenken wolle, sein Laboratorium zu seinen Versuchen einzuräumen, so verpfände er seine Freiheit und sein Leben dafür, sehr bald aus zwei Mark Silber vier Lot Gold zu gewinnen. Dessen war der Herzog froh und führte den Fremdling in seine Werkstatt. Dieser meinte, man müsse noch mehreres in den Einrichtungen verändern lassen. Während dies geschah, aß und trank Bürkheimer »Maul was witt« und schritt nach einunddreißig Tagen festlichen Lebens zur Probe seiner Kunst, welche aber völlig misslang. Hierauf sagte er, so es dem Herzog genehm sei, wolle er den berühmtesten Alchimisten von ganz Bayern kommen lassen. Er heiße Hans Hasenbühler, sei ebenfalls aus Wasserburg gebürtig, derzeit aber halte er sich in Wien auf. Um dem Herzog aber zu beweisen, welche Vorteile ihm aus diesem Besuch erwachsen würden, bat er ihn auf Mitternacht in das Laboratorium, wo er unter allerlei Sprüchen und mit vielem Schwören zuerst Hasenbühler sichtbar machte und dieser, obgleich nur als Geist anwesend, dem Herzog zwei Säcke mit Gold herbeipraktizierte, deren Inhalt er im Raume ausschüttete, sodass man ihn mit der Hand berühren und sich von der Echtheit und Realität des kostbaren Metalls überzeugen konnte. Kaum aber hatte es von den Türmen der benachbarten Kirche die erste Stunde des kommenden Tages geschlagen, da verschwanden Geist und Gold, indem sie sich scheinbar in Luft auflösten.

Nach diesem Geschehnis, welches den Herzog sehr beeindruckte, genehmigte er dem Alchimisten sein Ansinnen, ja, er drängte ihn, nur eilig dem Hasenbühler zu schreiben und ihn mit feinen Worten zu gewinnen. Im Fall, dass seine Kunst tauge, verspreche er ihm 10 000 Gulden, ein hochfürstliches Quartier, ein Leibpferd und einen Teil des Gewinns. Nach vierzig langen Tagen meldete dem Herzog ein Brief von Göppingen, dass Hans Hasenbühler, des römischen Königs Hofalchimist von Regensburg, daselbst angekommen sei, jedoch krank darnieder liege in der »Herberge zu den drei Königen«, der Kranke könne daher nicht so eilig an das herzogliche Hoflager nach Stuttgart gelangen.

Den Herzog berührte diese Nachricht höchst unangenehm, er meinte schon den, auf welchen er seit vierzig Tagen so große Hoffnungen gesetzt, sterben zu sehen und befahl augenblicklich, ein Feldlagerbett bester Art aufzuschlagen und nach Göppingen in das »Gasthaus zu den drei Königen« damit zu fahren und dort seiner Befehle zu harren. Er selbst setzte sich in ein Eilwägelchen und fuhr pfeilgeschwind nach Göppingen, um womöglich dem etwa Sterbenden noch sein Geheimnis abzugewinnen. Als er hinkam, saß Hans Hasenbühler im warmen Bad, so gesund wie ein Fisch. Die Stimmen der in das Badezimmer Tretenden nannten aber hörbar des Herzogs Namen, worauf Herr Hasenbühler sich augenblicklich todkrank stellte und den Kopf hängen ließ, als ob er auf der Stelle sterben müsste. Dabei kam dem Badenden sein ohnehin bleiches und mageres Gesicht wohl zustatten. Herzog Friedrich bot ihm die Hand, ohne sich zu erkennen zu geben. Hasenbühler sah ihn an und sagte dann mit matter Stimme: »Ihr seid Herzog Friedrich der Weise von Württemberg, das sagt mir mein innerer Spiegel, in welchem ich jeden Menschen zu erkennen vermag.« Friedrich fragte staunend, ob er ihn denn schon gesehen habe. »O nein«, erwiderte Hasenbühler, »aber weise Leute, welche mir ähnlich sind, vermag ich in aller Welt zu erkennen.« Diese Rede flößte dem Herzog großen Respekt vor dem Fremdling ein, besonders hatte die Angabe seines Namens für ihn etwas Unerklärliches, da ja niemand wusste, wohin er aus Stuttgart gefahren war. Eigenhändig hob er daher den teuren Mann aus der Badewanne und sorgte für treuliche Pflege, guten Trunk und würzige Speisen.

Am 6. Juni 1594 fuhr der angeblich todkranke Alchimist langsam aus den Toren Göppingens, bestaunt von einer großen Menschenmenge. In Stuttgart angekommen, erhielt er vom Herzog selbst im Schlosshof die Weisung, sich nach dem »Gasthaus zum Hirschen« zu begeben und dort sich so lange zu pflegen, bis er imstande sei, seine Kunst und sein Geschick persönlich im fürstlichen Laboratorium zu üben. Am gleichen Abend ward im Laboratorium ein Gespenst gesehen, das mit goldenen und silbernen Kugeln spielte, welches vom Herzog für eine sehr gute Vorbedeutung genommen wurde.

Hasenbühler pflegte sich nicht weniger als vierzehn volle Tage. Alles, was er sich wünschte, wurde ihm gewährt. Täglich besuchte ihn der Herzog, und so konnte er endlich nicht mehr krank bleiben. Er musste zum Werke schreiten. Als der geheimnisvolle und zauberreiche Alchimist aber in die Werkstätte trat und sich wichtig umsah, erklärte er, dass die ganze Einrichtung höchst mangelhaft sei und verlangte diese und jene Änderung, wenn das große Werk gelingen solle.

Wer Hände hatte, musste sich ans Werk machen, um so bald wie möglich die neue Einrichtung herzustellen. Als dies geschehen war, machte Hasenbühler den ersten Versuch mit der Scheidekunst, wobei der Herzog selbst zugegen war; dieser aber misslang, wobei die Schuld dem Gehilfen David Bürkheimer zugeschoben wurde. Es wurde ein zweiter und dritter Versuch gemacht. Diesmal verbanden sich die eingeworfenen unedlen Metalle miteinander und als die Mischung zutage gefördert war, erkannte der Hofsilber- und Goldarbeiter Andrä, dass es eine äußerst gehaltvolle Verbindung sei, die er umschmelzen werde. Nachdem Andrä seinen Scheidungsprozess gemacht hatte, ergab sich, dass ein Lot Silber und zwei Dukaten entstanden waren. Hierüber war der Herzog so erfreut, dass er den Hasenbühler und seinen Gehilfen Bürkheimer zur Tafel zog und mit ihnen trank und scherzte. Hierauf schenkte er jedem vier Goldgulden und munterte sie freundlichst zu fleißigem Tun und Wirken. Täglich wurde geschmolzen, bald dieses, bald jenes Metall, die Endschmelzung aber jedes Mal nur vorgenommen, wenn der Vollmond am Himmel war. Da sie aber nach sechs Monaten noch keinen Schritt weitergekommen waren, wurde der Herzog endlich unwillig und verlangte eine Probeschmelzung unter seinen Augen und im Beisein Lukas Osianders. Wiederum ergaben sich nur wenige Goldkörner. Mittlerweile kamen zwei andere Alchimisten, Alexander Jung aus Fürth und Georg Hördt aus Augsburg, und meldeten sich als Meister der Scheidekunst. Wiederum war ihr Auftritt mit dem Erscheinen eines Gespenstes im herzoglichen Labor verbunden, was den Herzog wieder ermutigte. Der Letztere der neuen Herren nannte sich theophrastischer Medicus und erklärte, er sei imstande, aus einer Mark Silber fünf Lot Gold zu schmelzen. Das war ein Angebot, das dem Herzog über die Maßen gefiel. Er schloss daher mit Jung und Hördt am 30. Mai 1595 einen Vertrag ab, wonach er sich erbot, den beiden Meistern 1200 Gulden zu zahlen, wenn ihre Kunst sich erprobe und ihre Zusicherungen von Bestand seien. Die Herberge dieser zwei war der »Gasthof zum Bären« und ihr Aufwand fürstlich. Der 15. August 1595 wurde zum großen Probetag angesetzt, an welchem laut Vertrag fünf Lot Gold aus einer Mark Silber gewonnen werden sollten. Fünfzig Mark Silber lagen schon seit fünf Tagen in den Tiegeln, die nötige Tinktur war hergestellt und Friedrich machte beinahe kein Auge mehr zu in der Nacht in Erwartung der Dinge, die da kommen sollten. Den Abend vor dem Probetag mühten sich die vier Alchimisten gemeinsam ab und versicherten dem Herzog mit großer Zuversicht eines glücklichen Resultats.

Am anderen Morgen stand Friedrich sehr früh auf, fertigte seine Regierungsgeschäfte eilig ab, um so bald wie möglich zur Scheidung ins Laboratorium im alten Lusthaus zu kommen. Als er dort ankam, fand er die Tür noch fest verriegelt. Er fragte die Wache, wie viel Uhr es sei. Fünf Uhr, war die Antwort. Das ist freilich noch früh, sagte er vor sich hin und ging wieder zurück ins Schloss. Nach einer Stunde lief er abermals zum Laboratorium. Nur Doktor Lukas Osiander, Ritter von Thumb und Doktor Gadner standen harrend vor der Tür; missmutig erkundigte sich Friedrich nach den abwesenden Alchimisten. »Die sind bis jetzt noch nicht erschienen«, gab man ihm zur Antwort »So holet die Schlafhauben aus dem ›Bären‹ herüber, ich habe jetzt genug auf sie gewartet«, herrschte der Fürst die Umstehenden an. Im Nu sprangen alle drei dem »Bären« zu. Thumb und Gadner rief der Herzog wieder mit Lachen zurück, indem er meinte, Osiander könne damit wohl allein fertig werden. Dann lehnte er sich an die Eingangstür, verschränkte die Arme und berechnete still den Gewinn, der heute und für die Zukunft aus seiner Arbeit ersprießen würde. Endlich schlug es sieben auf der Stiftskirche und immer waren noch keine Alchimisten zu sehen. Da wurde der Fürst unwillig. Er fing an zu poltern und zu fluchen, hieß alle seine Diener elende Mietlinge und ungetreue Knechte und jagte auch die übrigen Herren, die bisher bei ihm gestanden hatten, hinüber zum »Bären«, damit sie nachsähen, ob denn der »Bär die Fehlenden gefressen habe«.

Nach kurzer Weile kam Osiander in Begleitung des Bürkheimer und brachte die Nachricht, dass von den drei anderen Alchimisten weit und breit nichts zu hören und zu sehen sei. Sie hatten sich an Seilen am Klepperstall in den Turnitzgraben gelassen, waren über das »Stöffelesbrucklein« hinübergegangen und über das Kanzleitörlein gestiegen. Vor dem Siechentor warteten drei Pferde, auf denen trabten sie davon. Jetzt erbrach man das Laboratorium und siehe, auch die fünfzig Mark Silber, die noch gestern in den Tiegeln gelegen hatten, waren verschwunden. Einer der Flüchtlinge war von dem Schornstein herab in die Werkstatt gestiegen und hatte den Schatz davongetragen. Als Friedrich den Betrug sah und den Diebstahl entdeckte, vermochte er kein Wort mehr zu reden. Nach wenigen Minuten aber brach die Wut aus ihm hervor, mit geballten Fäusten schlug er den zurückgebliebenen Bürkheimer ins Gesicht. »Werft diesen Schurken ins Gefängnis«, befahl er, »den Entwichenen aber lasst in aller Eile durch zwanzig Reiter nachsetzen, so weit meine Lande gehen. Demjenigen, welcher mir einen zurückbringt, dem sei ein Fanggeld von fünfzig Gulden aus meiner Privatkasse ausgezahlt.«

Bürkheimer aber warnte den Herzog und seine Leute, ihm oder den anderen Alchimisten ein Leids anzutun, andernfalls er und seine Freunde dem Herzog mit Geistern begegnen müssten, die in ihrer Macht ständen.

Die drei geflohenen Alchimisten entkamen, Bürkheimer jedoch wurde vom Herzog dem peinlichen Gericht übergeben, mit dem Ansinnen, es solle den Gefangenen foltern und dann mittels des Stranges vom Leben in den Tod bringen. Die Untersuchung wurde äußerst eifrig betrieben, doch wies Bürkheimer immer wieder auf seine Macht über Geister hin, die ihn schützen würden, sollte ihm hinfort auch nur ein Haar gekrümmt werden. Die Richter, die durchaus ehrliche und gewissenhafte Leute waren, erinnerten sich wohl alle an die seltsamen Erscheinungen zur Nachtzeit im Laboratorium des Herzogs und meinten unter sich, niemand könne sich anmaßen, über jenseitige Mächte zu Gericht zu sitzen, unter deren Schutz Alchimisten für sie allemal standen. Also kamen sie schließlich zu dem Urteilsspruch, dass sie an David Bürkheimer durchaus keine Todesschuld zu entdecken imstande wären. Hierauf antwortete der Herzog: »Eure Grob- und Zwieträchtigkeitsschrift hab Ich gelesen und nur toll Entblöden daraus wahrgenommen. Will aber diesmal nit mit gerechter Strenge wider Euch verfahren, darum gebiete ich Euch, dem David Bürkheimer nach Eurem Fürwort geschehen zu lassen, was rechtens ist.«

Hierauf wurde der Verurteilte vom Oberturm nach dem Herrenhaus gebracht, ihm sein Urteil verlesen und er dann an den Pranger gestellt. Nach Verlauf einer Stunde kam der Henkersknecht, riss den Ausgestellten vom Pranger herab, schnitt ihm das Wams mit einem Messer entzwei und hieb ihn mit einer Drahtrute, bis ihm das Blut aus den Hosen lief. Hierbei murmelte der Delinquent ständig, was daraus werde, wolle man noch sehen. Er nehme nun alles hin, denn Mächtigere würden für ihn Rache üben, was jedoch den Henker wenig bekümmerte. Vielmehr band er dem Bestraften die Daumen zusammen und transportierte ihn mit einem Strickreiter vor die Stadt über die Grenze.

Strickreiter nannte man jene, welche man zu Pferde Deserteuren, Verbrechern und sonstigen Flüchtlingen nachsandte. Sie hatten als Waffen einen Säbel, einen Hammer mit langem Stiel und einen drei Fuß langen Spieß, den sie zum Werfen gebrauchten. Am Sattelknopf war ein Ring angebracht, durch welchen ein Seil gezogen war, womit sie den Gefangenen am Hals mittels einer Zugschleife führten. Wollte nun der an den Daumen Gefesselte entfliehen, so zog der Reiter nur an dem Seil und die Schleife schnürte sich zusammen, dass dem Entweichenden der Atem verging. Schon aber bei der Ausweisung der betrügerischen Alchimisten erhielten die Stuttgarter einen Vorgeschmack davon, was ihnen nun bevorstand. Der Reiter kehrte zurück und erzählte, er sei unterwegs in einem Hohlweg von einer Horde Gestalten angefallen worden, gegen die er mit keiner seiner Waffen etwas auszurichten vermocht habe. Es müsse sich um Gespenster gehandelt haben, denn seine Säbelhiebe seien diesen Wesen einfach »durch den Schädel gefahren, ohne sie im mindesten zu verletzen«. Im Gegenteil, jeden Streich hätten sie mit einem erneuten schallenden Gelächter begrüßt.

Als Nächster hatte der Henker unter der Geisterrache des Gestraften zu leiden. Ihm erschienen nachts feurige Schwerter in seinem Schlafzimmer, aus den Ecken wurde der Name Bürkheimer gerufen und der arme Mann verlor schließlich den Verstand. Im Laboratorium des Herzogs zeigten sich am helllichten Tage pechschwarze Kugeln, die manchmal golden aufglänzten, doch bei der leisesten Berührung durch Menschenhand mit Funkengesprüh zerstoben. Schließlich wurde auch das »Gasthaus zum Bären« von allerlei Höllenspuk heimgesucht, und erst als man für teueres Geld all diese Orte durch einen Hexenbanner hat säubern lassen, ist wieder Ruh und Ordnung eingekehrt. Das lehrt, welch großes Unheil die unmäßige Sucht nach viel Gold über die Menschen bringen kann.

Die weiße Frau in Stuttgart

Sooft jemand aus der königlichen Familie starb, zeigte sich vorher die weiße Frau. Sie kam aus dem Alten Schloss, ging in das Neue und verschwand dort im Ahnensaal. Die Soldaten auf der Wache sahen sie oft vorbeigehen und fürchteten sie. Von mehreren, die beisammenstanden, erblickte sie aber immer nur einer. Einem beherzten Soldaten, der sie einmal anzurufen gewagt hatte, schlug sie die Mütze vom Kopf.

Der Geiselsteiner und seine zwei Knaben

Der Graf von Geiselstein ritt eines schönen Tages um die Osterzeit auf die Jagd. Seine beiden Knaben Hugo und Albert blieben allein zu Haus. Da wurde ihnen die Zeit lang, und Hugo sagte zu seinem Bruder: »Die Sonne scheint schon so warm, komm, wir wollen miteinander an den Burgsee hinuntergehen.« – »Nein«, erwiderte Albert, »der Himmel hängt voll schwarzer Wolken, es wird bald ein Gewitter geben. Wir wollen lieber hier bleiben. Es blitzt schon.« – »So geh ich allein an den See«, entgegnete der andere. – »Nein, Hugo, allein will ich nicht hier bleiben, wenn es zu donnern anfängt; dann geh ich doch lieber mit dir.« Mit diesen Worten gab Albert dem Bruder nach. So gingen sie denn miteinander an den See hinunter, setzten sich in den Kahn und stießen vom Ufer.

Zu gleicher Zeit fasste den Grafen auf der Jagd eine unsagbare Angst um seine beiden Söhne. Er eilte nach Haus, suchte sie in der ganzen Burg und war unglücklich, als er sie nirgends fand. Wie er einen Blick durch ein Fenster der Burg warf, sah er seine beiden Söhne im Nachen auf dem Burgsee vergebens mit den Wellen kämpfen. In dem gleichen Augenblick blickten die Knaben Hilfe suchend zu den Fenstern der väterlichen Burg, sahen noch, wie ihr Vater ihnen zuwinkte, verschwanden aber im gleichen Augenblick in den Wellen.

Vor Schrecken über diesen Anblick erstarrte der Graf zu Stein. Und noch heute sieht man das steinerne Gesicht des Grafen von Geiselstein düster ins Geislinger Tal herunterschauen.

Die Weissagung des ersten Göppinger Stadtbrands 1425

In der Stadt Göppingen lebte ein armes, aber dabei braves und andächtiges Weiblein, welches, lange vor der Einäscherung besagter Stadt, den Einwohnern durch klägliches Geschrei Nachricht davon gegeben. »O«, rief sie, »welch großes Weh wird in kurzer Zeit über diesen Ort kommen?« Wenn man sie fragte, was für ein Übel dann die Menschen leiden werden, gab sie zur Antwort und sprach: »Eine Feuersbrunst wird die Stadt in die Asche legen, und zwar mit großem Verlust der Menschen, weil es ihre Sünden nicht anderst haben wollen.« – »Aber«, fragte man sie wiederum, »wo wird das Feuer zuerst angehen?« In dem und dem Hause, wußte sie, dessen und dessen Mannes. Nachdem man dieses ge-

hört, hat der Mann desselben Hauses, damit er nicht für einen Verräter und für den Urheber dieser Brunst möchte gehalten werden, freiwillig und ohne, dass ihn jemand gedrungen, die Stadt verlassen. Aber weil ihn jedermann für einen ehrlichen Mann hielt, wurde er gezwungen, die Stadt und sein eigen Haus wieder zu bewohnen. Und nicht lange hernach kam in seinem Hause ein Feuer aus (man weiß nicht, durch welches Gerichte Gottes), welches die nächste Häuser in Brand gebracht und die ganze Stadt eingeäschert, auch die Einwohner gelehrt, dass man das weibliche Geschlechte nicht allezeit verachten müsse.

Das Klösterle der Templerherren

In der Nähe von Geislingen, nordwestlich von Wiesensteig, auf dem so genannten Anger, war in früherer Zeit ein Tempelherrenkloster. Man erzählt sich, dass diese Tempelherren den Gottesdienst in Neidlingen versehen haben; sie sollen in einer Nacht ermordet und das Kloster zugleich zerstört worden sein. Auf der Stelle selbst finden sich nur noch Steingerölle, als Reste eines viereckigen Gebäudes, und ein Gewölbe. Auch ist dieser abgelegene Ort der Fundplatz von vielen Hellern.

Ein Schreiben des Stadtschultheißenamts Wiesensteig vom 26. April 1856 an das Katholische Stadtpfarramt nimmt Bezug auf das ehemalige Angerkloster. In dem Brief regt das Stadtschultheißenamt an, an der Stelle des auf dem Kreuzfeld gefällten »Pfaffenbüchles« ein Kreuz zu errichten, weil bis hierher einst die Prozessionen der Tempelherren an den Marienfesten geführt worden sind, zu einem Punkt im Gelände, von dem aus die alte Wallfahrtskirche »Ave Maria« bei Deggingen zu sehen war.

Der steinerne Laib Brot

Auf dem Gottesacker von Hofen bei Cannstatt ist auf einem Monument in den Stein ein Laib Brot eingemeißelt. Es geht die Sage, die Schweden hätten das Schloss Hofen belagert. Es war große Not unter den verteidigenden Leuten drinnen. Die Schweden wurden dessen inne, ließen hineinsagen: Wenn sie noch zwei Laib Brot vorzeigen können, den einen für die Mannschaft, den andern zur Loskaufung der Herrschaft, so dürfe die Besatzung frei abziehen und die Burg dürfe nimmermehr zerstört werden. Die drinnen hatten aber bloß noch einen Laib Brot; das Schloss wurde zerstört, wovon die Trümmer jetzt noch sichtbar sind. Später, wahrscheinlich von einer Herrschaft, wurde zum Andenken ein Wappen mit dem steinernen Laib Brot auf dem Kirchhofe angebracht zum ewigen Gedächtnis des unglücklichen Falles der Hofener Burg.

Der Entenwigk zu Sachsenheim

Es kam ein Gespenst nach Sachsenheim zu den Herren von Sachsenheim. Es blieb etliche Jahre bei ihnen und hieß Entenwigk. Das Gespenst hat erzählt, es sei ein aus dem Himmel verstoßener Engel und hoffe, einmal wieder in Gnaden angenommen zu werden. Entenwigk hat mancherlei davon geredet, wie er die Zeit seit seiner Verstoßung verbracht habe, so sei er unter anderem 1000 Jahre in einem Röhrlein in einem Moos gewesen, in der Erwartung, bald von da wegzukommen.

Er war von den Edelleuten befragt worden, wie er nach Sachsenheim gekommen sei. Entenwigk berichtete, er sei mit einem Diener von Köln heraufgereist und hinten auf dem Pferd gesessen.

Alles, was es im Schloss zu tun gab, verrichtete er nach bestem Willen, wie ihm befohlen. Er leuchtete den Gästen im Dunkeln, brachte das Kartenspiel herbei oder andere gewünschte Dinge, wie er eben geheißen wurde. Nur hat man ihn dabei nicht sehen können, und die Dinge sind gewissermaßen durch die Luft geschwebt und wie von selbst gekommen. Wenn er in ein Zimmer kam, sah man ihn nicht, auch wenn er redete.

Alle Gebete, die man ihm vorsprach, sagte er nach, auch das Glaubensbekenntnis und das Vaterunser, dieses jedoch nur ohne die Worte: »Und führe uns nicht in Versuchung, sondern erlöse uns von dem Übel!« Die hat er nicht sagen wollen und an dieser Stelle geschwiegen.

Entenwigk hat auch vernehmen lassen, so lange er sich zu Sachsenheim aufhalte, werde das Sachsenheimer Geschlecht bei Ehr und Gut verbleiben. Es ist auch, um die Wahrheit zu sagen, dem damaligen Herrn von Sachsenheim glücklich und wohl ergangen. Er hatte hübsche Kinder und auch Zuwachs erfahren an Zeitlichem. Doch, wiewohl der Geist etliche gute Jahre im Schloss verbrachte, niemanden beleidigte, sondern zu jedermann dienstwillig war, so war es den Freunden der Familie doch nicht ganz wohl dabei. Sie rieten dem Herrn von Sachsenheim dringend, er solle das Gespenst fortschicken, es werde das Geschlecht sonst aussterben. Also ließ sich der von Sachsenheim bereden und trennte sich von dem Geist. Beim Abschied sagte Entenwigk ein großes Unglück voraus. Von ihm selbst hat man nie wieder etwas vernommen.

Die Weissagung

Eberhard der Milde war bei fast sechzigjährigem Alter etwas schwächlich, doch vor menschlichen Augen ohne Gefahr des Todes. Um seine Gesundheit zu pflegen, begab er sich in das Bad bei Göppingen und bediente sich dessen ganz wohl und munter. Da sagte einstmals sein Leibarzt zu ihm: »Gnädiger Herr! Bestellet euer Haus und sorget für eure Seele, ihr werdet innerhalb fünf Stunden abgefordert werden.« Der Graf antwortete: »Wie kann das sein, da ich und ihr kein Anzeichen vom Sterben an mir wahrnehmen? Überdies ist mir längst geweissagt, dass in dieser Stadt Göppingen ein Weib in einer Stunde mit mir sterben werde. Dieses Weib aber ist, soviel mir kund, noch nicht einmal krank!« Da meldete der Arzt, dass dieses Weib jetzt eben mit allen heiligen Sakramenten versehen worden sei und in den letzten Zügen liege. »Noch ist mir ein ander Merkmal angesagt«, fuhr der Graf fort, »das sich vor meinem Tode zeigen muss. Mir ist geoffenbart, dass ein Baum dieses Tales, den ich und du wohl kennen (er bezeichnete ihn), zuvor umfallen werde. Der steht aber, ich habe gestern beim Lustwandeln unter seinem Schatten geruhet!« – »So ist auch dieses erfüllt«, erwiderte der Leibarzt, »heute ist dieser Baum gefallen. Sende deinen Diener, dass er es schaue.« Und es war dem also. Da erkannte der Graf, dass sein Tod vor der Tür sei, bereitete sich und starb in sechs Stunden am 16. Mai 1417. Er liegt in der Stiftskirche zu Stuttgart begraben.

Der Henne von Sindelfingen

Im Bauernkrieg anno 1525 focht der Bauernjörg, der das Heer des Schwäbischen Bundes anführte, auf der weiten Ebene zwischen Böblingen und Sindelfingen gegen die aufrührerischen Bauernhaufen. Er konnte ihrer aber anfangs nicht Herr werden. Da erbot sich ein Sindelfinger Bauer namens Henne, dem bündischen Heer einen versteckten Waldweg über den Goldbach und den Goldberg zu zeigen, auf dem der Jörg dem Bauernheere in den Rücken fallen und es so umzingeln und vernichten konnte. Der Henne bekam einen reichen Lohn für seinen Verrat. Nach seinem Tod musste er aber dafür büßen und als Birkhuhn an der Goldmühle geistweis gehen.

Noch heute sagen die Sindelfinger, wenn am Goldbach der Birkhahn balzt: »Der Henne schreit!«

Das Raiawäldle bei Gärtringen

In einer harten Kriegszeit waren die Gärtringer einmal in arger Geldnot. Es blieb ihnen nichts anderes übrig – sie mussten vom Freiherrn Geld entlehnen. Das ging gegen ihren Stolz, zumal sie nicht nur ihr Siegel unter den Schuldschein hängen, sondern zu allem hin auch noch das Raiawäldle zum Pfand geben mussten.

Eines Tages forderte der Freiherr auf Martini sein Geld zurück; könnten die Bürger nicht bezahlen, so verfalle das Pfand. Die Gärtringer aber waren so arm wie zuvor. Darum gingen der Schultheiß und etliche Männer vom Gericht am Abend vor Martini ins Herrenhaus, um etliche Tage Aufschub zu erbitten.

Die Bürger trafen den Freiherrn nicht zu Hause an. Seine Gemahlin hieß aber die Männer freundlich willkommen, lud sie in die große Stube ein und ließ sie durch die Magd mit Vesper, Wein und Kirschengeist bewirten. Ehe die Gärtringer Abgesandten mit ihrem Anliegen herausrücken konnten, wurden sie von der Baronin in ein unterhaltsames Gespräch verwickelt. Sie ließ die Humpen ihrer lieben Gärtringer immer wieder füllen, und bald gerieten sie in die fröhlichste Laune, sodass die Stube von den kräftigen Rundgesängen der Gäste dröhnte.

Als die Turmuhr die zwölfte Stunde geschlagen hatte, trat die Freifrau ans Fenster, riss einen Flügel auf, nahm eine Pistole von der Wand und tat einen Schuss in die Nacht hinaus. Der fröhliche Lärm der Männer war jäh verstummt, und lachend rief die Baronin in das Schweigen hinein: »Die Frist ist vertan! Das Pfand ist der Herrschaft verfallen und das Wäldlein gehört eurem Herrn!« Im selben Augenblick tat sich die Tür auf und der Freiherr trat herein, als ob er gerade vom Hofdienst beim Herzog heimkehre. Er zerriss den Schuldbrief vor den Augen der erstaunten Männer, und da wussten die Gärtringer, dass sie das Raiawäldle für alle Zeiten verloren hatten.

Der Schmied von Grötzingen

Vor langer Zeit wurde einmal das Städtchen Grötzingen an der Aich von einem feindlichen Heerhaufen belagert. Die Bewohner gerieten bald in große Not. Die Ratsherren beratschlagten hin und her, auf welche Weise sie den Feind vertreiben könnten; niemand wusste aber, wie das zu machen wäre. Nun war unter den Bürgern der Stadt ein Schmied, ein ganz findiger und mutiger Bursche. Der machte einen Vorschlag, der sogleich allen einleuchtete. »Wisst ihr, was wir tun?«, fragte er. »Wir schieben alle Brunnendeichel zu den Schießscharten der Stadtmauer hinaus, dann werden die Belagerer meinen, es seien Kanonenrohre! Wollt sehen, ob die dann nicht abziehen!«

Die Männer taten, wie der Schmied sagte. Der Feind geriet in großen Schrecken – aber abziehen wollte er noch nicht. Da befahl der Schmied, den der Bürgermeister inzwischen zum Oberbefehlshaber des Städtchens gemacht hatte: »Los, ihr Mannen! Spannet eure Leiter- und Truchenwagen ein! Hängt Ketten, Eisenstangen, Pfannen und Hafendeckel an die Radspeichen, so viel wie ihr nur auftreiben könnt!« Als es Nacht geworden war, steckten die Grötzinger brennende Fackeln in die Brunnendeichel und fuhren mit allen ihren Wagen im Galopp über die gepflasterten Gassen des Städtchens. Das setzte einen solchen Höllenspektakel ab, dass die Feinde glaubten, der Teufel sitze ihnen schon im Nacken. Sie brachen ihre Zelte ab und zogen in Eilmärschen davon. Die Grötzinger aber feierten ihrem listigen Schmied zu Ehren ein großes Fest und haben ihn bis zum heutigen Tag noch nicht vergessen.

Abt Güttigott von Murrhardt

Zur Zeit Graf Ulrichs V., des Vielgeliebten, von Württemberg lebte im Benediktinerkloster zu Murrhardt der Prälat Herbort, den man allgemein nur Abt Güttigott nannte, weil er alle seine Reden mit einem treuherzigen »botz gütig Gott« bekräftigte. Er war ein heiterer Mann und gelegentlichem Fröhlichsein nicht abgeneigt; doch war er sehr haushälterisch gesinnt und

konnte es nicht leiden, wenn in seinem Kloster Überflüssiges an Speise, Trank und Aufwand getan wurde oder sich in seinen Mauern zu viele müßige Gäste füttern ließen. Die Wege, die zum Kloster führten, ließ er darum gründlich verwahrlosen. »Und dennoch, botz Güttigott! kommen mehr Gäste als mir lieb ist!«, sagte der Abt.

Gästen, die nicht ans Abschiednehmen dachten, pflegte er die Frage zu stellen, ob sie wüssten, warum Christus nicht länger als bis zum dritten Tag im Grabe gelegen habe. Wussten sie das Rätsel nicht zu lösen, meinte er trocken: »Botz Güttigott! – um ein gutes Beispiel zu geben! Christus ist über diese Zeit bei seinen guten Freunden, den Patriarchen und Propheten, in der Vorhölle gewesen und wollte ihnen nicht noch länger zur Last fallen; darum ist er am dritten Tag von dannen gezogen.« Diesen Wink verstanden dann die Gäste und rüsteten sich zur Abreise.

Am meisten betrübte den um sein Kloster besorgten sparsamen Abt, dass während der gräflichen Jagden in den umliegenden Wäldern stets der gesamte niedere Tross der fürstlichen Jagdgesellschaft im Kloster einquartiert wurde. Als nun wieder einmal die Jäger mit der Hundemeute nach Murrhardt gekommen waren, zog der Abt kurz entschlossen nach Stuttgart und aß bei

Hofe. Nach etlichen Tagen fragte ihn Graf Ulrich, was für ein Anliegen ihn bewogen habe, persönlich bei Hof zu erscheinen. »Botz Güttigott!«, fuhr der Abt auf. »Ich war der Meinung, Kaiser Ludwig der Fromme habe zu Murrhardt ein Kloster gestiftet. Nun sehe ich aber, dass es ein Hundestall ist; denn meines gnädigen Herrn Hundbuben und Hunde liegen drin. Meine Mönche dürfen nicht singen, denn die Hunde heulen genug. Ich will deshalb, solang die Hunde in meinem Kloster liegen, hier am fürstlichen Hof weilen, dieweil mein gnädiger Herr mir besser zu essen geben kann als ich seinen Hunden.« Der fromme Graf, nachdem er die Klage angehört, erwiderte lächelnd: »Ziehet hin, lieber Abt; dem Übelstand soll schleunigst abgeholfen werden!«

Ein andermal ritt der Abt mit seinem Knecht nach Bottwar und sah vor der Stadt eine Gänseherde in einem Dinkelacker, der dem Kloster gehörte, sich gütlich tun. »Botz Güttigott!«, rief der Abt aus. »Wenn die Gäns sich an dem Dinkel satt gefressen haben, könnten sie leicht am Durst sterben. Dann heißt's bei den Bottwarer Bauern, die Gäns hätten sich an meinem Dinkel den Tod angefressen und die Leut wollen noch Entschädigung für sie haben!« Schickte also seinen Knecht in die Stadt hinein, damit er für jede Gans einen Kübel kaufe. Drauf, befahl der Abt, solle er die Kübel mit Wasser füllen und in den Dinkelacker hinausstellen, damit die Gänse nach der Mahlzeit auch etwas zu trinken hätten. Er selbst aber ritt in die Stadt zum Vogt und erzählte ihm den ganzen Handel mit den Gänsen. »Botz Güttigott!«, sagte er. »Die Bottwarer meinen es gar gut mit mir: sie treiben ihre Gäns zum Abernten in meinen Dinkelacker, damit ich mir den Schnitterlohn ersparen kann!« Der Vogt merkte, wie ungehalten und böse der gute Abt mit Recht war, ließ die Bauern, denen die Gänse gehörten, feststellen und veranlasste, dass dem Kloster alsbald sowohl der Dinkel als auch die Kübel auf Heller und Pfennig vergütet wurden.

Die Cannstatter Felbenköpf

Es war zur Zeit der Orleans'schen Kriege. Die Mélac'schen Truppen zogen über Worms, Mainz und Heilbronn nach Württemberg und verbreiteten ihren Schrecken.

Mit Angst und Bangen wurden sie von den Cannstattern erwartet. Da kam an einem nebligen Herbstabend der Büttel aufs Rathaus gelaufen und schrie, dass drüben überm Neckar (dort, wo heute die Wilhelma steht) ein ganzes Heer Franzosen stehe. Sofort machte sich die bewaffnete Bürgerwehr auf und marschierte zum anderen Ufer des Neckars. Siehe da, in Nebelschwaden sah man schemenhaft eine Armee stehen. Die ganze Nacht harrte die Bürgerwehr auf den Angriff der Franzosen. Zu ihrem Erstaunen rührten sich diese nicht. Als der Morgen graute und der Nebel sich hob, sahen sie statt der gefürchteten Franzosen – nur Felbenköpfe, also Weidenbäume. (Da Cannstatt eine große Wengertergemeinde war, brauchte man viele dieser Bäume, denn mit den Weidenruten band man die Reben fest.)

Dieser Irrtum trug den Cannstattern den Namen »Felbaköpf« ein. Da die Cannstatter aber viel Humor haben, werden heute noch bei der Fasnet Felbaköpfmasken getragen.

Der Mops von Winnenden

Herzog Karl Alexander war ein Waffenbruder Prinz Eugens. Der Herzog hatte nun einen Mops, der ihn überallhin begleitete, so auch in den Türkenkrieg. Aber nach der siegreichen Schlacht vor Belgrad war der Mops plötzlich unauffindbar. Traurig kehrte Karl Alexander nach Winnenden in sein Schloss, das er damals bewohnte, zurück. Doch siehe da, nach elf Tagen rannte der Mops, zwar halb verhungert und mit wunden Pfoten, durch die Schlosspforte. Die Freude über die Rückkehr des treuen Tieres war nicht nur bei Karl Alexander riesengroß. Die ganze Dienerschaft eilte herbei, der Mops wurde gestreichelt und geküsst, es wurde ihm ein weiches Lager bereitet und die Köche brachten ihm die schönsten Leckerbissen.

Als der Mops diese Welt verließ, setzte ihm sein Herr ein Denkmal, das heute noch im Schlossgarten zu sehen ist. Die Inschrift lautet:

So darf nach Deinem Tod hier dein Gedechtnus stehen
Mops, ausgehauener Mops! dis macht dein Hunds-Verstand,
Der sich mit smeichelnder Geschicklichkeith verband,
Und den so Herr als Knecht mit vieler Lust gesehen.
Du ruhst nunmero Mops von aller deiner Pein
Wie manchem rauhen Wort, wie manchem Nasenstüber
Mops musstest du nicht stets hier unterworfen sein;
Doch lehrte dich dein Witz dies in Geduld ertragen
Und weil du Hofmops warst, so dientest du der Zeit
Dein holdes Mäulchen blieb bei seiner Freundlichkeit
Und jede Miene wies, was du nicht konntest sagen.
Nebst allem diesem warst du ungemein getreu
Und was wir Liebs und Guts von Hunden melden können
Mit alle dem warst du o Mops geziert zu nennen.
Dies setzen wir hiermit dir statt der Grabschrift bey
Hat sich dein Hundsgeist längst zum Hundsstern hingeschwunden
So hast du es verdient und bleibest untertrungen;
Hast du den Cerberum zu deinem Kammeraden
So hüte sich dein Stoltz vor Schimpf, vor Bis und Schaden.

Herzog Karl und Pfarrer Göz

Wie um seine Karlschüler, so kümmerte sich der Herzog auch eifrig um die Studenten in Tübingen und kam oft dorthin. Zu einem lustigen Studentenkreis, dessen Mitglieder gerne Gelegenheitsgedichte machten, gehörte auch der nachmalige Pfarrer Göz von Plieningen. Dem Herzog war bekannt, dass dieser einer der Schlagfertigsten und Witzigsten in der Gesellschaft sei und dass er sich auch schon über seine Person lustig gemacht habe.

Eines Tages, so erzählt man sich in Plieningen, kam der Herzog unverhofft nach Tübingen und bestellte einen größeren Kreis von Professoren und Studenten in die Stiftskirche. Göz wurde gesagt, er müsse vor der Versammlung über einen Text predigen, den ihm der Herzog auf einem Blatt Papier habe auf die Kanzel legen lassen. Der Kandidat bestieg die Kanzel, fand aber ein unbeschriebenes Blatt vor. Er drehte es von der einen Seite auf die andere und sprach: »Hier ist nichts und da ist nichts; aus nichts hat Gott die Welt gemacht.« Dann hielt er über diesen Text eine solch gelungene Predigt, dass er von da an hoch in der Gunst des Herzogs stand.

Als der Student sein Predigtexamen gemacht hatte, versprach ihm sein hoher Gönner eine Pfarrei in der Nähe Hohenheims. Göz wurde bald darauf Pfarrer in Scharnhausen, von wo aus er gar oft ein gern gesehener Gast in Hohenheim war.

Einige Jahre später ritt der Herzog bei einer Jagd vor das Pfarrhaus in Scharnhausen und rief zum Pfarrer hinauf: »Herr Pfarrer, weiß Er nichts Neues?« Als der Pfarrer verneinte, sagte der Herzog: »Aber ich; heut nacht ist der Pfarrer in Plieningen gestorben, und Er wird jetzt Pfarrer in Plieningen.« Dem Konsistorium wurde der Wunsch des Herzogs unterbreitet. Man ließ Göz kommen und bedeutete ihm, er solle sich nicht um Plieningen melden, weil er für diese Pfarrei noch zu jung sei; ob er denn mehr auf zwei Augen (die des Herzogs) sehe als auf die Augen des Konsistoriums. Der Herzog sagte zu Pfarrer Göz: »Ich habe meine gelben Vögel wohl ›pfeifen‹ hören« (der Herzog meinte die Dukaten mit seinem Bildnis, welche von der anderen Seite der Stelle wegen ins Konsistorium gewandert seien), »aber Er wird doch Pfarrer in Plieningen.« Und so geschah es auch.

Der Herzog schätzte von da an den Pfarrer noch mehr und war wöchentlich mindestens einmal Gast im Pfarrhaus in Plieningen. Obgleich Herzog Karl katholisch war, hielt er doch Pfarrer Göz wie seinen Beichtvater, und er war es auch, der ihm in seinem letzten schweren Leiden und im Todeskampf zur Seite stand und zu dem der Herzog gesagt haben soll: »Pfarrer, Sterben ist doch kein Kinderspiel.«

Der Sonnenwirtle von Ebersbach

Eine wahre Landplage war im 18. Jahrhundert das Räuber- und Gaunerwesen, wie es gerade in den Jünglingsjahren unseres Dichters Schiller in höchster Blüte stand. Diese Gauner hatten ihre besondere Sprache unter sich, das so genannte »Jenisch« oder »Rotwelsch«.

Groß an Mannschaften im Schwabenlande brachen sie bei Nacht in die Häuser ein, leerten Stuben, Kammern und Kästen, gingen verkleidet auf Märkte, rapsten Waren, zogen Geld aus den Taschen, schnellten (prellten) die Leute, aßen und tranken gut mit ihren Weibern, lagen auf dem Felde ums Feuer, schwatzten und lachten. Aber oft kamen die Gendarmen und nahmen sie gefangen. Wenn sie ins Gefängnis kamen und ihre Taten offenbar wurden, so bekamen sie Schläge und Prügel, wurden »gemalefizt«, an den Galgen gehängt, geköpft oder gerädert. Einer der gefürchtetsten Räuber war der Sonnenwirtle von Ebersbach bei Göppingen, der Sohn des Sonnenwirts Schwan von dort, ein junger Mensch von großen Fähigkeiten, der durch die gehässigen Umtriebe einer bösen Stiefmutter, durch den Hass beschränkter Dörfler und vor allem durch die elenden Quälereien und Ungerechtigkeiten einer engherzigen Obrigkeit auf die Bahn des Verbrechens getrieben wurde.

In jungen Jahren schon kam der jähzornige Mensch ins Zuchthaus nach Ludwigsburg, wo er die Bekanntschaft der »Gauner« machte und ihre Sprache lernte. Zum zweiten Male brachte ihn sein gewalttätiges Wesen in den Kerker auf den Hohentwiel, von wo er auf wunderbare Weise entfloh. Lassen wir ihn es selbst erzählen:

»Auf dem Hohentwiel hatte ich keine gute Zeit. Harte Arbeit, elende Kost und die Aussicht, dass es ewig so bleiben müsse. Aber ich ließ den Mut nicht sinken. Sie haben mich beim Festungsbau verwendet. Da – in meiner Dummheit – machte ich einen ganz tollen Fluchtversuch und sprang plötzlich von einem ganz steilen Felsen hinunter. Die Wache schoss sofort auf mich. Aber es war gar nicht nötig. Ich stand schon selbst nicht mehr auf, hatte den Fuß gebrochen. Sie heilten mich. Die

Arbeit begann von neuem. Bei Nacht sperrten sie mich in einen Käfig, ganz von Quadern umgeben. Da konnte ich meinen Grimm austoben!

Aber Geduld! Mit Hilfe des ›Jenisch‹ gelang es mir, trotz aller Aufseher, zu erfahren, welcher Gefangene meinem Kerker am nächsten lag. Und zwar verständigten wir uns durch Singen. Die Soldaten, die Wache standen, haben oft ganz andächtig zugehört, wenn ich ein langes Bußlied halblaut vor mich hinsummte in »Jenisch«, das meine Leidensgenossen verstanden. So verabredeten wir uns ein Alphabet, und des Nachts, durch Klopfen an unsere Quaderwände, redeten wir miteinander in dieser Klopfsprache – Buchstaben – Wörter – ganze Sätze.

Ein Nagel, den ich fand, war mein wertvollstes Besitztum. Mit ihm grub ich ein Vierteljahr lang jede Nacht hindurch an einem Loch in der Mauer.

Dabei hatten wir, was irgend zum Knüpfen und Binden tauglich war, zwei Jahre lang wie die Hamster zusammengetragen. Was das für eine Arbeit war, daraus die nötigen Stricke zu machen! Kein Mensch kann es begreifen.

Wie wir mit unseren Vorbereitungen endlich fertig sind, haben wir uns an den steilen, roten Felsen hinabgelassen. Es war eine stürmische Regennacht. Wir waren selbdritt: einer voran, ich in der Mitte, so sind wir an dem armseligen Seil hinuntergerutscht. Uns zweien vorderen gelang es, bei dem dritten, hinter uns, brach das Seil, und er stürzte sausend in die Tiefe, zum Glück nicht auf unsere Köpfe! Der Fall hatte die Wache aufmerksam gemacht. Sie lärmten und trommelten darauf los, dass die ganze Festung in Aufruhr kam. Uns aber nahmen die Wälder und Schluchten des Hegäus auf.«

Über die Gefangennahme des verwegenen Menschen berichtete der Oberamtmann von Vaihingen am 7. März 1760 an die fürstliche Regierung in Stuttgart:

»Gestern Abend, um fünf Uhr ungefähr, kam ein unbekannter Kerl, auf dem Pferd sitzend, vor das Brückentor in Vaihingen geritten. Der Torwart forderte ihm die Pässe ab und führte ihn auf das Oberamt, wo ich im Hof ihn fragte, wer er sei, woher er komme und wohin er wolle. Er gab zur Antwort: Er sei ein Krämer, komme von Pforzheim, wo bei dem Schwertwirt sein krankes Weib liege, und wolle nun nach Schozach oder Hofen reiten, um einen Doktor zu Rat zu ziehen.

Seine drei Pässe waren völlig in Ordnung, aber die Sache kam mir nicht ganz geheuer vor; ich bemerkte ein auffallendes Benehmen an dem Menschen und befahl ihm, vom Pferde zu steigen. Da wandte er sogleich um und sprengte im Galopp dem Enzweihinger Tore zu. Mein Schreiber eilte ihm nach und kam auf einem kürzeren Wege mit ihm vor das Tor. Dort trat ihm auch der Schlosser Matthias Brecht entgegen und rief ihm zu: Er werde ihm den Hammer an den Kopf schleudern, wenn er nicht halte, worauf der Mann vom Pferde stieg und eine Pistole unter dem Rockfutter hervorzog. In dem Augenblicke hatte der Schlosser von hinten um den Leib gefasst, und glücklicherweise ging die Pistole nicht los, da der Fremde vergessen hatte, den Hahn zu spannen.

Da sprang Metzgermeister Arlet mit seinem Jungen noch herzu – und so wurde der Ausreißer überwältigt und aufs Oberamt geführt. Da beklagte er sich bitter über die Gewalt, die er erlitten, stellte sich betrunken und gab weiter keine Antwort als, er sei ein Deserteur von der kaiserlichen Armee, heiße Johannes Klein, die Pässe und das Pferd gehören einem Manne, der ihm Letzteres geliehen und ihn in Heilbronn erwarte. Ich ließ seine Kleider durchsuchen, fand eine zweite Pistole bei ihm, Kugeln, Pulver, Schwefelhölzer, Feuerstahl, Stein, Zunder, ein Wachskerzchen und ein hebräisches Wörterbuch. Also wurde er die Nacht über im Blockhaus geschlossen und auf das schärfste bewacht. Heute Morgen ließ ich ihn aufs Neue vorführen und sagte ihm, sein Leugnen helfe ihm nichts, er sei ein Räuber und Gauner und werde seiner Strafe nicht entgehen. Er könne höchstens durch ein offenes Geständnis seiner Missetaten seine Seele zu retten suchen. Darauf erwiderte er: Er sehe ein, dass er in die Hände der Obrigkeit gefallen und dass ihm sein Leugnen nichts mehr helfe; also wolle er bekennen, dass er vor Gott und den Menschen schwer gefehlt habe, seine Sünden dem Herrgott abbitten, den Landesherrn um eine gnädige Strafe anflehen und hiermit frei gestehen, dass er der ›Sonnenwirtle‹ sei, eigentlich Friedrich Schwan heiße, von Ebersbach, Göppinger Oberamts, gebürtig, 31 Jahre alt und seines Handwerks ein Metzger sei.«

So war der unglückliche Mensch, des unsteten Lebens überdrüssig, das er so lange geführt hatte und hatte führen müssen, am Ziele seiner Laufbahn angelangt. Reuig bekannte er alle Einzelheiten seines Lebens aus der Zeit, wo er, ein Ausgestoßener und Verworfener, seine Zuflucht bei den Gaunern und Landstreichern gesucht und gefunden hatte. In seinem Gefängnis in Vaihingen verfasste er ein ausführliches Selbstbekenntnis, worin er auch alle seine Mitschuldigen entdeckte und freimütig darlegte, wie oftmals diese elenden Leute mehr das Mitleid als den Hass ihrer Mitmenschen verdienten. Gefasst und in christlicher Ergebung ging er zum Tode und wurde am 30. Juli 1760 in Vaihingen lebendig auf das Rad gelegt.

Friedrich Schiller hat dem Mann in seiner Geschichte »Verbrecher aus verlorener Ehre« ein literarisches Denkmal gesetzt. Ein Lehrer Schillers an der Hohen Karlsschule war Sohn des damaligen Oberamtmanns in Vaihingen an der Enz und hatte Schwan des Öfteren im Kerker besucht. Auch Hermann Kurz erinnert in seinem Roman »Der Sonnenwirt« an Friedrich Schwan.

Justinus Kerners Hausstand in Welzheim

Voll Glück zog das junge Paar am 1. März 1813 in die neue Heimat ein. Es war eine bescheidene Wohnung, von der man sich gegenwärtig kaum einen Begriff machen kann. Die Wahl derselben war nicht schwer, denn es war in Welzheim nur eine zu finden. Im Wirtshaus zum Ochsen bekamen sie zwei Zimmer und eine kleine Küche. An das größere Zimmer, das zum Schlafzimmer eingerichtet wurde, war die Bedingung geknüpft, dass es an jedem Markttag, jedem Hochzeitsfest, überhaupt, so oft es Veranlassung zum Tanzen gab, ausgeräumt werden müsse, um als Tanzsaal benützt werden zu können.

Dieser Fall ereignete sich öfters; dann musste man im Wohnzimmer schlafen und das Schlafzimmer konnte mehrere Tage nicht bewohnt werden. Einen Schlüssel hatte die Wohnzimmertüre nicht, man musste stattdessen eine große Schnalle abziehen, die allein eine Tasche ausfüllte.

Erzählten beide später von dieser Zeit, so hätte man glauben können, sie hätten die schönste, behaglichste Wohnung gehabt, so glücklich waren sie in derselben, trotz der nur geweißneten Wände, der kleinen, in Blei gefassten Fensterscheiben und des Tanzsaals als Schlafzimmer.

Ihr erster Ausgang war, sich Geschirr auf den Tisch und in die Küche zu kaufen. Welzheim bot auch darin nur kleine Auswahl. Es war ein bescheidener Tisch und nicht einmal silberne Löffel darauf; aber keine Frau verstand es wie Rickele, alles behaglich und recht zu machen. Eine Magd hatte sie nicht, ein junges Mädchen brachte ihr Wasser und Holz, das Übrige tat sie selbst, und Kerner konnte nicht genug sagen, wie köstlich ihm sein Rickele gekocht, wie gut alles gewesen und wie vergnügt sie am eigenen Tisch gesessen seien.

Derselbe wurde auch bald ein gastfreundlicher Tisch, und manche Freunde, wie Ludwig Uhland, Karl Mayer usw., labten sich an den guten Speisen, die Rickeles Hand bereitete. Es mögen schöne Tage gewesen sein, wenn die Freunde kamen, alle noch jung, lebensfrisch und treu zusammenhaltend. Rickele war aber nicht nur die schaffende Hausfrau, sie nahm auch an dem geistigen Verkehr der Männer vollen Anteil und alle liebten und verehrten sie.

Karl Mayer schreibt aus der damaligen Zeit: »Kerner und seine Frau, beide unserem ganzen Kreise von jeher lieb und vertraut, hatten überhaupt seit ihrer Vereinigung und in ihrer jungen fröhlichen Häuslichkeit unsere Liebe und Teilnahme in noch viel höherem Grade gewonnen; ihre Namen klangen in all unsern Mitteilungen aneinander wieder, und die Pläne, das junge Paar in Welzheim heimzusuchen, ein paar heitere Tage dort zu verleben, hörten nicht auf und gediehen häufig genug zur Ausführung.«

Es verging kein Tag, an dem nicht Kerner zu Kranken in die umliegenden Dörfer, Weiler und Höfe musste; es waren ungebahnte Wege durch den Wald, die man nur zu Fuß oder zu Pferd zurücklegen konnte. Er schaffte sich daher bald ein Pferd an, einen sehr sanften Rappen.

Justinus wollte nicht ohne sein Rickele sein, und sie begleitete ihn treulich überall hin; dann wurde bisweilen noch ein weiteres Pferd für Kerner gemietet, während Rickele sich von dem Räpplein tragen ließ, öfter aber machten sie es, wie es in jener Gegend Sitte war, dass die Frau sich hinter den Mann aufs Pferd setzt und sich an ihm hält. Bei jeder Witterung, je schlechter das Wetter und der Weg waren, desto mehr fand auch Rickele es für nötig, bei ihrem Manne zu sein. Nie konnte dieser, wenn sie auch noch so lange unterwegs waren, sich entschließen, auswärts Mittag zu halten; kamen sie zurück, so hatte Rickeles geschickte Hand schnell etwas bereitet, für das sie schon vorgesorgt hatte. Einmal musste auch Kerner selbst seine Kochkunst zeigen; Rickele hatte Erbsen an das Feuer gestellt, als sie heftige Kopfschmerzen bekam und sich schnell zu Bett begeben musste. Als Kerner nach Haus kam, klagte sie über das noch nicht vollendete Mittagessen, da nahm er die Sache in die Hand, trieb die Erbsen kunstgerecht durch einen Seiher, und da er nicht gleich den Drücker von Holz dazu fand, nahm er stattdessen einen Bügelstahl. Noch lange rühmte er die guten Erbsen, die er gekocht habe. Von der grauen Farbe, die sie durch den Bügelstahl erhielten, sagte er kein Wort, das hat Rickele später verraten.

Am 2. Dezember 1813 gab der liebe Gott dem glücklichen Paar ein kleines Mädchen, und das bin ich, die ich hier diese Erinnerungen niederschreibe. Nach meiner Patin, der früher erwähnten Schwester Varnhagens, erhielt ich den Namen Rosa Maria.

Ich wurde später sehr stolz auf diese Namen, ein noch größerer Stolz war es mir, als es mir zum Bewusstsein kam, dass Ludwig Uhland mein Taufpate war, und dass er das Gedicht: »Auf das Kind eines Dichters« eigens für mich gemacht hatte.

Sei uns willkommen, Dichterkind,
An deines Lebens goldner Pforte!
Wohl ziemen dir zum Angebind
Sich Lieder und prophet'sche Worte.

In großer Zeit erblühest du,
In ernsten Tagen, wundervollen,
Wo über deiner kind'schen Ruh
Des heil'gen Krieges Donner rollen.

Du aber schlummre selig hin
In angestammten Dichterträumen
Von Himmelsglanz und Waldesgrün,
Von Sternen, Blumen, Blütenbäumen!

Derweil verrauschet der Orkan,
Es weicht der blut'gen Zeiten Trübe;
Wohl blühst als Jungfrau du heran,
du kündest so das Reich der Liebe.

Was einst als Ahnung, Sehnsucht nur
Durchdrungen deines Vaters Lieder,
Das sinkt von sel'ger Himmelsflur
Als reiches Leben dir hernieder.

Der Vater war sehr glücklich mit seinem Kind. Als das Frühjahr kam, durfte die Kleine schon mit auf die Praxis, die Mutter nahm mich zu sich auf das Pferd, oft auch der Vater, dann band er mir sein Taschentuch um den Leib, hielt mich weit hinaus und ritt schnell vorwärts, wobei ich laut aufjubelte und fröhlich zappelte. So wurden wieder gemeinschaftlich die Kranken besucht. Eine Freundin der Eltern erzählte mir später, wie sie der Familie begegnet sei: die Mutter auf dem Pferd mit dem Kind im Arm, der Vater daneben das Pferd führend, es sei wie ein Bild aus der heiligen Geschichte gewesen. – An Karl Mayer schrieb der Vater im Juli 1814: »Die kleine Rosa Maria ist sehr gesund, wild, auch sehr blühend, hell rosenrot. Sie reutet mit Rickele auf meinem schwarzen Pferd, welches Sessel (mit Rosshaaren gepolsterter) heißt.«

Endlich, nach einem Jahre, zeigte sich eine bessere Wohnung, in der man die Zimmer wenigstens für sich behalten durfte. Es waren drei kleine Zimmer mit der einfachsten Ausstattung, aber freundlich gelegen vor dem Städtchen. Es war nur eine Küche vorhanden, welche die Mutter mit zwei alten Fräulein Comerell, den Hausbesitzerinnen, teilen musste. Das junge Mädchen, das früher Holz und Wasser zugetragen hatte, war jetzt ganz in den Dienst genommen. Wenn das Rosele, so hieß sie, zugleich mit der Jungfer Comerell in der Küche war und sich nicht genau in dem ihr zugewiesenen Kreis bewegte, schrie die Jungfer Comerell: »Hinweg da, das ist mein Territorium!«; vor diesem ihr fremden Wort bekam das Rosele solchen Respekt, dass sie sich kaum mehr in die Küche wagte.

Rosele war noch sehr unerfahren, ein echtes Waldkind, das noch nicht einmal einen Begriff von einem Talglicht hatte; als ihr ein solches in das Wasser fiel, legte sie es auf den Ofen zum Trocknen und war höchlich erstaunt, dass es zerschmolz.

Es wurden damals im Welzheimer Wald nur Holzspäne gebrannt, die aus Kienholz geschnitzt und an einem Stock, der einen Fuß zum Stehen hatte, mit einer eisernen Klammer befestigt waren. Um diesen Lichtstock saß die ganze Familie, Frauen und Mädchen, Nachbarinnen und Freundinnen; die Männer lagen auf der Ofenbank oder schnitzelten die Lichtspäne; die Frauen saßen am Rocken und spannen mit der Spindel den schönen, weit berühmten Welzheimer Flachs. Dabei wurde lustig gesungen oder wurden Sagen und Geschichten erzählt, die meistens von Waldfrauen, Gnomen, Alraunmännchen usw. handelten, je schauerlicher, desto schöner.

Das Spinnen gehört nächstens zur Sage, aber damals, als es noch keine Maschinen als Ersatz dafür gab, wurde in jedem Haus der Bedarf an Leinwand selbst gesponnen, und ein Mädchen war noch nicht aus den Kinderschuhen, so fing die Mutter schon an, für ihre künftige Aussteuer Leinwandballen zurückzulegen; sie wäre keine sorgsame Mutter und Hausfrau gewesen, wenn auch nur eine Elle zur Aussteuer der Tochter hätte gekauft werden müssen. Jetzt ist es anders, die Maschinen machen es schneller fertig, aber nicht die Hälfte der Dauer hat die Leinwand der gegenwärtigen Zeit.

Ich lernte bald gehen, reiten konnte ich ja schon lange, freilich nur im Arm des Vaters oder der Mutter. Einmal gab mich die Mutter dem Rosele mit, um Aufträge zu besorgen. Diese brachte mich mit sehr erhitzten Wangen und besonders glänzenden Augen nach Haus. Als die Mutter mich auf den Boden stellte, fing ich an zu wanken und konnte nicht allein gehen, zudem roch ich auch stark nach Branntwein. Das Rosele gestand, dass man mir, wie man es dort oft den Kindern als Schleckerei gibt, Brot in Branntwein getaucht und mit Zucker bestreut gegeben habe, was ich mit großem Appetit verzehrt hätte. Zum Glück brachte es mir keinen Schaden. Später aber, als ich so lange klein blieb und die Altersgenossinnen mich im Wachstum weit überholten, machte es mir doch oft großes Bedenken, dass ich als Kind Branntwein bekommen hatte, denn man sagt bei uns, Kinder, denen man Schnaps zum trinken gebe, wachsen nicht mehr. – In Welzheim aber war es allgemeine Sitte, den kleinen Kindern den Schlotzer (Schnuller) in Branntwein und Zucker zu tauchen; dieselben bekamen dadurch mehr Schlaf. Schaden hatten die, welche davonkamen, später keinen dadurch; wenn sie das Leben über die ersten Jahre brachten, wurden sie kräftige Menschen, wie überhaupt dort ein sehr kräftiger Menschenschlag zu Hause ist. – Von den entferntesten Weilern und Dörfern brachten sie im tiefsten Winter die Kinder nach Welzheim zur Taufe. Nach dem Kirchgang wurde im Wirtshaus gezecht bis tief in die Nacht, und es war oft ein rechtes Glück für das Kind, wenn es, hinter den Ofen gebettet, von der Gesellschaft vergessen wurde. Es soll sogar öfter vorgekommen sein, dass ein solches Kindlein auf dem Heimweg verloren ging und erst die zu Hause gebliebene Mutter den Verlust entdeckte.

Bald drei Jahre war ich alt, als mein Vater zum Oberamtsarzt in Gaildorf ernannt wurde. Es tat beiden Eltern sehr wehe, Welzheim zu verlassen, wo sie vier so glückliche Jahre verlebt hatten.

Auch die Welzheimer sahen ungern ihren Arzt und seine Frau scheiden. Dem Mariele gaben die Bürger eine große Kiste Flachs zu ihrer Aussteuer. Diese Kiste mit Flachs, die mir eigen gehörte, war mein Stolz, und oft ging ich später der Mutter auf die Bühne nach und bat sie, mir den Flachs zu zeigen, den die Mutter mir treulich aufbewahrte und für meine Aussteuer schön spinnen und weben ließ.

Justinus Kerner

Originale aus Alt-Ludwigsburg

Der Chemiker Staudenmayer und seine Freunde

Ein eigener, origineller Mann damaliger Zeit in Ludwigsburg war der Chemiker Staudenmayer. Ich glaube, er war zu Marbach geboren; er zog schon nach Ludwigsburg, als mein Vater noch Beamter daselbst war. Viele Jahre hatte er als Chemiker und nachher als Admiralitätsapotheker in Petersburg gelebt. Sein Haus befand sich nicht weit von der Tuchfabrik in der hinteren Schlossstraße. Er war mit Seele und Leib Chemiker und trug eine chemische Ehrennarbe im Gesicht; er hatte nämlich in Petersburg, als er eine neue Metall-Komposition zu Lettern goss, ein Auge verloren. Er war ein hagerer Mann von mittlerer Größe, seine Haare waren, obgleich er damals vielleicht erst fünfzig Jahre zählte, schneeweiß lang gelockt, und sein Gesicht trug tiefe Furchen einer in Denken und Arbeiten durchlebten Zeit. Er hatte sich Vermögen gesammelt und hielt es durch Sparsamkeit und kleine chemische Arbeiten (denn von solchen konnte er nie ruhen) zusammen. Er war kinderlos. Seine Frau war eine Liefländerin. Sie war klein bei einem langen Oberleib, und ich sagte oft zu ihr, ich bezüchtige sie, keine Füße zu haben. Sie liebte ihren Mann ungemein so wie er sie. Dieser Mann hatte, besonders in der technischen Chemie, manche interessante Entdeckungen gemacht, zeigte sie auch solchen, die ihn näher kennen lernten, gern vor, aber aus der Art ihrer Bereitung machte er immer das größte Geheimnis. Es war dazumal die Zeit der Surrogate, für seinen forschenden Geist eine willkommene Abwechslung. Für alle Kolonialwaren hatte er Surrogate erschaffen, den Freunden zeigte er sie vor und wartete ihnen damit auf. Man speiste bei ihm vortrefflichen Zucker, der aber nicht aus dem Zuckerrohr genommen war, man trank bei ihm ausgezeichneten Kaffee, allein es war nicht die gewöhnliche Kaffeebohne; Zimt und Nelken vom besten Arom teilte er aus, allein sie waren sein Fabrikat; auch ein Surrogat für die Chinarinde hatte er erfunden, das in den Spitälern, besonders in Hamburg, mit dem besten Erfolge angewendet wurde. Man bot ihm damals reichliches Geld, die Fabrikation dieses Chinasurrogats zu eröffnen, allein er war durchaus nicht dazu zu bringen, lieber schickte er es unentgeltlich aus. Die verschiedensten Sauerwasser und moussierenden Weine, die er schnell ex tempore zu bereiten wusste, standen bei ihm immer für Freunde bereit. Drang man in ihn, er möchte doch sagen, wie er dies oder jenes mache, so fing sein Mund an, sich zu einem schalkhaften Lächeln zu verziehen, und sein einziges blaues Auge schielte und funkelte hell – aber er schwieg.

In Bereitung von verschiedenen feinen Essigen war er besonders Meister, auch im Einmachen der verschiedensten Früchte in solchen kristallhellen Essigen in Gläsern, sodass sie ihre natürliche Farbe und Gestalt behielten, was jetzt häufig gesehen wird, damals aber noch ein Geheimnis war. Die königliche Tafel bezog sie damals nur von ihm, ob er gleich mit dem Hofe immer im Streite lebte. Mein Vater nahm sich Staudenmayers bei Aufnahme in Ludwigsburg dessen sehr an; schon deswegen war er immer freundlich und lud mich in Freistunden manchmal zu sich ein, wo er mich mit seinen Surrogaten traktierte und mir von seinem Leben in Russland, von den Präparaten, die er gemacht, von den Chemikern und Ärzten, mit denen er da umgegangen, vieles erzählte. Je näher er mich kennen lernte, je klarer wurde auch ihm, dass ich für das Gewerbe eines Kaufmanns nicht tauge und dass ich bei meiner Vorliebe für die Natur und ihre Wissenschaften mich zu ihrem Studium auf eine Universität begeben sollte. Das hörte ich gern, aber mit Zittern und Zagen, weil ich keine Aussicht dazu vor mir sah.

Die Frau von Gaisberg und ihre Katzen

Ohnweit des Chemikers Hause wohnte auch ein originelles Wesen; es war eine Frau von Gaisberg, geborene von Üxküll. Sie lebte von ihrem Manne getrennt in Gesellschaft einer Menge Katzen. Sie hatte ein wahres Katzenkloster, dessen Äbtissin sie war. Ihre Kleidung war eine Kutte, wie die eines Kapuziners; um den Leib trug sie ein Band, an welchem ein langes Messer hing, das Haar hatte sie abgeschoren, und auf dem Haupt trug sie nach Männer Weise eine weiße Zipfelkappe. Ihre Gesichtszüge waren mehr die eines Mannes als einer Frau. Ihr Zimmer war durch einen großen russischen Ofen geheizt, den ihr der Chemiker empfohlen und erbaut hatte.

Vor diesem Ofen bereitete sie sich und ihren Katzen im Zimmer die Speisen und schnitt sie ihnen mit dem langen Küchenmesser vor. Nahmen die Familien der Katzen zu sehr zu, so gebrauchte sie auch besagtes Messer, um den überflüssigen jungen Katzen die Köpfe abzuschneiden. In ihrem Zimmer herrschte die größte Unordnung. Küchengeräte, Möbels und Porträts standen und lagen untereinander. Den größten Teil ihres Zimmers nahm eine große Bettlade mit einem Dache, einem so genannten Himmel, ein, auf welcher die Lieblingskatze mit ihrer Familie ihr Lager hatte und ihre Kindbetten hielt. Die Umgebung dieser Frau und ihre ganze Erscheinung hatte etwas Dämonisches, Hexenartiges. Sie machte in Begleitung einer großen Prozession von Katzen, von denen mehrere aufrecht auf den Hinterfüßen liefen (denn so hatte sie sie gelehrt), öfters einen Spaziergang im Garten hinter ihrem Hause, der an den des Chemikers stieß. Hier beobachtete ich sie oft heimlich. Ich hörte, dass sie mit ihnen in einer eigenen, den Katzentönen ähnlichen Sprache konversierte und sie dann auf einem Rasenplatz mit Baldrian fütterte, worauf sie die wunderbarsten Stellungen und Sprünge machten, an denen sie sich zu ergötzen und die sie durch ähnliche Sprünge nachzumachen schien.

Bei diesem Anblicke fiel mir immer die Prälatin von Maulbronn mit dem Eulenkopfe neben den im Mondschein in Prozession zum Klosterbrunnen aus dem Keller ziehenden Ratten ein. Ich dachte mir beide, jene mit den Katzen und diese mit den Ratten zusammen, als echte Bilder aus einem Hexenmärchen. Als diese Frau später zu Stuttgart starb und ihr Sarg auf den Kirchhof gebracht wurde, sprangen, als man das Sargtuch abdeckte, zwei ihrer Lieblingskatzen, die sich unbemerkt unter demselben bei ihr festgehalten hatten, aus demselben hervor und verschwanden unter den Grabmonumenten.

Nächst dem Garten dieser Frau hatte der Chemikus ein kleines Häuschen, in welchem er seine Essige aufgestellt hatte; er behauptete aber, er müsse dieses Häuschen versetzen; denn sooft diese Frau mit den Katzen durch den Garten gehe, bemerke er nachher, dass seine Essige nicht mehr die Reinheit wie vorher hätten und sie ihm auch sehr oft ganz verderben.

Herr von Üxküll

Besseres traute der Chemikus dem Bruder dieser Frau zu. Dieser war ein Herr von Üxküll, der ihn öfters in Gesellschaft der Malerin Simanowitz besuchte. Noch öfters traf ich diesen auch sehr originellen Menschen bei meinem väterlichen Freund Conz. Klopfte es ganz erstaunlich an die Türe, dass alles zusammenfuhr, so war man der Erscheinung des Herrn von Üxküll gewiss. Er hatte das Gehör verloren und klopfte jedes Mal an die Türe so stark und so lang, bis er es selbst hörte. Dieser Mann verwendete den größten Teil seines ansehnlichen Vermögens auf Kunstreisen und Sammlung von Kunstschätzen, namentlich auf Gemälde und Kupferstiche und auf Unterstützung von Künstlern. Er hatte sich in verschiedenen Jahren immer längere Zeit in Italien und namentlich in Rom aufgehalten und wurde Freund und Mäzen aller sich damals in Rom aufhaltenden Deutschen und besonders der württembergischen Künstler, wie des genialen Kochs, Wächters, Schicks, usw. Sein Urteil war in der Kunstwelt von Geltung; denn er hatte sich durch diesen Umgang mit Künstlern und durch Anschauung der Kunstwerke der verschiedensten Schulen, besonders der italienischen, zu einem Kunstkenner von Geschmack und richtigem Blicke gebildet. Er war Meister in mündlicher Darstellung des Gesehenen.

Er war so taub, dass man mit ihm nur vermittelst eines Hörrohres sprechen konnte. Der Chemikus schrie ihm einmal in meiner Gegenwart in dasselbe, eingedenk seiner abgestandenen Essige: »Es ist mir doch unbegreiflich, wie eine Schwester von einem solchen Liebhaber des Schönen diese abscheulichen Katzen um sich dulden kann.« – »Ach«, sagte er, »ein jegliches lebe nach seiner Phantasie, und mich freut, wenn ein Mensch nur irgend eine solche hat; Ihre Katzen, Lieber, sind die Essigflaschen!« – »Ja«, sagte der Chemikus mit einem Blick auf mich, »ehemals! Aber jetzt möchte ich sie oft gern alle zusammenschlagen, es ist kein Glück mehr in ihnen!«

Der falsche Einsiedler

Herzog Ludwig Eugen, der Bruder und Nachfolger Karl Eugens war sehr fromm. Die Gutmütigkeit und der fromme Glaube des Herzogs Ludwig wurden übrigens oft missbraucht. Hievon nur ein sehr buntes Beispiel: Ein alter, versoffener Schuhmacher aus der Stadt, lutherischer Konfession, kam auf den Gedanken, Buße zu tun und ein frommer Einsiedler zu werden. Zu diesem Behufe brach er sich in dem Steinbruch vor dem Tore, das nach Eglosheim führt, ein geräumiges Loch und richtete sich in demselben eine Einsiedlershütte ein; diese schmückte er mit einem Kreuze und Marienbilde, einer brennenden Öllampe und einigen katholischen Gebetbüchern aus. Es fand bald dahin ein großer Zulauf von Neugierigen statt; ja, es gab sogar manche, die sich an dieser Erscheinung erbauten.

Bald wurde die Sache auch am Hofe bekannt. Einige alte fromme Hofdamen wallfahrteten hin; diese erzählten der Frau Herzogin Wunder von dem frommen Büßer, seinen inbrünstigen Gebeten, seinen Kasteiungen. Gerührt davon, entschloss sie sich (es hieß in Begleitung des Herzogs), selbst einen Besuch in der Einsiedlershütte zu machen. Erbaut von den frommen Äußerungen und der Buße des Mannes, wurden die Besuche öfters wiederholt, wobei jedes Mal ein reichliches Almosen hinterlassen wurde; ja, die Herzogin beschickte den Darbenden oftmals mit Speisen aus der Hofküche. Die Täuschung dauerte mehrere Wochen lang, bis der fromme Einsiedler den versoffenen Schuhmacher in sich nicht mehr länger unterdrücken konnte. Er fing von der gesammelten Barschaft wieder nach alter Weise zu saufen an, worauf mein Vater von Polizei wegen durch seine Entfernung aus dem Steinbruche und seine Aufhebung im Armenhause der Sache ein Ende machte.

Pfarrer Flattich

Einmal kam ein Handwerksbursche müde und abgemattet ins Münchinger Pfarrhaus und bat Flattich um eine kleine Gabe. Er erzählte, er sei auf seiner Wanderschaft fast bis am Rhein drüben gewesen und jetzt auf dem Heimweg. Es sei aber noch weit nach Hause; seine Mutter wohne zwei Stunden hinter Ellwangen. Die Füße hielten's wohl noch aus, denn so oft er sie auch wund gelaufen, so seien sie doch immer wieder geheilt; aber seine Strümpfe wollten nicht heilen, das sei der Jammer. Der mitleidige Pfarrer ging in die Kammer und holte ihm sein bestes Paar Strümpfe. Etliche Tage danach bemerkte die Hausfrau den Abgang und fragte: »Lieber Fritz, hast du das neue Paar Strümpfe aus dem Kasten genommen?« – »Ja«, sagte Flattich, »ich hab sie einem armen Handwerksburschen geschenkt.« – »Aber warum hast du ihm denn gerade deine guten und nicht lieber ein Paar schlechte gegeben?« – »Do han i do jetzund ...«, sagte Flattich, »liebe Frau, schlechte hat der Handwerksbursche selber gehabt.«

Flattich sah Sonntag für Sonntag einen Münchinger Bürger im Kirchenstuhl sitzen, und es hatte auch den Anschein, als ob er fleißig aufmerke. Sein Lebenswandel ließ aber sehr zu wünschen übrig, und er blieb nach wie vor unbekehrt. Da ließ Flattich den Mann zu sich kommen und schenkte ihm ein Paar Schuhe. »Do han i do jetzund ... das ist für Euer fleißiges Kirchgehen«, sagte er. Als der Mann durch das Lob sich über die Maßen geehrt fühlte, fügte Flattich hinzu: »Es ist nur, damit Ihr nicht in allen Teilen zu Schaden kommt. Nutzen für Euer Denken und Tun nehmt Ihr doch keinen mit aus der Kirche heim. Drum hab ich gedacht, ich wolle Euch wenigstens das Paar Schuhe ersetzen, das Ihr bei Eurem Kirchenlauf zerrissen habt.«

Schieferdecker Baur und Schubart im Adler zu Stuttgart

Christian Friedrich Daniel Schubart

In den achtziger Jahren des 18. Jahrhunderts versammelte sich allabendlich im Gasthaus zum Adler in Stuttgart eine lustige Tafelrunde. Die beiden Hauptpersonen in der fröhlichen Gesellschaft waren der Schieferdecker Baur und der Dichter Schubart. Baur war ein Originalmensch, von dem man in Stuttgart noch lange erzählte.

Der Wein war sein Element und das Trinken seine liebste Beschäftigung. Schon zum Frühstück genoss er eine gute Portion Mannheimer Wasser, auch zum Zuspitzen noch etwas Cyperwein, den er kistenweise von fernher zu verschreiben pflegte, um zehn Uhr etliche Schoppen des besten Neckarweins, zu Tisch ein paar Flaschen Rhein- und Moselwein, nach der Tafel in einem benachbarten Orte ein ordentliches Quantum von anderem Gewächs, abends zu Stuttgart in dem Adler eine erstaunliche Menge des besten, den der Keller zu bieten hatte, und zuletzt als Schlaftrunk eine oder auch einige Flaschen Champagner. Einer, der Wasser trank, erschien ihm als der ärgste Verbrecher. »Das Wasser«, sagte er, »macht dumm, es ist nur für Fische, Gänse und – Dummköpfe.« Als einmal neben ihm einer

Wasser in seinen Wein schüttete, war ihm das ein unerträglicher Anblick. Er schrie: »Kellner, schnell etliche Bouteillen Rheinwein auf meine Rechnung. Fort mit dem Wasser, fort mit dem Wasser, ich kann und will's nicht sehen!« Schubart dichtete folgendes Verslein auf ihn:

Wenn Baur ein Walfisch wäre
Und alle Meere Wein,
So trockneten die Meere
Von seinem Schlucken ein.

Um zu verhindern, dass ihn der Wirt beim Zahlen betrüge – denn er selbst konnte um diese Zeit nicht mehr rechnen –, hatte er sich angewöhnt, die Pfropfen von den ausgetrunkenen Weinflaschen in die Tasche zu stecken. Am andern Morgen war dann sein erstes Geschäft, aus der Zahl der Pfröpfe und dem Stand seines Geldbeutels die Zeche zu berechnen.

Baur war Junggeselle und hatte sich in seinem Beruf ein großes Vermögen erworben. Dieses reichte nicht nur hin, um seinen üppigen Lebenswandel zu bestreiten, sondern er konnte auch noch vieles für die Armen tun – und dies ist die gute Seite seiner Persönlichkeit. Wie viel er in dieser Beziehung tat, erfuhr man erst aus den Dankschreiben, die man in seinen hinterlassenen Papieren fand; denn er ließ seine linke Hand nicht wissen, was die rechte tat.

In seinen Ausdrücken war der Schieferdecker überaus derb. Man könnte nur die verhältnismäßig feinsten von seinen Redensarten allenfalls hierherschreiben. Ein Lieblingsausdruck von ihm war »Lalle«. Je nach ihrem Beruf nannte er seine Freunde Wirtslalle, Schullalle, Postlalle usw. Natürlich blieben ihm diese nichts schuldig. Einer derselben, der ihm zu seinem Geburtstag ein Gedicht überreichte, redete ihn also an:

»Allen, die sich Zecher nennen,
Sei zwar dieses Lied gezollt,
Doch mit laut gestimmt'rem Schalle
Tönt es dir, erhabener Lalle,
deinem Namen, Leopold.«

Wie man ihm nirgends etwas übel nahm, wo man ihn kannte – und wo man ihn nicht! – so ließ er sich auch sagen, namentlich wenn wirklich Witz darin lag.

Trotz seiner Derbheit war Baur sehr kirchlich. Er verrichtete regelmäßig seine Andachten, ging täglich in die Messe (er war nämlich Katholik) und erklärte alle Lutheraner für Lalle. Daher wollte er auch nicht in Stuttgart begraben sein, sondern in Hofen bei seinen Glaubensgenossen. Von seinem Freund Schubart lässt sich dasselbe rühmen wie von Baur, dass er nämlich äußerst wohltätig gegen die Notleidenden war. Er hatte selber schlimme Zeiten mitgemacht. Nachdem er aber nun in besseren Verhältnissen war, gab er oft den letzten Pfenning her, um andere zu unterstützen.

War Baur wegen seiner Derbheit und seines originellen Wesens als Gesellschafter sehr beliebt, so war es Schubart hauptsächlich wegen seiner witzigen Einfälle und seiner Kunst, aus dem Stegreif zu dichten. Zu Heslach in der Traube wollten einmal zwei betrunkene Weingärtner von Schubart einen Reim aus dem Stegreif haben. Schubart fragte sie nach ihren Namen: der eine hieß Klumpp, der andere Fesel. Ohne sich lange zu besinnen, fing Schubart an:

»Nimm's K hinweg von Klumpp
Und's F hinweg von Fesel,
So ist der ein' ein Lump,
Der andere ein Esel.«

Bei einem Mittagessen erhob sich einmal eine Dame, nahm ganz zimperlich ihr Gläslein und sprach mit zarter Stimme:

»Schubart, Schubart, dir zu Ehren
Will ich dieses Gläschen leeren.«

Schubart ergriff sogleich sein Glas und erwiderte mit seiner Bassstimme:

»Ach, das freut mich königlich,
Dass die Dame säuft wie ich.«

Einst war Schubart zu einem Weinbergbesitzer namens Landauer zur Weinlese eingeladen worden. Schubart war unglücklicherweise nicht bei Laune. Der Weinbergbesitzer setzte ihm aber zu, die übrigen Gäste doch aufzuheitern, und ließ so ziemlich merken, dass er ihn nur deshalb eingeladen habe. Schubart, der vielen Anforderungen endlich müde, ergriff sein Glas und brachte vor der ganzen Tischgesellschaft folgenden Trinkspruch aus:

»Hoch lebe Herr Landauer
Und auch sein ganzes Haus:
Der Kerl wird immer grauer,
Der Esel muss heraus.«

Schubart leistete im Trinken auch Erkleckliches; aber seinen Freund Baur erreichte er doch bei weitem nicht.

Man kann sich wohl denken, dass es gar lustig zugegangen sein muss, wenn diese beiden Männer abends zusammenkamen, und wenn noch einige andere trinkfeste und witzige Leute sich dazu gesellten. »Nichts Ergötzlicheres ließ sich denken, als eine Abendgesellschaft dieser lustigen Gesellen. Der Adler in Stuttgart war ihr liebstes Quartier, und es sammelte sich alles, was einen gesunden Sinn und Füße hatte, wenn man wusste, dass Schubart und der dicke Baur zu treffen seien. Das ganze Haus war mit Gästen gefüllt; an den entferntesten Tischen der Wirtsstube saßen Perückenmacher, Stallknechte, Bediente, Schreiner und andere Handwerker; um die Helden des Hauses saßen herum: Offiziere, Advokaten, Schreiber, Kammerdiener, Künstler, Schulmänner, Ärzte, Feldscherer, Kanzlisten, Sekretäre, Kammerräte, Buchhalter, Kaufleute, Studenten, Blaser und Geiger, Springer und Tänzer, Engländer, Franzosen, Italiener und Deutsche – alle in einem Zimmer beisammen, alle beschäftigt, die Sorgen des Lebens im Wein zu ertränken. Unter allen aber leuchtete der Schieferdecker hervor, strahlend wie eine kugelige Sonne.

Damit soll es genug sein von den lustigen Zechbrüdern. Baur starb im Frühjahr 1791 im Alter von 59 Jahren, und Schubart folgte ihm im Herbst desselben Jahres im Tode nach, erst 52 Jahre alt.

Esslinger Bilder

Friedrich II. hat Esslingen mit dem Stadtrecht Mauern und Tore gegeben. Noch steht von ihm das »Wolfstor«, über dessen Bogen ein Adler eingehauen ist und zu beiden Seiten zwei hoch in Stein erhabene Löwen, das Wappensymbol der Herzoge von Schwaben ausprägend. Die Hauptkirche der Stadt, zu Sankt Dionys, wurde – wie dies der unterste Teil des Schiffes und der offenbar vorgotische Einbau desselben beweist – noch früher begonnen, übrigens nach chronikalischen Nachrichten erst zu Ende des 13. Jahrhunderts vollendet. Dieses Jahrhundert war die

Zeit des schwäbischen Gesanges; auch Esslingen hatte seinen »Schule-Meister« oder Meistersänger – ein Name, der lange fälschlich dem Zeitalter des Minnesanges abgesprochen worden ist, einen Dichter, der »den lichten Maienschein« dieser Frühlingsgegend pries. Das Glück der Hohenstaufen ging jetzt zu Ende. Heinrich VII. hatte im Jahr 1233 das Predigerkloster und die dazugehörige Kirche zu Esslingen gebaut. Als er zwei Jahre später, wegen Empörung gegen seinen Vater abgesetzt, in einem Gefängnisse den Tod fand, trat seine Gemahlin Margarita vor den Prior des Klosters und übergab ihm die goldene Krone mit der Weisung, den Erlös unter den Armen auszuteilen:

»Ihr Mönche, gebt dies Gold den Armen,
Ihr Mönche, flehet um Erbarmen,
Fleht für die Seele meines Herrn!«
Wert ist dies Weib, dass man sein denket,
Das auch der Krone Gold verschenket,
Als unterging der Ehre Stern.

»Sieh zu deinem Reiche, Gott! Sonst erschleicht er dir noch deinen Himmel ohne Wehr!« So sang der »Schulmeister von Esslingen« unter vielen andern Scheltworten (Maness. II 93–95) feindselig dem Habsburger Rudolf entgegen, als er sich auf den römischen Kaiserthron setzte. Aber bürgerliche Wohltaten besiegten den Widerwillen der Esslinger, und zuletzt nannten sie Rudolf nur »ihren lieben Kaiser«.

Die Stadt wurde immer blühender, und selbst stürmische Zeiten rüttelten vergebens an ihrem Wohlstande. Sie sah dem Kampfe der Gegenkönige Ludwig von Bayern und Friedrich von Österreich, der den Neckar blutrot färbte, ungefährdet zu. Hundertunddreißig Jahre später ward die Frauenkirche mit ihrem herrlichen Turme gebaut, den uns das gegenwärtige Blatt vor Augen hält.

Im Jahre 1531 hielt der nach Esslingen berufene Reformator Ambrosius Blarer die erste evangelische Predigt in der Dionysiuskirche am Tage nach Sankt Dionys. Von Jahrzehnt zu Jahrzehnt wuchs jetzt Esslingens Blüte; die Handwerker gediehen, Weinbau und Weinhandel machten die Stadt lebendig und wohlhabend, während doch alle Üppigkeit aus dem häuslichen Leben der Esslinger verbannt blieb. Diesen Flor unterbrach einige Mal die Pest und gegen das Ende des 17. Jahrhunderts der Einfall Mélacs im Franzosenkriege. Noch trägt ein kleines Häuschen in der nur wenige Mauer- und Turmruinen zeigenden, verödeten Esslinger Burg seinen Namen, und von Geschlecht zu Geschlecht pflanzt sich die Sage fort, dass ihm sogar eine schöne Jungfrau Esslingens geopfert werden musste, um ihn von der gänzlichen Zerstörung der Stadt abzuhalten.

Die Grafen von Württemberg lebten in beständigen Fehden mit der Reichsstadt, die endlich infolge der großen Zeitereignisse im Jahre 1802 unter württembergische Landeshoheit gekommen ist, unter der ihr Wohlstand nur zugenommen hat.

Cannstatt in den Kriegswirren

Ihre jetzige Gestalt verdankt die Stadt dem Herzog Ulrich von Württemberg, der nach der Rückkehr aus seiner Verbannung sie neuerdings befestigen ließ. Als im Schmalkaldischen Kriege der Herzog von Alba zu Cannstatt einrückte, war Ulrich ärgerlich auf seinen Sohn Christoph: »Hätte man die Spanier aufgehalten, sie würden über die Mauren von Canstatt nit geritten seyn.«

Unbeschreiblich groß war das Elend, das Stadt und Bezirk im Dreißigjährigen Kriege und durch die verheerenden Einfälle der Franzosen zwischen 1688 und 1707 betraf. Im Revolutionskriege wurde Cannstatt mit der Umgegend der Kriegsschauplatz selbst. Als Moreau über den Rhein gegangen war und das österreichische Heer zurückgedrängt hatte, suchten beide Teile Cannstatt zu gewinnen. Die Sachsen hatten den Kahlenstein, die Franzosen fechtend Stuttgart besetzt. Der Erzherzog Carl schlug sein Hauptquartier in einem Dorfe jenseits Cannstatts,

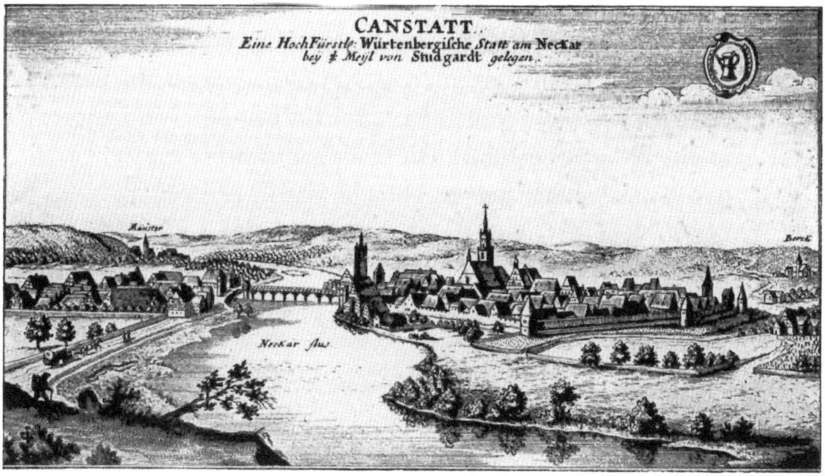

in Fellbach, mit achtzigtausend Mann auf. Am 20. kam Moreau nach Stuttgart, und nun erfolgte der allgemeine Angriff vom Neckardorfe Mühlhausen bis Esslingen und die »Filder« hinauf. Der Erzherzog durcheilt die Stadt mit seinen Adjutanten, und die Brücke wird abgebrochen. Nun rücken die Franzosen vom Dorfe Berg und dem eingenommenen Kahlenstein her, und eine fürchterliche Kanonade von beiden Seiten nimmt die Stadt in die Mitte. Bis zum Abend rollt der Donner und fliegen die Kugeln pfeifend über sie hin. Mitten im Feuer plündern die Franzosen die Vorstadt. Im Gasthofe zum Ochsen werfen ihrer zwei den Wirt zu Boden, um ihn zur Entdeckung seiner Habseligkeiten zu zwingen, als eine Kanonenkugel durch die Wand geflogen kommt und beide Feinde zerschmettert. Eine bange Stille folgt auf diesen Tag. Endlich in der Nacht vom 23. auf den 24. Juli treten der Erzherzog und die Österreicher den begonnenen Rückzug wieder an, und die Behörden übergeben die Stadt den Franzosen.

Seitdem hat sie den Kaiser Napoleon zweimal (1805 und 1809) und, nach der Katastrophe von Moskau und Leipzig, am 17. Dezember 1813 den russischen General Barclay de Tolly mit neunzehn Generalen, zweiundsiebzig Obersten und Stabsoffizieren und einem ganzen Tross von Offizieren, dann, nach Napoleons Rückkehr von Elba, zwei Erzherzoge von Österreich in ihren Mauern gesehen. Die Stadt hat mehrere angesehene und berühmte Männer hervorgebracht, darunter zwei von europäischen Namen: Georg Bernhard Bilfinger und Christian Friedrich Schnurrer.

Geheimnisvolle und unheimliche Geschehen

Der Schatz auf dem Forste

An die Botnanger Heide lehnt sich, nach der Stadt Stuttgart ein Bergvorsprung, Forst genannt, dessen Areal etwa 120 Morgen groß, meist Weinberge umfasst, die ein köstliches Gewächs liefern. Auf dem Scheitel dieser Bergklippe stand in alten Zeiten ein stolzes Gebäude, die Forstburg, den Edlen von Büren gehörig, welche damals in der Umgegend überhaupt sehr begütert waren. Die Festung war sehr groß und ihre Mauern und Türme stark und hoch. Wann sie erbaut wurde, ist unbekannt. Zerstört wurde sie mit den anderen Burgen um Stuttgart im Jahre 1287.

An diesen Platz knüpft sich die alte Sage von einem dort verborgenen, unermesslich großen Schatz, deren Erzählung wir dem Stuttgarter Kastenkellereischreiber Bührer verdanken, und die wir hier wiedergeben.

Einige Jahre vor der Zerstörung der Forstburg soll ein so geiziger Burgherr auf der Forstburg gehaust haben, dass er, obgleich sehr reich, nicht selten betteln ging. Dieser Geizhals plagte seine Ehefrau über alle Maßen, fast bis zum Hungertod. Ja, er hieß sie sogar, bei ihren Verwandten betteln zu gehen. Als sich die mutige Frau mit aller Entschiedenheit weigerte, riss er ihr die Kleider vom Leib und jagte sie hinaus in die dunkle Nacht. Vom Tal schimmerte aus dem Brunoschloss ein Licht herauf. Sie schritt hinab und kam unter Lebensgefahr über die Bollwerke der Stadt zum Schloss und bat um Einlass. Allein, sie wurde mit harten Worten, ja, sogar mit Pfeilen zurückgewiesen. Jammernd und klagend eilte sie weiter bis zum Schwarenberg, wo eine Muttergotteskapelle stand. Hier flehte sie zu Gott um ein Kleid zur Bedeckung ihrer Blöße. Und siehe da, ein Engel legte ihr ein schneeweißes Gewand zu Füßen, das sie anzog und darin weiterwanderte. Die Verstoßene suchte bei allen Verwandten nah und fern in Stauffen, Büren, Strahlau, Göding, Colowrad, Prag und dem Hradschin Obdach, überall wurde sie als Wahnsinnige abgewiesen, und König Wenzel, ihr Onkel, ließ sie in Prag enthaupten, wobei er vom Söller dem blutigen Schauspiel zusah. Das vergossene Blut befleckte aber ihr weißes Kleid nicht im Geringsten, im Gegenteil, das Gewand wurde nur noch heller davon. Das bemerkte der Priester, der ihr beigestanden hatte auf dem Todesgang. Er fiel vor dem Wundergewand auf die Knie und mit ihm alle Zuschauer, welche das Kleid nach dem Gotteshaus brachten. Bedrängte und Verlassene wallfahrteten mehr als vierhundert Jahre zu dem Kleid der weißen Frau, und Gläubige zollten ihr große Verehrung. Vor ihrem Tode soll die weiße Frau von Gott die Gnade erfleht haben, all denen, welche ihrer Familie näher oder ferner angehörten, so wie sie im Leben wandelte, vor deren Ende erscheinen zu dürfen, damit keiner von ihnen ohne Buße dahinfahre und der ewigen Barmherzigkeit verlustig werde – worauf sie auch ihrem Mann auf der Forstburg erschien, als dieser eben einen zottigen Hund an seine Geldkiste band, welche er in einem tiefen Gewölbe versteckt hatte. Als der Geizhals aufschaute, da stand seine Frau vor ihm, so wie er sie vor einigen Jahren davongejagt hatte. Zornig, dass außer ihm noch jemand den Ort seiner Schätze kannte, verfluchte er sein Weib, welches er leibhaftig vor sich glaubte, und warf den Schlüssel des Gewölbes nach ihr. Plötzlich aber verschwand der unheimliche Besuch, und der Ritter war lebendig gefangen, denn er fand den Schlüssel nicht mehr. Lange hörte man den Hund heulen, doch gelang es keinem Knecht, seine und des verschwundenen Burgherrn Spur zu finden. Alljährlich in derselben Nacht aber sah man unter einem großen Baume nach Stuttgart gerichtet einen zottigen Hund mit feurigen Augen sitzen, der einen großen Schlüssel im Maule hielt, wodurch die Sage entstand, wer imstande sei, dem Hund den Schlüssel zu nehmen, der erlöse den Geist des verfluchten Burgherrn und finde den vergrabenen Schatz auf dem Forstberg. Viele versuchten auch wirklich, dieses Wagestück zu unternehmen, und setzten ihr Leben dran, so ein Andreas Rümelin von Stuttgart, den man im Jahr 1488 an dem Orte seines Wagnisses tot fand, ebenso Eberhard Rühle, der in der Christnacht 1510 seinen Geist aufgab. Auch fand ein Teufel- und Geisterbanner von Weil in der Petri- und Paulnacht an dem Spukort sein Ende, und seine Gliedmaßen sollen schwarz und blau, die Kleider verbrannt gewesen sein. Sodann machte im Jahre 1617 Gottlieb Adam Semminger den Versuch, den Geist zu erlösen, nicht des Schatzes wegen, sondern um die Seele des Gebannten zu retten. Semminger war ein »wohl unterrichteter Bibeljünger«, führte einen ehrbaren frommen Wandel, verstand Krämpfe zu heilen, Blut zu stillen und dergleichen geheime Dinge mehr. So lag er einstmals am Forstberg spät auf der Hut und sah in einiger Entfernung von ihm ein helles Licht. Neugierig ging er darauf zu und erblickte einen Hund mit Flammenaugen, der bei seinem Gebet sich zusammenzog und endlich verschwand. Als er nach Hause kam, erzählte er den Vorfall seinem 86 Jahre alten Vater, der ihm vor jedem weiteren Schritt ernstlich abriet und ihm dabei von den großen Unglücksfällen von diesem Platz erzählte. Allein, wie das so geht: je mehr der Alte warnte, desto mehr wurde der Sohn in seinem Verlangen bestärkt, den Armen aus der Verdammnis zu lösen.

In aller Stille ging Semminger in der Karfreitagnacht 1617, mit einer Bibel versehen, hinaus und setzte sich unter den Baum, wo er früher den Hund gesehen, und betete etwa eine volle Stunde. Bisher hatte eine Totenstille geherrscht. Wenige Minuten vor Mitternacht aber begann ein Geräusch, das dem Geklirr von Ketten glich und nach und nach stärker wurde, bis nach einigen Augenblicken eine durchsichtige Gestalt mit einem Hund erschien, der einen Schlüssel im Mund trug und sprühende Blicke nach dem Betenden warf, welcher sich Auskunft erbat, wie es ihm möglich werden könne, die arme Seele zu erlösen. Statt einer Antwort trat der Gefragte heran, schlug die dargebotene Bibel auf und drückte den Finger der rechten Hand auf eine Stelle, worauf er wieder verschwand. Dunkle Nacht umfing den Einsamen wieder, und angsterfüllt schlich er heim. Am andern Morgen nahm Semminger die Bibel zur Hand und sah fünf Brandmalzeichen über dem 24. Vers im 49. Kapitel des Propheten Jesaja, welcher heißt: »Kann man auch einem Riesen den Raum nehmen, oder kann man dem Gerechten seine Gefangenen losmachen?« Bald darauf starb Gottlieb Adam Semminger.

Die Erdluitle bei Murrhardt in der Mühle

Bei Murrhardt ist eine Mühle in der lange Zeit »Erdluitle« waren. Diese arbeiteten dem Müller alles und niemand durfte Hand anlegen, aber nur bei Nacht, wenn es ruhig war. Der Müller wusste es wohl und stellte die gefüllten Fruchtsäcke abends nur in die

Mühle hinein. Morgens war alles gemahlen. Um Mitternacht gings dann an ein Rennen und geschäftiges Hin-und-her-Laufen. Eine unzählbare Menge von kleinen Männlein tummelten herum, der eine holte den Sack, einer leerte ihn aus, wieder einer hatte eine Wanne auf dem Kopf, andere fegten, schütteten auf, kehrten zusammen, alles ging so flink, dass morgens nichts mehr zu tun war. Dabei war es ganz ruhig. Der Müller war auch mal wieder neugierig und wollte sie bei ihrem Geschäfte sehen. Da bemerkte er, wie alle so lumpig angezogen und alles an ihnen zerrissen war. Mitleidig ließ ihnen der Müller eine große Zahl kleiner Mäntelchen und Röcklein machen und legte sie in die Mühle. Allein die Kleider lagen des Morgens noch unberührt da und von dort an kamen die Erdluitle nimmer mehr. Sie hatten gemerkt, dass sie beobachtet werden, und das wollten sie nicht, sondern mögen ihr Geschäft unbeschrien verrichten.

Die guten Erdluitle bei Marbach

In der Nähe von Marbach in einem Dorfe, der Erzähler konnte mir's nicht mehr genau sagen, war ein Schuhmacher, ein gar christlicher und allgemein beliebter Mann. Zu dem kamen jede Nacht »Erdluitle«. Er hatte immer viel Arbeit und machte sie so gut und schön wie kein anderer Schuhmacher im Orte. Nachts, vor er ins Bett ging, warf er Schuhe und Stiefel und alles, was man ihm tagsüber zum Machen brachte, unter sein Schuhmacher-Bänkle, sagte jedes Mal dazu: »So besorgt mein Fach pünktlich und gut!« Sowie er im Bett und alles ruhig war, gings an ein Trippeln und Trappeln, an ein Hämmern und Klopfen und morgens, wenn man aufstand, lag alles schön und prächtig und gut gemacht da. Der Schuhmacher hatte viele Kunden überall her auch von auswärts; wurde bald ein reicher Mann. Wäre er nicht so rechtschaffen gewesen, so wären die Erdluitchen nie bei ihm geblieben.

Erdmännlein in Stuttgart

Ehe Herzog Ulrich von Wirtemberg ans Regiment kam, hatte er einen Hofschuhmacher, genannt der Kinspan. Dessen Frau wurde einmal, als sie Kindsbetterin und gerade allein im Hause war, von einem kleinen Erdmännchen besucht. Das trug auf dem Kopf einen kupfernen Kessel, den es der Frau schenken wollte. Aber diese, statt sich zu freuen, erschrak und schrie laut auf. Daraufhin sagte das Männchen: »Wenn Ihr meine Gabe nicht annehmen wollt, so muss ich sie wieder wegtragen!« Und damit zog es davon.

Die Frau hatte nicht sehen können, ob etwas im Kessel war. Einige Leute, die davon hörten, meinten, es sei vielleicht ein Zauberkessel gewesen. Nun, es sei, wie es wolle, der guten Frau ist er jedenfalls nicht beschert worden, wie es nach einem alten Sprichwort heißt: »Was einem nicht werden soll, das streift einem ein Reis ab.«

Das Hofener Grüntöffele

Auf der Hofener Burg, die im Dreißigjährigen Krieg zerstört wurde, lebte einmal ein reiches Fräulein. Sie war sehr vergnügungssüchtig, besuchte alle Feste des Adels in den umliegenden Herrschaften und gab auch selbst rauschende Feste. Zu ihrer Dienerschaft und ihren Untertanen war sie unbarmherzig und streng.

Oft kam sie von den Festen erst beim ersten Hahnenschrei nach Hause. Wenn sie mit ihren weißen Seiden-Pantoffeln durch die mit Tau bedeckten Wiesen schritt, färbten sich diese grün.

Durch ihre Hartherzigkeit fand sie im Grab keine Ruhe. Bis heute sieht man sie umgehen. Viele Hofener sind ihr schon begegnet, mit ihren grün gefärbten Seiden-Pantoffeln. Deshalb heißt sie im Volksmund »das Hofener Grüntöffele«.

Das unterirdische Fräulein

Es wollten einmal mehrere Burschen auf eine Höhe bei Eybach steigen. Da gesellte sich zu ihnen auch ein ganz armer Knabe und wollte mit; die Burschen aber wiesen ihn zurück, es sei denn, dass er oben auf der Anhöhe in die Höhle schlupfen wolle, in welcher unterirdische Männer wohnen sollten. Der Knabe verstand sich endlich dazu. Und als sie nun bei der Höhle ankamen, banden sie alle Tücher, die sie hatten, zusammen und ließen den Knaben an diesem Seil hinab. Wie der Knabe drunten sich umsah, so waren dort ein Fräulein, ein Hund und mehrere kleine Männlein. Das Fräulein aber hub an und sprach zu dem Knaben: »Weil deine Armut dich hierher geführt hat, so nimm dir da von dem, so viel du willst!« Und bei diesen Worten zeigte sie ihm einen Haufen Spreu, von der steckte der Knabe so viel ein, als seine Taschen fassen konnten. Nicht lange nachher zogen ihn seine Kameraden wieder herauf. Da war plötzlich die Spreu in schweres, blankes Gold verwandelt. Als dies die anderen sahen und erfuhren, wie er es bekommen, da rief einer, der ein reicher Geizhals war: »Jetzt lasst mich auch hinab! Potztausend, ich will einen ganzen Sack voll mitbringen!« Und sogleich wurde er von seinen Kameraden in die Höhle hinabgelassen. Als sie aber später ihn wieder heraufzuziehen meinten, so hing an dem Seil – statt seiner – ein Geißfuß, und den Burschen selbst hat kein Mensch wieder zu Gesicht bekommen.

Der Rotgockeler

In Ötlingen bei Kirchheim unter Teck lebten einst einige Bauern, die hätten gern ihre Höfe abseits von denen ihrer Nachbarn gehabt, da sie sich nicht in allem von ihnen beobachten lassen wollten. Die Höhe über dem Ort, wo es die Steige hinaufgeht, schien ihnen dazu einladend. Sie bauten ihre Häuser dorthin und hießen den neuen Ort Rot. Um keine Welt hätten sie wieder drunten bei den anderen sein wollen, so gut gefiel es ihnen da oben. Kirche hatten sie zwar keine droben, aber das war ihnen gerade recht. Und alle Sonntage nach Ötlingen hinunterzugehen, fiel ihnen schon gar nicht ein. So wurden sie immer gottloser. Wie nun eines Sonntagmorgens drunten im Tal die Kirchenglocken wieder läuteten und in Rot sich niemand anschickte, ihnen zu folgen, da fing beim letzten Glockenton die Erde an sich zu spalten und verschlang Häuser, Mensch und Vieh. Wie alles verschwunden war, da schloss sich der Boden wieder, und alles war still ringsumher. Nur dann und wann hört man einen Hahn in der Tiefe krähen, dumpf und hohl. Und will in Ötlingen ein Kind nicht artig sein, so droht man ihm und sagt: »Gib acht, der Rotgockeler kommt und nimmt di' mit unter de Bode' nunter.«

Die unheimliche Witwe

Am Rand vom Städtle Weilheim unter Teck stand ein Haus, in dem eine Witwe wohnte. Man sah sie nur selten und auch bloß ganz geschwind. Sie hielt Läden und Fenster geschlossen, und nur aus einem einzigen Zimmer sah man abends einen Lichtschein herausblinzeln. Wenn wir vorbeigingen, sagte die Mutter wohl manchmal im Winter: »Sie muss doch frieren, ich hab ihr Kamin noch kein einziges Mal rauchen sehen.« Jahre verflossen, da hat es sich herumgesprochen, dass ein sehr feiner Herr bei der Witwe wohne, geschniegelt und gebügelt. Alltagskleidung trage der keine. Dafür Lackschuhe und einen Zylinder, den er aber nie absetze. Ein wahrhaft unheimlicher Gast, dem man gern einmal hinter die Kulissen geguckt hätte und doch am besten gar nicht begegnet wäre. Hatte man früher die Witwe schon selten genug gesehen, jetzt ließ sie sich gar nicht mehr blicken. Es hieß, sie sei krank. Der Pfarrer wartete umsonst, dass man ihn einmal zu ihr hole. So ergriff er halt von selber im Vorbeigehen den eisernen

Türklopfer und haute recht kräftig dagegen, um sich nach der Witwe Ergehen zu erkundigen.

Als sich die Haustür auftat, stand der feine Herr vor dem Pfarrer. Doch zu einem Gespräch kam's nicht. Als wenn ihn der Leibhaftige am Wickel hätt, floh der Pfarrer – ihm wurd's ganz anders.

So weiß man denn auch nicht bis auf den heutigen Tag, was wirklich im Hause der Witwe vor sich ging und schon gar nicht, was geschehen ist an dem Tag, da sie schließlich auf dem Gottesacker im kleinen Leichenkämmerle landete.

Die beiden Totengräber aber interessierte es sehr. »Der Sargdeckel ist schnell gelupft«, meinten sie und spähten auf einen Augenblick hinein. Aber von Stund an hatten sie die Sprache verloren, und kein einziges Wort kam mehr über ihre Lippen. Wenn nicht der eine hätte schreiben gelernt, hätte die Nachwelt nicht einmal die paar Fragmente erfahren, nach denen die Witwe kohlbeerschwarz gewesen sei und dem Teufel gleichgesehen haben soll, wie man es sich grausiger nicht vorstellen kann.

Wenn die Großmutter dies erzählte, sprach sie zum Schluss, man solle halt am besten mit den dunklen Mächten gar nichts anfangen.

Das weiße Fräulein vom Kahlenstein bei Bietigheim

Beim Kahlenstein, einem großen Felsen im Walde zwischen Bietigheim und Besigheim, ging einst ein weißes Fräulein um. Sie saß meistens auf dem Felsen, unter dem die Tür zu einem unterirdischen Gang verborgen war; den hatten die Leute aus der

Umgebung im Dreißigjährigen Krieg gebaut, um darin vor den Feinden ihre Habseligkeiten zu verstecken.

Als einmal um die Mittagsstunde ein Bietigheimer Mann namens Pochterle durch den Wald ging, saß das weiße Fräulein auf dem Stein und winkte ihn zu sich her. Nun saß aber die Jungfrau auf der andern Seite der Enz; drum musste der Pochterle erst nach Bietigheim zurück und über die Brücke, wenn er zu ihr wollte. Als er nun zum Felsen kam, trat er unerschrocken zu dem Fräulein und fragte, was es von ihm wünsche. »Es ist nun zweihundert Jahre her«, sagte sie, »da habe ich vor meiner Hochzeit meine Aussteuer, meinen Schmuck und alles ererbte Geld in dem unterirdischen Gang vergraben und muss deswegen seit meinem frühen Tode hier schweben. Du kannst mich erlösen und reich werden. Den Schatz wirst du nahe bei der Tür in einer Felsennische finden; doch darfst du dich nicht fürchten, was auch für schreckhafte Gestalten dir in der Höhle begegnen werden.« Der Mann versprach ihr das und trat durch die eiserne Tür, die sie ihm öffnete. Als ihm jedoch zuerst ein riesiger schwarzer Pudel, dann eine fürchterliche Schlange und zuletzt der Böse selber entgegenkam, wurde ihm angst und bang ums Herz, und das kalte Grausen lief ihm über den Rücken. Er rannte davon, ehe er mit dem Schatzsuchen begonnen hatte, und wagte sich nie wieder zum Kahlenstein.

Die Hexen von Vaihingen an der Enz

In manchen Gegenden Württemberg heißen die drei Freitage vor Weihnachten die Knöpfleintage, weil an ihnen in allen Häusern abends Knöpflein gekocht werden. Wer am ersten dieser Tage den Löffel ungesehen aus dem Knöpfleinteige zieht, ihn an den beiden andern ebenso unbemerkt wieder hineinsteckt und herauszieht, sodass nun Teig von allen drei Tagen daran hängt, und ihn so am Christtag mit in die Kirche nimmt: der sieht daselbst alle Hexen verkehrt stehen, nämlich mit dem Rücken gegen den Geistlichen. Er muss aber, noch ehe der Segen gesprochen wird, zu Hause sein, sonst kostet es ihm leicht das Leben.

Eines Färbers Sohn zu Vaihingen an der Enz, der die letzte Regel nicht beobachtet hatte, wurde darauf ein Vierteljahr lang von unsichtbaren Händen nachts aus dem Bett gezogen und auf den Trockenstangen, die zum Speicher hinausstehen, hin und her geführt. Er magerte hierüber ganz ab und wäre sicher bald gestorben, hätte er nicht endlich den erfahrenen Scharfrichter von Steinsfürtle befragt, der in den geheimen Künsten sehr erfahren war. Durch ihn wurde er von den Hexen und von der Krankheit befreit.

Der Spuk im Schafhof in Rommelshausen

Im westlichen Teil der Schafscheuer befand sich der Pferdestall. Immer schon wurde in Rommelshausen davon geredet, dass es dort nicht geheuer sei. Wenn morgens die Knechte und Mägde den Stall betraten, waren oft aus den Schweifen der Pferde Zöpfe geflochten und die Pferde waren von Schweiß bedeckt. Trotz öfterer Nachtwache und intensiver Aufmerksamkeit konnte die Ursache nicht ergründet werden. Auch soll die Herzogin Sibylla dort einen Schatz versteckt haben, den man bis zum heutigen Tag nicht gefunden hat.

Inzwischen ist die Schafscheuer abgebrochen, doch der Schatz wurde nicht entdeckt.

Schertlins Schatz in Mauren

Zwischen Ehningen und Holzgerlingen liegt der Weiler Mauren. Die im Mittelalter berühmte Pelagius-Wallfahrtskirche steht heute noch. Das Gut kam im 17. Jahrhundert in den Besitz des Enkels von dem berühmt-berüchtigten Landsknechtführers Sebastian Schertlin von Burtenbach. Dieser ließ von dem Baumeister Schickhardt ein Renaissanceschloss erbauen. Leider wurde dies 1944 Opfer eines Bombenangriffs.

Nun soll der Junker Schertlin einen Schatz vergraben haben, der bis zum heutigen Tag nicht gefunden wurde. Deshalb findet Schertlin auch keine Ruhe im Grab. Besonders in der Johannisnacht und in den zwölf heiligen Nächten sieht man ihn umgehen. Er geht dann vom See herauf, wandelt durch den Park und verschwindet in der Schlossruine.

Wie der Hohenstaufen wurde

Vor Zeiten hausten in der Gegend um den Hohenstaufen zwei wilde Riesenvölker. Die beiden Höhlen am Berghange, die Heidenlöcher genannt, sollen von ihnen herrühren. Diese Riesen waren mächtige, rohe und bösartige Gesellen, die ihre Lust am Zerstören hatten und auf nichts anderes sannen, als die Menschen zu ängstigen und zu quälen und ihnen Schaden zuzufügen. Zuletzt gerieten die Riesen auch noch untereinander in Streit. Sie rissen Steine und mächtige Felsblöcke aus, schleuderten sie in großem Bogen gegeneinander und brachten sich in erbittertem Kampf endlich um bis auf den letzten Mann. Dabei wurden aber auch alle Menschen und Tiere erschlagen und das ganze schöne Land, Dörfer, Felder, Wiesen und Wälder zerstört.

Da sagte der Herrgott: »Nun haben mir diese wilden Riesen meinen schönen Gottesgarten zerstört. Ich will einen neuen pflanzen.« Und er hob die Felsstücke auf, welche die Riesen gegeneinander geschleudert hatten, und warf sie vor sich, und daraus wurden die Berge der Alb. Dann nahm er die Rasenstücke, die sie losgerissen hatten, und warf sie hinter sich, und daraus gingen Schurwald und Welzheimer Wald hervor. An dem Ort aber, an dem Gott stand und die gute Erde durchsiebte, entstand der Bergkegel des Hohenstaufen. Seit der Zeit ist die Gegend um den Hohenstaufen weithin berühmt und beliebt um ihrer Schönheit und Fruchtbarkeit willen, ein herrlicher Garten Gottes.

Die Scheinlichter

Nach Hohenstaufen kamen früher, besonders in der Adventszeit, abends nach der Betglocke zwei bis drei, oft auch mehrere Lichter, die man Scheinlichter nannte. Sie kamen teils von Hohenrechberg und Staufeneck, teils aus den Heidenlöchern auf dem Hohenstaufen selbst und versammelten sich unten auf dem vorspringenden Hügel vor dem Dorfe, dem »Tanzplatz«, oder weiter unten bei den Felsen, die man »Spielburg« nennt und die oberhalb Hohrein liegt, links am Weg nach Wäschenbeuren, zu Tanz und Spiel. Den Tanzplatz umgab sonst ein Ring von Gras, welches immer viel grüner blieb als der übrige Rasen. In diesem Kreis tanzten nun die Geister, die sich zum Besuch einfanden; daher der Name »Tanzplatz«. Es waren gar freundliche Geister, die ruhig an den Menschen vorüberzogen und niemandem etwas zu Leid taten. Seitdem man aber einen Steinbruch dort angelegt und den Tanzring zerstört hat, sieht man die Geister nicht mehr dort.

Zuweilen kamen diese Lichter von Hohenstaufen, Rechberg und Staufeneck auch wohl auf dem »Eidebühl« beim Märzenhof zusammen und fochten dort miteinander, dass die Funken davonstoben. Auch nach dem alten Schloss bei Wäschenbeuren sah man bisweilen ein Licht vom Hohenstaufen aus schweben.

Der Gefangene im Wäscherschloss

Einst schmachtete ein Gefangener viele Jahre im Burgverlies der Wäscherburg. Als es mit ihm zu Ende ging, bat ihn sein Wärter, der stets gut zu ihm gewesen war, ihm nach dem Tod zu erscheinen und ihm zu sagen, wie es drüben aussehe. Als der Wärter einige Zeit nach dem Tod des Gefangenen das Verlies betrat, stand plötzlich der Verstorbene mit sehr ernster Miene vor ihm und sprach die Worte: »Ein kurzes Gericht, eine sichere Bezahlung«, worauf er sofort wieder verschwand.

Sage vom Ranzenpuffer

Im Schönbuch zwischen Tübingen und Böblingen geht ein grüner Jäger um, der schreckt durch Brüllen, Aufhocken und allerlei Spuk die Leute, die in den Wald gehen, namentlich die Holzlesenden. Man nennt ihn Ranzenpuffer. Bei einer Jagd lässt er sich immer durch lautes Hundegebell und Hallogeschrei vernehmen und eilt schnell wie der Blitz durch den Wald. Auch beschäftigt er sich damit, dass er mit einem Hammer das Holz anschlägt, wie beim Verkauf oder wie wenn die Bäume bezeichnet werden, die man umhauen soll. Man hört ihn oft so klopfen.

Einst ließ er sich als Kalb fangen und einsperren; stand aber am folgenden Morgen in seiner eigentlichen Gestalt als grüner Jäger im Stall.

In Rübgarten, Gniebel und Walddorf wird der Ranzenpuffer »Brüller« und »Reiter« genannt. Den Holzgängern erscheint er gern als Jäger, pufft sie erst recht herum und gibt ihnen dann Holz, das sich aber beim Heimkommen in stechende Dornen verwandelt. Auch setzt er sich wohl selbst ihnen auf das Holzbündel, damit sie meinen sollen, es sei recht viel. Die Jäger neckt er, indem er tut, als ob Holzdiebe im Walde wären und bald hier, bald dort Holz haut.

Er verwandelt sich gern in Hunde, Schweine und Kälber und erschreckt die Leute durch Brüllen. Besonders soll er es auf die Schlafenden abgesehen haben. Diesen brüllt er oft ungeheuer stark ins Ohr und verschwindet dann. Selbst in die Häuser kommt er, stellt sich hinter die Bettlade und brüllt; ist das vorbei, so grunzt er wie ein Schwein und geht auch fort in der Gestalt eines Schweins.

Sehr gewöhnlich macht er im Walde ein so erbärmliches Geschrei, als ob jemand von einem Baume heruntergefallen wäre. Läuft dann einer dahin und will helfen, so erhebt er dasselbe Geschrei an einer andern Stelle und treibt das so fort, bis er genug hat; dann brüllt er aber dem Suchenden dermaßen ins Ohr, dass schon mancher auf mehrere Wochen lang das Gehör dadurch verloren hat.

Gefährlich ist der Ranzenpuffer nur, wenn er sich zu Pferde zeigt, zumal im »Brand«, in dem Wäldchen, durch welches der Weg von Einsiedel nach Pfrondorf führt.

Ein Strohschneider auf dem Einsiedel, der die Kusterdinger Steig heruntergging, hörte ihn einmal weit in der Ferne brüllen und sagte: »Ach, halt einmal 's Maul! So schreien kann ich auch.« Da bekam er aber ein Paar so unerhörte Ohrfeigen, dass er in den Graben fiel und den Mund voll Dreck bekam. Einige sagen, der Ranzenpuffer sei ausgewandert in die Schweiz, weil er sich schon lange nicht mehr hat hören lassen.

Ranzenpuffer war eigentlich ein Jäger auf dem Einsiedel bei Tübingen und führte ein gottloses Leben, quälte die Menschen, liebte Wein, Weiber und Spiel über die Maßen und trieb auch Zauberei, wofür er seit vielen hundert Jahren geistweis umgehen muss. Er spukt in dem ganzen Forstrevier, das er früher zu beaufsichtigen hatte, namentlich zwischen dem Einsiedel und Dettenhausen, bei der Blaulach zwischen Lustnau und Kirchentellinsfurt, und bei dem letzten Dorfe besonders in dem Wäldchen »Made«; ferner im Schönbuch, woselbst er in dem so genannten »Bärloch« sich aufhält. Da kommt er dann auf seinem Schimmel zu den Leuten hergejagt, als ob er sie umreiten wollte, dass es kracht und rauscht; allein er erschreckt sie bloß.

Häufig sieht man ihn auch als Jäger gekleidet zu Fuß, mit dem Gewehr auf dem Rücken, indem er allerlei Possen macht. So zeigt er sich oft des Nachts an der Blaulach und läuft neben den Fußgängern her und sucht sie ins Wasser zu treiben. Zuweilen erscheint er mit, zuweilen ohne Kopf, indem er denselben wie einen Hut unter dem Arme trägt.

Gern schleicht er sich auch hinter die Holzleser im Walde und ruft ihnen plötzlich ins Ohr: »Was, was ist's?«, dass sie zusammenfahren und recht erschrecken. Auf einmal zeigt er sich dann als Fuchs, tut zwei, drei Beller und kommt ganz nahe zu den Leuten her und bringt sie in Angst. Überhaupt verwandelt er sich gern in Tiere. So ist er auch schon als Reh herumgelaufen, hat dreimal geschrien, wenn ein Mensch gekommen ist, und ist auf ihn losgesprungen, als ob er ihn hätte umrennen wollen. Wenn man ihn sonst als Reh brüllen hört, so soll das eine Veränderung des Wetters anzeigen.

Einmal war ein Arbeiter aus Lustnau in seinem Weinberge während der Mittagsruhe eingeschlafen. Als er aufwachte, stand Ranzenpuffer als Ochs vor ihm da mit dicken, kugelrunden Glotzaugen und stierte ihn an. Ein mächtiggroßer Haarwulst hing ihm zwischen den Hörnern herdurch über die Stirn herab. Nach einer Weile verschwand er.

Man hat schon mehrmals auf Ranzenpuffer, wenn er in einer Tiergestalt, zum Beispiel als Hase, sich zeigte, geschossen, hat ihn aber niemals treffen können.

Zu Lustnau ist einmal eine Viehseuche ausgebrochen, daran viel Vieh gestorben sein soll. Da hat man alles, was nur eine Spur von der Krankheit gezeigt, in den Wald getrieben, um es dort totzuschlagen und zu vergraben. Unter diesem Vieh ist auch ein so schönes Kalb gewesen, dass die Leute gesagt haben: »Es ist doch schade, wenn man dies prächtige Stück schlagen und in die Erde graben wollte.« Deshalb beschlossen die Männer, es zu schlachten und das Fleisch mit nach Hause zu nehmen und zu essen. So wie aber der eine das Messer in die Hand nahm, um das Kalb abzustechen, schrie plötzlich Ranzenpuffer: »Halt! halt!«, denn er wollte das nicht leiden. Sie ließen sich indes nicht stören und schlachteten das Kalb dennoch und nahmen das Fleisch mit heim. Als sie heimgingen, war es bereits Nacht. Sie hatten nun zwar eine Laterne angezündet; allein das Licht wollte immer ausgehen und fiel zuletzt um. Darauf kam ein großer schwarzer Hund auf sie zu und sprang eine Zeit lang um sie herum; als er aber fortging, brach ein gewaltiger Sturm los, dass man hätte glauben sollen, er werde Eichen umreißen. Mit Zittern und Beben stiegen sie den Berg herunter. Da sprang Ranzenpuffer selbst wieder hinter ihnen her und schrie: »Halt! Halt!« Als sie aber immer noch das Fleisch nicht hergeben wollten, schlug er nach einem, dass er zu Boden fiel. Da sprach ein anderer in großer Herzensangst: »Auf, auf, ihr Brüder, und seid stark!«, und ferner: »Alle bösen Geister weichen von uns!«

So kamen sie endlich mit Ach und Krach und vom Angstschweiße ganz durchnässt in ihrer Wohnung an. Der Mann, welcher den Schlag bekommen hatte, lag acht Tage lang krank, dass er schier gestorben wäre. Die Übrigen aber, welche von dem Fleische gegessen haben, sind alle fürchterlich krank geworden.

Ein Feldhüter namens Munz aus Lustnau brauchte nur bei Tage ins Feld zu gehen und das Wild zu hüten; denn wenn er abends heimging und rief: »Ranzenpuffer, hüt mir mein Sach heut nacht!«, so geschah seinen Feldern gewiss nichts, und er selbst durfte sich zu Bett legen und ruhig schlafen, während alle andern Wildhüter draußen wachen mussten.

Der Schimmel, auf welchem Ranzenpuffer ritt, war ein hohes, vortreffliches Pferd, das er sich aus dem Meere geholt hatte. Er ging nämlich auf Anraten eines andern Geistes einst am Karfreitagsmorgen vor Sonnenaufgang ans Meer; da stieg der herrliche Schimmel daraus hervor und ließ sich von Ranzenpuffer an den Ohren fassen und ließ ihn aufsitzen und trug ihn ohne Sattel und Zaum, wohin er wollte. Ein Schimmel überhaupt ist ein edles Tier, denn er hat Himmelsfarb; in der Hölle

gibt es deshalb auch bloß schwarze Rappen. Mit diesem Schimmel nun konnte Ranzenpuffer in der Luft wie auf der Erde und auf dem Wasser reiten und trieb allerlei Possen mit demselben. So kam er einmal auf die Walddorfer »Hud« geritten, band seinen Schimmel an eine Eiche und ließ ihn weiden, warf dann eine ganze Weile lang mit Steinen und Stöcken nach den Leuten, stieß ihnen das Holz, das sie gemacht hatten, durcheinander, löste darauf seinen Schimmel wieder und jagte davon.

An der Blaulach, zwischen Lustnau und Kirchentellinsfurt, hielt er einst nachts um zwölf Uhr mehrere Wagen auf, dass sie nicht von der Stelle konnten, und warf die Fuhrleute mit Eicheln, mit Forchen- und Tannenzweigen (Mispeln); und als er sie endlich weiterfahren ließ, sahen sie ihn in einem Hui das Tal hinaufreiten, wobei der Schimmel so wütend sprang, dass er Feuer ausschnob.

Ein anderes Mal zeigte er sich auf seinem vortrefflichen Schimmel im Schönbuch, in der Gegend beim Bärloch, und machte daselbst wunderliche Teufelsstreiche. Da verwandelte er sich in einen Hasen und kletterte auf den Bäumen herum, hüpfte dann wie eine Geiß, sprang in feuriger Gestalt durch die Menschen hindurch, wälzte sich als Schlange um Eichen und Buchen, also, dass die Menschen in Staunen und Schrecken gerieten. Dann erschien er plötzlich wieder als Ranzenpuffer, nahm sein Gewehr, setzte sich auf seinen Schimmel und ritt weiter. Auch auf dem Einsiedel, wo er eigentlich her war, hat er sich öfters in verschiedenen Gestalten und Verwandlungen sehen lassen, bald als feuriges Reh, dann als feuriger Hirsch und dann mit einem Male als feuriges Schwein. Und unter solchem Spuk und Spaß sind nach und nach die zweitausend Jahre, die Ranzenpuffer als Geist hat umgehen und schweben müssen, wahrscheinlich jetzt abgelaufen; denn in der neuesten Zeit lässt er sich nicht mehr sehen und wird nun wohl erlöst sein.

Die Eisenbahn und der Teufel

Nachdem die württembergische Eisenbahn von Plochingen bis Süßen im Herbst 1847 eröffnet worden war und die Bauern nicht ohne Haarsträuben und Grauen den unheimlich wühlenden Riesenmaulwurf, die dampfende und pfeifende Maschine betrachtet hatten, verbreitete sich plötzlich das Gerücht, ein kleines, dürres Männlein in grünem Rocke sei auf der Eisenbahn gefahren und habe geäußert, dass man keine Eisenbahn hätte bauen können, wenn es nicht dabei geholfen hätte. Übers Jahr in derselben Stunde werde es wieder darauf fahren, und dann werde es mit der ganzen Eisenbahn ein Ende haben. Niemand wusste, wer dieses Männlein hätte sein können. Als es aber auf der Station Ebersbach ausgestiegen sei, habe man an den Bocksfüßen gesehen, dass es sich nur um den Teufel gehandelt haben könne.

Die Erscheinung des Teufels

Wenn der Teufel sich auf der Oberwelt zeigt, so ist er gewöhnlich grün wie ein Jäger gekleidet. Einmal wollte er bei einem Bauer übernachten. Als die Magd ihm abends die Stiefel auszog, erkannte sie an den Bocksfüßen, dass das kleine grüne Männlein der Teufel sei. Bei Nacht reitet er gewöhnlich auf Geißböcken und trägt selbst Hörner wie ein wirklicher Geißbock und ist außerdem geschwänzt. Er sieht dann schwarz aus, rasselt mit Ketten und verwandelt sich in mancherlei Gestalten. Er geht auch zu Fuß oder fährt mit zwei schwarzen Rappen. Der Gestank, den der Teufel zurücklässt, wenn er irgendwo fortgehen muss, soll von seinen Geißböcken herrühren.

Der Teufel war ursprünglich ein guter Engel, wollte sich aber über Gott erheben und wurde deshalb aus dem Himmel verstoßen und für eine bestimmte Zeit in das Innere der Erde gebannt. Wenn seine Zeit um ist, so wird auch der Teufel noch selig werden wie alle Sünder, sobald sie ihre Strafe abgebüßt haben.

Der Lindwurm bei Stuttgart

Bei Stuttgart war ein Keller am Wald in Sand ausgehöhlt. Er gehörte einem Bierbrauer, der darin sein Bier aufbewahrte. In diesem Keller sah man die Mündung eines Loches, das sich weit in die Erde erstreckte. Einst wurde der Brauknecht vermisst, und da er nicht wieder erschien, so glaubte man, er habe sich ums Leben gebracht. Auch sein Nachfolger im Dienste verschwand. Der dritte Brauknecht, welcher diesem folgte, schöpfte Verdacht, stellte in den Keller, der Mündung des Loches gegenüber, einen Spiegel und verbarg sich hinter einem Fass, wo er alles übersehen konnte. Nicht lange währte es, da schoss ein gräulicher Lindwurm aus dem Loch gegen den Spiegel und fiel tot nieder. Der Brauknecht erntete großen Ruhm von dieser Tat.

Das versunkene Schatzschloss

Zwischen Wolfschlugen und Unterensingen liegt ein Wald, den man das Waldhauser Holz heißt. Hier soll vor Zeiten ein schönes Schloss gestanden haben, das eines Tages mit all seinen Schätzen an Gold und Silber in die Erde versank. Der Schatz sei in einer großen eisernen Truhe verwahrt und werde von einem schwarzen Pudel gehütet. Auch zwei weiße Fräulein habe man früher öfters bei Nacht dort umgehen sehen – so erzählen die alten Leute.

Etliche Wolfschluger Burschen hatten einmal im Sinn, die beiden Fräulein zu erlösen und den Schatz zu heben. Einem der Burschen, der sich auf allerlei Zauberkünste verstand, war es auch bereits gelungen, die Truhe mit den Schätzen heraufzubeschwören. Da erhob sich aber plötzlich ein so fürchterliches Getös und Gebraus, als ob alle Höllengeister los wären, und von Angst und Entsetzen gepackt sprangen die Burschen davon, so schnell ihre Füße sie trugen. Nur ein einziger, der schwerhörig war, blieb am Platze und erzählte nachher seinen Kameraden, wie die Schatztruhe vor seinen Augen wieder in den Erdboden verschwunden sei.

Das Fräulein vom Schlossberg

Auf dem Schlossberg bei Hochberg in der Nähe von Winnenden hauste früher in einem unterirdischen Gelass ein gütiges Fräulein. Es zeigte sich nur den Bauersleuten, denen die Felder am ostwärtigen Hange des Schlossbergs gehörten. Waren der Bauer und die Knechte beim Mähen oder Ackern, kam das Schlossfräulein in weißem Kleide um die Vesperzeit zu ihnen. Es brachte einen Krug Wein und einen Laib Weißbrot mit, sogar das Messer zum Brotschneiden vergaß es nicht. Die Bauersleute fanden Gefallen an dem ungewohnten Besuch, zeigten keine Furcht und ließen sich Brot und Trunk wohl schmecken.

Einmal kam das Fräulein zur bestimmten Zeit wieder und brachte Wein und Weißbrot mit. Nachdem die Männer das leckere Mahl verzehrt hatten, behielt der Rossbub das Messer des Schlossfräuleins absichtlich zurück. Über diese Undankbarkeit war das Fräulein sehr betrübt, ging weinend davon und verschwand im Schlossbergwald. Sooft auch die Bauersleute später auf die Felder hinauskamen und nach jener Seite blickten, von woher das Fräulein gewöhnlich zu kommen pflegte – sie warteten vergebens. Das Schlossbergfräulein zeigte sich seitdem niemals wieder.

Der Fuchseckschäfer

Am Fuchseck auf der Alb, dem Staufen gegenüber, lebte in alten Zeiten auf dem Fuchseckhof ein Schäfer, der konnte seine Schafe in Mucken (Fliegen) verwandeln. Die ließ er ins Tal hinunterfliegen und dort Felder und Wiesen abweiden. Zur Strafe dafür muss dieser Schäfer seit vielen hundert Jahren umgehen. Meist sieht man ihn alljährlich um Bartholomä, dem Schäfertag (24. August), oft acht Tage lang auf dem Fuchseck und auf den Wiesen unten mit einer Herde von mehreren hundert Schafen.

Der alte Fuchseckschäfer steht dann da im weißen Zwillichkittel und hat einen dreieckigen Bauernhut auf, neben ihm sitzt ein weißer Hund mit schwarzem Kopf. Geht man aber näher an die Schafe heran, so sind es lauter Mucken, vor denen man sich kaum bergen kann.

Die Geister auf dem Wolfschlugener Rathaus

Eines Morgens wollte die alte Schützin in Wolfschlugen wie jeden Tag frühmorgens zur Winterszeit die große Stube im Rathaus heizen. Wie sie aber hineinkam, da saß der jüngst verstorbene Schultheiß mit allen Gemeinderäten von damals wie zur Beratung am langen Ratstisch. Totenstille herrschte in der Ratsstube; man konnte die Kielfeder des Ratsschreibers kritzeln hören.

Die Schützin lief zum Schultheißen. Dieser bestellte den Schinder von Grötzingen, die Geister in die Hummelsklinge zu bannen! Dieser tat es und bekam für jeden Geist 18 Batzen.

Aber als er von seiner Fahrt lange nicht zurückkam, ging man aus, ihn zu suchen; da fand man ihn tot in der Klinge liegend, neben ihm den leeren Zwilchsack.

Das graue Männle mit den feurigen Augen

Am Lerchengraben pflügte einst ein Knecht noch so spät am Abend, dass er die Furchen kaum noch erkennen konnte. Er wollte gern den Acker noch vor dem Heimweg fertig bekommen. Als er in der Dämmerung dahinpflügte, sah er auf einmal am unteren Ende des Ackers ein graues Männlein stehen, das ihn mit feurigen Augen anfunkelte. Er glaubte, sich getäuscht zu haben, und ging seiner Arbeit ruhig weiter nach, wendete den Pflug und zog die nächste Furche zurück. Als er aber aufschaute, traute er seinen Augen nicht, denn das Männlein stand am oberen Ackerende und starrte ihn an. Auch jetzt noch blieb der Knecht ruhig und dachte an nichts Böses. Aber da, was war das? Die Pferde stutzten plötzlich, blieben stehen. Da gruselte es dem Knecht. Er schirrte aus, schwang sich auf einen Gaul und ritt, so schnell er konnte, nach Hause.

Das graue Männlein soll einmal ein Bürger von Weiler zum Stein gewesen sein, der abends in der Dämmerung, wenn die anderen Bauern vom Acker heimgingen, die Grenzsteine am Lerchengraben versetzt hat. Diese Untat rächte sich. Als er gestorben war, fand er im Grabe keine Ruhe und musste nun allabendlich in der Dämmerung da draußen als Geist sein Unwesen treiben.

Die unheimliche Gesellschaft am Zuckmantel

Jeder weiß, dass der Zuckmantel (ein Waldgebiet zwischen Schwaikheim, Bittenfeld und Weiler zum Stein) ein Hexenwäldle ist. Mein Großonkel ist mit zwei Freunden von einer Hochzeit heimgekehrt. Es war an Sommerjohannis, und da ist es ja nie ganz geheuer. Sie hörten die Kirchuhr von Schwaikheim zwölf schlagen. Da sahen sie plötzlich, dass es im Wald hell erleuchtet war und eine Gesellschaft lagerte dort, aß und trank, und sie hörten auch Musik. Die drei blieben stehen und schauten eine Weile zu. Da rief plötzlich der eine von ihnen erschrocken: »O Jeses, was isch des?« Kaum war das Wort Jesus über seine Lippen, war alles dunkel, ein Sturm tobte, und die drei sind in die Irre gegangen, bis sie am Morgen die Betglocke von Bittenfeld hörten.

Der Geist beim Endersbacher Brückle

Es war vor dem Krieg, als mein Nachbar, der Fritz, und ich in der Endersbacher Mühle waren. Wir sind dann noch im Rössle eingekehrt, und es war schon spät, als wir nach Rommelshausen fuhren. Es war eine klare Vollmondnacht im November. Als wir in die Nähe des Endersbacher Brückles (zwischen Rommelshausen und Endersbach) kamen, sahen wir auf dem Geländer eine Gestalt sitzen. Ich sagte zum Fritz: »Da wird einer auf sein Mädle warten.« Aber plötzlich hat sich der Gaul aufgebäumt und wollte nicht mehr weiter. Und der Hund hat geheult und die Haare gesträubt. Denn, die Gestalt war plötzlich wie in Nebel gehüllt. Wir haben uns beide daran erinnert, dass es am Brückle nicht geheuer sei. Wir sind beide vom Wagen abgestiegen, denn der Gaul war nicht zu bewegen weiterzugehen. Wir haben ein Vaterunser gebetet, haben den Gaul am Zügel genommen und haben ihn unter großer Mühe vorbeigezogen; und Karo hat immer stärker geheult. Als wir direkt bei der Gestalt auf dem Geländer ankamen, löste sich diese in völligen Nebel auf. Zitternd und schweißgebadet kamen wir zu Hause an. Wir sind nie mehr bei Nacht diesen Weg gefahren. Und ich weiß auch, dass auch andere dort Unheimliches erlebt haben.

Das Schulmeistergrab

Früher war in Rommelshausen ein Schulmeister, der sehr gutmütig war. Einmal im Winter kam ein bettelnder Handwerksbursche zu ihm, und aus Mitleid ließ er ihn in der Schulstube übernachten. Als das der Pfarrer erfuhr – er war ja der Vorgesetzte des Schulmeisters – musste dieser die Schulstube auf den Knien nass herausputzen. Der Schulmeister hat sich das so zu Herzen genommen, dass er sich das Leben genommen hat. Seine Leiche wurde oben am Waldrand verscharrt. Seitdem ist es dort nicht mehr geheuer gewesen.

Nach vielen Jahren kam ein Verwandter des Schulmeisters, es war ein Offizier, der mit meiner Mutter – oder Großmutter? – zu dem Platz am Waldrand ging. Er hat dort ein Gebet gesprochen und ein Sträußle Maiglöckchen hingelegt. Seitdem hat man dort nichts Unheimliches mehr bemerkt.

Der Fole im Spittelwald

Im Spittelwald zwischen Herrenberg und Kuppingen ging einstmals nächtlicherweile ein Geist um. Er soll bei Lebzeiten Waldschütz im Spittelwald gewesen sein, in Herrenberg gewohnt und Fole geheißen haben. Es kam hin und wieder vor, dass ein kecker Bursche, der durch den Wald ging, ihn herausforderte und rief: »Fole, komm! Fole, komm!« Der erschien auch augenblicklich als Schimmelreiter, den Kopf unterm Arm, und der Bursche konnte sehen, wie er mit heiler Haut davonkam.

Der Fole konnte auch andere Gestalt annehmen. Einmal ging abends ein Kuppinger Bauer mit seinem Hund Haslach zu. Plötzlich hockte dem Mann eine Katze auf dem Rücken. Vor Schreck fing er an zu laufen; da war die Katze auf einmal nicht mehr da. Als sich der Mann nach seinem Hund umsah, war der so groß wie ein Hengst und ein Mann ohne Kopf ritt auf ihm.

An der Markungsgrenze gegen Herrenberg hatten die Kuppinger einige uralte mächtige Tannen stehen. Die hatten es dem Waldhüter angetan. Der Fole grub also den Markstein aus und versetzte ihn gegen Kuppingen hin, sodass die schönen Tannen nun auf Herrenberger Markung standen. Er gedachte durch den Verkauf des Holzes ein gutes Stück Geld in seine eigene Tasche zu bekommen. Es kam aber nicht so weit, denn er starb vorher. Zur Strafe muss nun der Fole im Spittelwald umgehen. Erst wenn man aus dem Stamm der kleinen Tanne, die jetzt an der Stelle der alten Tannen steht, eine Wiege zimmert, kann das Mädchen, das darin gewiegt wird, ihn erlösen, sobald es zu einer Jungfrau herangewachsen ist.

Der ewige Jäger

Im Ritterwald auf der Heimerdinger Markung ritt vor langer Zeit ein kopfloser Jäger auf einem Schimmel geistweis umher. Er kam um die Adventszeit jeden Abend nach der Betglocke und kündigte sich durch lautes Hoihoi- und Hallorufen an. Wie die Leute erzählen, war er bei Lebzeiten ein Förster. An einem Heiligen Abend, als es gerade zur Kirche läutete, rüstete er sich zur Jagd. Sein Weib wollte ihn davon abhalten und sagte: »Geh mit mir zur Kirche, sonst kommst du nicht in den Himmel!« Er aber antwortete: »Das Jagen ist mir lieber als der Himmel!«, und ritt fort. Er kam nie wieder heim und muss seitdem jagen.

Der Bobbele von Poppenweiler

In einem Haus in Poppenweiler hauste lange Zeit ein Kobold. Am liebsten hielt er sich im Holzstall und hinter dem Ofen auf. Wünschte man etwas von ihm, so war er im Nu da. Niemand aber wusste, wie er aussah, denn er kam immer entweder zur Nachtzeit oder in unsichtbarer Gestalt. Tag und Nacht arbeitete der Kobold im Hause herum wie ein Knecht. Er kehrte die Stube, trug Holz und Wasser in die Küche und hütete das Kind. Das Kinderhüten war seine liebste Beschäftigung. Gingen die Eltern fort, so durfte die Mutter nur unter der Türe sagen: »Gib aufs Kind acht und besorg das Hauswesen!«, dann konnten sie beide gehen, wohin sie wollten; sie durften dem Hausgeist trauen, es geschah alles gut und recht.

War das Kind nachts unruhig, erschien der Kobold sogleich und wiegte es in Schlaf. Dabei gautschte er einmal so stark, dass die Wiege sich überschlug und das Kind herausfiel; es geschah ihm aber nichts. Die Mutter schalt den Kobold tüchtig aus, der aber freute sich über das Geschimpfe und lachte überlaut. Als er aber ein andermal Schelte bekam, warf er alle Wasserkübel und Holzscheite in der Küche herum. Einige Scheite warf er sogar der Hausfrau auf die Füße und lachte lauthals dazu. Ließ man aber den Kobold machen, was und wie er wollte, so tat er jeden Tag seine Arbeit und alles war in bester Ordnung.

Die Oberhofener Kirche bei Göppingen

Die uralte Stiftskirche Oberhofen, eine Viertelstunde vor Göppingen auf dem Gottesacker gelegen, soll von drei vornehmen Jungfrauen, die auf diesem Platz zwei Höfe besaßen und in dem benachbarten Wald »Hohenfürst« ein Schloss bewohnten, gestiftet worden sein.

Als sie fertig war, warfen die Riesen, welche damals auf Hohenstaufen hausten und noch Heiden waren, eine schwere eiserne Kugel daher, um die Kirche zu zertrümmern, und trafen auch den einen Turm und zerschmetterten den oberen Teil desselben. Die Kugel liegt seit jener Zeit in dem Turm und kann nicht daraus entfernt werden. Man hat sie oftmals schon fortgeschafft; sie kommt aber jedes Mal von selbst wieder zurück und ist an den Platz gebannt.

Andere sagen, der Kaiser Friedrich Rotbart habe einmal im Übermut diese Kugel gegen die Sonne geschossen, und da sei sie in der Kirche Oberhofen niedergefallen. An dieser Oberhofenkirche ist oben auch ein Stübchen, das man das »Nonnenstübchen« nennt. Hier soll des Nachts immer eine Nonne zum Fenster heraussehen

Der wilde Jäger im Schurwald

In der Adventszeit jagt der wilde Jäger im Schurwald, vom Kappelberg in Fellbach bis nahe zum Hohenstaufen. An einer silbernen Kette führt er fünf Hunde mit, vier schwarze und einen braunen.

Der braune ist ihm dann entlaufen. Wenn ihm jemand begegnet, fragt er immer: »Hen'er ned mei Hondle g'sehe, mit de schlappede Ohra, hende ond vorne g'schora?«

In letzter Zeit fragt er nicht mehr, der Braune muss zu ihm zurückgekommen sein, man sieht ihn manches Mal wieder beim wilden Jäger.

Der Leonberger Schimmelreiter

Zwischen der Solitude und Leonberg trieb einst der Schimmelreiter sein Unwesen. Oft erschien er sogar am glockhellen Mittag. Einmal gingen Kinder zwischen Tag und Dunkel mit ihren Müttern auf der Straße nach Hause, eilten aber ständig etwas voraus und trieben Unfug. Siehe da, auf einmal schnurrte ihnen der Schimmelreiter mit lautem Hussa an der Nase vorbei. Er hatte keinen Kopf. Im gleichen Augenblick glänzte im Straßengraben ein Ding auf, wunderschön, als wär es eitel Gold und Edelstein. So etwas hatten die Kinder noch nie gesehen. Schnell sprangen sie zu ihren Müttern zurück und erzählten's ihnen. Als sie wieder an das Plätzlein kamen, sagten sie verwundert: »Babbala, nichts mehr da!« Hätte eines von ihnen nur sein Schürzlein genommen und den glänzenden Stein zugedeckt, so wär's ein großer Schatz gewesen, der es für sein Lebtag reich gemacht hätte.

Der Schimmelreiter, sagt man, sei vormals ein Stuttgarter Metzger gewesen, der in Hungerszeiten um Sündengeld Pferdefleisch an die Armen verkauft habe. Zur Strafe dafür musste er lange Zeit umgehen.

Das steinerne Weib aus Wiesensteig

In Wiesensteig wurden ehedem viele Hexen verbrannt, was besonders eine vornehme Frau bewirkte, welche die Mädchen und Weiber des Ortes angab, sich selbst aber stets herauszulügen verstand. Da waren wieder einmal fast sämtliche Jungfrauen aus Wiesensteig als der Hexerei verdächtig in Untersuchung und sollten verurteilt werden, obwohl sie fortwährend ihre Unschuld beteuerten. Sie bewirkten jedoch so viel, dass man mit der Verbrennung zögerte und am folgenden Tage eine neue Untersuchung, die sie selbst gewünscht hatten, mit ihnen anstellen wollte. In der Nacht nun beteten diese Angeschuldigten, dass der Himmel doch ein Zeichen ihrer Unschuld geben möge. Und da geschah es, dass das Weib, durch welches sie verdächtig worden, als es eben auf der Berghöhe spazieren ging, in Stein verwandelt wurde. Das ist die riesige Gestalt des steinernen Weibes bei Wiesensteig. Die Figur ist einige zwanzig Fuß hoch; sie setzt den rechten Fuß vorwärts, legt den rechten Arm über die Brust und hat ein lang herabwallendes Kleid an.

Als man am anderen Morgen dies Zeichen auf der Höhe erblickte, erschrak man, schlug den ganzen Prozess nieder und verbrannte von der Zeit an keine Hexe mehr.

Der Mönch von Marbach

In Marbach, man sagt gegenüber dem Schiller'schen Hause, gehe ein Mönch um, gerade da, wo auch ein »weißes Fräulein« im Hause gesehen werden soll. Gegen zehn Uhr abends musste die Be-

wohnerin des Hauses heimgehen; kam sie von der »Karz« da nicht, so konnte sie nicht mehr durch die Zimmertüre, sie ging durchs Fenster hinein. Wollte sie durch die Stubentüre, so fand sie statt der Türe eine feste Mauer.

Mal war die Frau auch noch um zehn Uhr aus auf Besuch bei Bekannten im Schiller'schen Hause; auf einmal schnurrte es unter dem Tisch ganz lang. Die Frau lachte und sagte: »Sehet, jetzt muss ich heim, nur eine Minute, und ich komm nimmer zur Türe hinein in mein Zimmer.« So zeigte der Mönch die Zeit manchmal an, oft aber auch nicht.

Abends stellte er sich nicht selten im Wohnzimmer selbst ein, sprach aber kein sterbigs Wörtlein. Das Lügen konnte er in der Seele nicht leiden und ausstehen. Das kleine Mädchen fragte der Mönch mal: »Wo ist deine Mutter?« Es antwortete, wusste es aber nicht gewiss: »Sie holt Salz.« Darauf schlug er die Türe zu, dass das ganze Haus zusammenzitterte. Die Mutter holte kein Salz.

Das Beten konnte er gut leiden, hatte es gern. Mal wollten Buben oder sonst jemand aus einem Wandloch, von einem Hafen Maikäfer langen. Siehe, da warf der Mönch dreimal nach den Personen, weil sie ihn nicht vorher gefragt hatten. Im Keller sollte der Bub mal einen Kübel holen: Er war voll Schneckenschalen und Asche. Hätte der Bube, statt davonzulaufen, etwas von seinem »Häs« hingeworfen, wenn's nur ein Schnupftüchlein gewesen wäre, so hätte er den Schatz gehabt.

Der Mönch kam in ältern Zeiten schwarz, mit schwarzer Zipfelkappe. Sein Äußeres war rau, wild und wüst. Er hauste im untern Stock des Hauses.

Von Schelmen und Schlawinern

Bruder Lustig

Der Bruder Lustig befand sich einmal auf Reisen und hatte nur noch drei Kreuzer im Sack und ein einziges Brot, das er sich gekauft. Da begegnete ihm der heilige Petrus und sprach: »Grüß dich Gott, armer Bruder!« – »Grüß dich Gott!«, sagte Bruder Lustig. – »Wohin geht die Reise?«, sprach Petrus. – »Weiß nicht«, sprach der Bruder Lustig, »wohin mich der Wind noch führen wird.« – Sprach der heilige Petrus zu ihm weiter: »Ach, ich habe Hunger und kein Geld, sei so gut und gib mir ein Almosen!« – »Ich bin zwar selbst ein armer Schlucker«, sagte Bruder Lustig, »und habe nur noch drei Kreuzer und ein Brot im Sack, doch wir wollen's teilen!« Und darauf gab er dem heiligen Petrus, der als Bettler verkleidet war, einen Kreuzer und einen Vierling Brot. – »Vergelts Gott!«, sprach Petrus und ging weiter.

Über eine Weile begegnete ihm abermals der heilige Petrus als Bettler, aber in einer anderen Gestalt als das erste Mal und sprach: »Grüß dich Gott, Bruder! Ein Armer spricht dich um eine Gabe an!« – »Grüß dich Gott, armer Bruder!«, sprach der Bruder Lustig und gab dem Bettler einen Kreuzer und einen Vierling von seinem Brote. – »Vergelts Gott!«, sprach Petrus und ging weiter.

Wieder über eine Weile kam der heilige Petrus zum dritten Mal als Bettler in einer anderen Gestalt und bat ihn um eine Gabe, weil er so hungrig sei. Da sagte Bruder Lustig: »Mit zwei Armen habe ich schon geteilt, was ich hatte; jetzt habe ich grad noch einen Kreuzer und ein halbes Brot, das wollen wir noch einmal teilen.« – Sprach der heilige Petrus: »Nun, ich habe auch noch einen Kreuzer, so wollen wir ins Wirtshaus gehen und zu dem Brot ein halbes Bier miteinander trinken.« Ja, das war dem Bruder Lustig ganz recht, und sie machten es so; und als sie nun alle beide nichts mehr hatten, so beschlossen sie, dass sie miteinander weiterreisen wollten.

Wie sie nun so eine gute Strecke zusammen marschiert waren, kamen sie in eine Stadt, darin war große Trauer, weil die Tochter des Königs gestorben war. Darauf ließ Petrus bei dem König sich melden als Doktor und versprach, die Prinzessin wieder lebendig zu machen; aber es sollte niemand dabei sein und zusehen als bloß der Bruder Lustig.

Nun ließ Petrus sich einen Kessel mit kochendem Wasser geben, zerschnitt den Leichnam und kochte ihn in dem Kessel, legte dann die Knochen wieder zusammen, rief die Tote beim Namen und sprach die drei höchsten göttlichen Namen aus und hieß die Jungfrau aufstehen. Da stand sie auf und lebte und war frisch und gesund wie vorher. Der König war außer sich vor Freude und bot dem heiligen Petrus alles an, was er sich nur wünschen möge, und wenn's das halbe Königreich wäre! Aber Petrus schlug alles aus und wollte keinen Lohn. »Narr«, sprach der Bruder Lustig zu ihm, »du hast selber nichts, sodass du betteln musst, und willst einem König was schenken!« Petrus aber hörte nicht darauf und ging fort, und Bruder Lustig ließ ihn allein ziehen und blieb in dem Schlosse zurück und ließ sich erst seinen Ranzen mit Geld füllen, so viel er nur tragen konnte. Dann lebte er eine lange Zeit herrlich und in Freuden, bis endlich der Ranzen leicht und leer war.

Da trug sich's zu, dass der Bruder Lustig in ein Dorf kam und hörte, die Tochter eines reichen Bauers sei todkrank. Da ging er hin; wie er aber hinkam, war sie schon gestorben. Nun erbot er sich, er wolle sie wieder lebendig machen, und machte es grad so, wie er es den heiligen Petrus hatte tun sehen: Er zerschnitt die Leiche, kochte sie und legte dann die Knochen aneinander. Aber damit wollte es ihm nicht gelingen, denn er wusste nicht, welche Knochen zusammen gehörten, sodass er in die allergrößte Angst und Unruhe geriet und sich gar nicht mehr zu helfen wusste. Da klopfte plötzlich der heilige Petrus ans Fenster, und er ließ ihn sogleich herein. Der aber machte ein böses Gesicht und sprach: »Ei, du schlechter Kerl, glaubst du auch zu können, was ich kann! Das geht ja nimmermehr so! – Diesmal will ich dir noch helfen; aber dass du dir's nur nicht einfallen lässest, so etwas noch einmal zu probieren, sonst wird dir's schlecht gehen!« Darauf ordnete Petrus die Gebeine, wie sie zusammengehörten, und rief das Mädchen beim Namen und hieß es aufstehen. Da stand es auf und ging zu seinen Eltern. Dann entfernte sich Petrus wieder durch das Fenster, durch das er gekommen war, nachdem er noch dem Bruder Lustig streng anbefohlen hatte, dass er ja keine Belohnung nehmen sollte. Nein, das wolle er auch gewiss nicht, sagte er. Als nun die Bauersleute aus Dankbarkeit ihm Geld und Gut anboten, so schlug er's aus, ließ es aber endlich doch geschehen, weil sie ihn so sehr nötigten, dass sie ihm ein Lamm mit auf den Weg gaben. Das nahm er und trieb es zum Dorfe hinaus.

Vor dem Dorfe traf er wieder mit dem heiligen Petrus zusammen, der stellte ihn sogleich zur Rede wegen des Lammes. »Ach«, sprach der Bruder Lustig, »ich weiß nicht, was ich von dir denken soll; wir sind alle beide arme Hungerleider und sollen nichts von anderen Menschen annehmen! Komm her, wir wollen uns miteinander das Lamm schmecken lassen!« – »Nun, meinetwegen«, sprach Petrus, »so mach es zurecht; ich will unterdessen einen Gang machen; aber du musst nicht eher anfangen zu essen, bis ich wieder da bin!« – »Ei bei Leibe!«, sprach der Bruder Lustig und schlachtete sogleich das Lamm und machte ein Feuer an und briet es. Da dauerte es nicht lange, da war es fertig und roch so gut, dass der Bruder Lustig nicht widerstehen konnte und das Herz herausfischte und es aufaß, denn Petrus blieb auch gar zu lange, und er hatte auch außerdem Hunger. Endlich kam Petrus zurück und sagte: »Du kannst alles essen, bloß das Herz bitt ich mir aus!« – »Ei Brüderchen, wo denkst du hin?«, sprach Bruder Lustig; »besinn dich doch, ein Lamm hat ja kein Herz!« – »Ei freilich«, sprach Petrus, »ein Lamm muss doch ein Herz haben wie jedes andere Tier.« – »Ganz gewiss nicht! Glaub's nur auf mein Wort, ein Lamm hat kein Herz!«, sprach der Bruder Lustig in einem fort, sodass Petrus ihn zuletzt gewähren ließ und sagte: »So kannst du auch das Übrige allein essen!« Darauf ging er fort. Bruder Lustig aber ließ sich den Braten schmecken, und wer auf der Straße daherkam, den lud er ein zum Mitessen, bis das Lamm aufgezehrt war.

Nachdem er sich also gelabt und gesättigt hatte, reiste er weiter und kam an ein Wasser, über das er hinüber musste. Das Wasser aber war angeschwollen, und wie er eben drin war, stieg es immer höher, dass er nahe dran war zu ertrinken und sich nicht mehr zu helfen wusste. Da rief mit einem Male von dem anderen Ufer her Petrus: »Gesteh mir, dass ein Lamm ein Herz hat und dass du es aufgegessen, so will ich dir helfen!« Bruder Lustig aber antwortete: »Wie kann ich das gestehen und wie kann ich das Herz gegessen haben, da ja ein Lamm, wie jedermann weiß, gar kein Herz im Leibe hat!« Und obwohl Petrus das Wasser immer höher steigen ließ, sodass Bruder Lustig ums Haar hätte ertrinken müssen, so wollte er doch nicht bekennen. Des-

halb ließ Petrus, weil er Mitleid hatte mit dem gutmütigen Narren, das Wasser wieder sinken, sodass er hindurchgehen konnte. Dann aber sagte Petrus zu ihm: »Du bist nun doch einmal ein rechter Taugenichts; damit du aber nicht wieder so gottlose Streiche machst und Tote erwecken willst ums Geld, so will ich dir da einen Ranzen schenken, in den kannst du dir alles hineinwünschen, was du nur begehrst. Und nun leb wohl!« Mit diesen Worten verließ ihn der heilige Petrus und Bruder Lustig wanderte mit seinem Wunschranzen allein weiter fort.

So kam er nach einiger Zeit einmal in ein Wirtshaus und trank ein Glas Bier. Da sah er zwei gebratene Gänse im Ofen stehen, ach, die rochen gar zu gut, und er hätte wohl ein Stück davon verzehren mögen. Wie er nun wieder draußen war, dachte er: »Ei, du solltest doch einmal den Ranzen probieren«, und wünschte sich die Gänse hinein. Mit einem Mal fühlte er, dass der Ranzen schwer wurde, und er roch auch sogleich den Duft der gebratenen Gänse und setzte sich nieder und ließ sie sich wohlschmecken. Derweil kamen zwei Handwerksburschen daher, die baten um ein Stückchen Fleisch; da gab er ihnen die eine Gans, denn er hatte genug an der andern. Nun traf es sich, dass die beiden Handwerksburschen in dasselbe Wirtshaus kamen, aus welchem Bruder Lustig die Gänse weggewünscht hatte, und sich daselbst Bier und Brot geben ließen und dann vergnügt ihren Gänsebraten verzehrten. Nach einer Weile wollte die Wirtin ihre Gänse holen; denn sie hatte Gäste am Tisch, die sie verzehren sollten. Aber da hättest du einmal das Gesicht sehen sollen, das sie machte, als sie merkte, dass die Gänse fort waren und dass die Handwerksburschen sie aufgegessen hatten, die mochten nun sagen, was sie wollten und so viel sie wollten, es habe jemand draußen vor der Stadt ihnen den Braten geschenkt, – das half ihnen alles nichts: Sie wurden für die Diebe gehalten und wurden ins Gefängnis gesperrt, also, dass sie den Braten teuer bezahlen mussten.

Bruder Lustig aber ließ sich's in der Welt wohl sein und wanderte von einer Stadt zur andern, bis dass er ein alter Mann geworden und er des ewigen Herumziehens müde war; auch dachte er, sein letztes Stündlein werde nicht mehr gar ferne sein, fragte deshalb einen frommen Einsiedler, was er tun müsse, um in den Himmel zu kommen. Der fromme Mann sagte, er solle Buße tun und fleißig beten, und behielt den Bruder Lustig bei sich und wollte ihn vorbereiten auf den Himmel.

Allein es dauerte nicht lange, da konnte es der Bruder Lustig bei dem Einsiedler nicht mehr aushalten, denn er war ihm gar zu ernsthaft, deshalb nahm er alsbald seinen Ranzen auf den Rücken und begab sich wiederum auf die Wanderschaft.

Da war er nun den ganzen Tag lang fortgegangen und hatte nirgends einen Menschen oder ein Haus angetroffen. Endlich, als es schon dunkel wurde und er ganz ermüdet war, kam er in ein Wirtshaus und wollte daselbst übernachten. Da waren aber alle Zimmer schon besetzt und der Wirt entschuldigte sich, dass er nicht mehr Raum habe, er habe wohl noch ein zweites, großes Haus, das stehe leer, aber er könne keinen Menschen hineinquartieren, denn es sei noch niemand, der es gewagt habe, darin zu schlafen, lebendig wieder daraus hervorgekommen. Bruder Lustig aber sagte, er müsse irgendwo ein Unterkommen haben, der Wirt solle ihn nur in das Haus führen. Das tat er denn auch, weil's der Bruder Lustig so wollte; der legte sich dann getrost ins Bett und schlief ein, sein Licht aber hatte er brennen lassen.

Wie es nun Mitternacht war und eben zwölf schlug, da wachte Bruder Lustig auf, denn er hörte ein Geräusch, und alsbald ging die Tür auf und es traten neun Teufel in sein Schlafzimmer und stellten sich um sein Bett und stierten ihn beständig an. Das war ihm doch nicht angenehm, und weil er müde war und gern weiter fortschlafen wollte, so wünschte er die neun Teufel in seinen Ranzen, und wutsch! waren sie alle verschwunden. Dann schlief er ruhig bis zum anderen Morgen. Da nahm er seinen Ranzen und ging damit in eine Schmiede und ließ den Schmied und seine Gesellen so lange darauf losschlagen mit den schwersten Hämmern, dass er meinte, von den Teufeln werde wohl keiner sich mehr rühren und regen. Als er aber den Ranzen aufmachte, war doch noch einer am Leben, und der lief, was er konnte, geraden Wegs in die Hölle hinein. Niemand aber war jetzt vergnügter als der Wirt, denn es ließ sich von dem Tage an kein Teufel mehr in dem neuen Hause sehen, und zum Dank dafür behielt er den Bruder Lustig umsonst bei sich, so lange er nur bleiben wollte. Es gefiel dem Bruder Lustig auch weit besser in dem Wirtshaus als bei dem Einsiedler, und deshalb blieb er da bis zu seinem Ende.

Als er nun gestorben war und vor das Himmelstor kam und anklopfte und Petrus ihn erblickte, sprach er: »So, du kommst auch und willst in den Himmel? Sieh, dorthin gehörst du!«, und damit wies er ihn zum Höllentor. Wie Bruder Lustig dort ankam, wurde er eingelassen und wollte sogleich mit den Teufeln ein Kartenspiel machen. Sie spielten aber um menschliche Seelen, und es war ausgemacht, dass er die Seelen, die er gewänne, mit herausnehmen dürfe. Da kam aber der eine Teufel dazu, der in dem Ranzen so gottsjämmerlich geklopft war, und erkannte sogleich den Bruder Lustig und sagte zu den anderen Teufeln: »Fangt nur mit dem Kerl nichts an, sonst sind wir verloren und er nimmt uns alle Seelen mit fort!« Da jagten sie ihn Hals über Kopf zur Hölle wieder hinaus, und Bruder Lustig wanderte ganz ärgerlich zurück zum Himmelstor und klopfte an. Sowie Petrus aber auftat, warf er flink seinen Ranzen in den Himmel und wünschte sich dann selbst in seinen Ranzen hinein, und so ist er doch noch in den Himmel gekommen, obwohl Petrus ihm die Tür vor der Nase zuschlug.

Der Lügner

Da war einmal ein König, der hatte nur ein einziges Kind, eine Tochter. Diese versprach er demjenigen zur Gemahlin, der am ärgsten lügen könne. Er ließ aber neben seinem Palast einen Zaun machen, dessen Spalten oben mit eisernen Spießen beschlagen waren, mit dem ausdrücklichen Bemerken, dass jedweder, der die Probe nicht bestehe, auf einen Spieß gesetzt werden sollte. Nun hatten sich schon viele edle und unedle Lugebeutel versucht, und das Hag war schon vollgespickt bis auf einen einzigen Spieß.

Da trat ein fahrender Schüler zum König und sagte, er getraue sich, sein Tochtermann zu werden. Alles riet dem »Beweglichen« ab; allein der Bursche blieb auf seinem Vorhaben beharren. Nun nahm der König die Proben mit ihm vor. Zum ersten führte er ihn in ein Zimmer, dessen Boden mit Silberplatten belegt war, und fragte den Jungen hernach, ob er auch schon irgendwo solch einen kostbaren Boden gesehen habe. »O ja«, sagte der Schüler, »daheim bei meinem Vater.« Erwiderte der König: »Mit Gunst, wer ist denn Euer Vater?« – »Nun ja, wer wollt er sein? Der Sauhirt in unserm Dorf.« Der König räusperte sich und brummte für sich hin: »Dass Euer Vater so viel Geld erspart, dass er am Ende einen silbernen Boden hat können machen lassen, ist möglich, denn Sauhirt sein ist verdienstlich.«

Darauf führte er den Schüler in ein zweites Gemach, da war der Boden mit Goldplatten belegt. »Gelt Junge!«, schmunzelte der König, »aber so was hast du doch ganz gewiss noch nirgends gesehen?« – »Ei warum nicht?«, versetzte der Schüler, »mein Vater daheim hat ja auch welchen.« – »Wieso?«, fragte verwundert der König. – »Hm, sehet, Herr König, mein Vater hat seinen silbernen nur kleiner machen lassen, dann hat's zu einem goldenen gereicht.« – »Mag sein, dass es hat einen leiden mögen, ist immer noch nicht unglaublich.«

Jetzt nahm der König diesen Gesellen mit sich auf einen Rübenacker und fragte den Schüler, ob er seiner Lebtags auch schon mal so große Rüben gesehen habe. »O du blutiger Heiland«, versetzte der Bursche, »da sind die Eurigen nur Wurzen gegenüber denen, die ich irgendwo gesehen habe, denn selbige haben ein Krautwerk gehabt, dass zweiundzwanzigtausend Mann unter den Blättern haben unterstehen können.« – »Nun ja«, sagte der König, »kann ein Schweinehirt einen goldenen Boden machen lassen, so können auch so große Rüben wachsen«, und führte den Burschen in den Forst, um ihn zu fragen, ob er auch einmal so hohe Tannen gesehen habe wie hier da.

»O du meine Güte!«, rief der Bursche wie verwundert aus. »Das ist nur Besenreis gegen das, was ich schon von Tannen gesehen habe. Ich habe wundershalber probiert, wie hoch sie seien. Habe mir daher zweiundzwanzigtausend Nägel gekauft, um sie den einen nach dem andern in den Stamm zu schlagen und darauf in die Höhe zu klimmen. Denket Euch, da bin ich bis in den Himmel hinaufgekommen, und die Tannenwipfel waren noch nicht zu sehen.« Da sei er, erzählte er weiter, lange herumgelaufen, indem er gedacht habe, er müsse doch auch den Himmel gelegentlich anschauen, weil man in der Welt drunten so viel Wesens von ihm mache. Letzlich sei er aber zu den Seligen gekommen, und die hätten nicht leiden wollen, dass er nur so mir nichts, dir nichts in den Himmel hereintappe; sie hätten auch müssen viel ausstehen, bis sie ihn verdient haben, er solle auch sein Teil ausstehen, wie sie und dergleichen.

Nun sei ihm dieses »Gemaunke« zuwider gewesen und er habe darauf Bedacht genommen, wieder in die Welt herabzurutschen. Als er aber die Tannen nicht mehr gefunden habe, hätte er im Sinn gehabt, sich irgendwo im Himmel einen Ort auszusuchen. Wie er nun so herumgestolpert sei, hätte er ein Bollenfass bemerkt, und als er hineingesehen, seien Späne drin gelegen. Aus diesen habe er sich ein Seil gemacht, dieses mit übrig gebliebenen Nägeln am Himmelfenster festgenagelt und an diesem habe er sich allmählich auf die Welt herabgelassen. Aber noch weit im oberen Luftkreis sei die Schnur ausgegangen, und er habe nun keine andere Wahl gehabt, als das Seil oben abzuschneiden und unten wieder an den Rest anzuknüpfen, bis er endlich auf den festen Boden gekommen, wie das Seil eben nur noch aus lauter Knöpfen bestanden habe.

Da vereiferte sich der König nicht wenig und schrie: »Aber das ist verlogen!« – »Gut!«, sagte der Bursche, »also bin ich Euer Tochtermann!«

Der Erzähler hat hier, wie er immer bei Lügengeschichten zu tun pflegt, den Spruch angefügt: Nochher bin i ganga, hau meine Hoor gewichst und d'Schueh puderet!

Der Pfarrer und die Gartendiebe

Unerschöpflichen Stoff boten die schwäbischen Landpfarrer, unter denen damals noch die Sonderlinge in Menge gediehen. Einem, der ein grundgelehrter Theologe und ein stiller Weiser, dabei aber sehr unpraktisch war, wurde jede Nacht von seinen selbstgezogenen Gurken und Rettichen im Pfarrgarten gestohlen. Er fragte einen Kollegen, was er an seiner Stelle tun würde. Entweder die Diebe verklagen oder eine Falle aufstellen, meinte dieser. Der Pfarrer antwortete nach einigem Besinnen: Ich will sie lieber mit geistigen Waffen schlagen. Und er legte ein Blättchen zu den Gurken ins Beet: Wer Rettich stiehlt und Gurken, den rechn' ich zu den Schurken.

Weil seine Frau ihn jedoch erinnerte, dass die Diebstähle des Nachts stattfänden und das Blättchen somit seinen Zweck verfehlen müsste, stellte der treffliche Mann im Vertrauen auf die Macht der Dichtkunst eine Laterne dazu, die hernach den Dieben das Geschäft erleichterte.

Der bibelfeste Wengerter

Die Remstäler Wengerter waren oft sehr bibelfest. Unter ihnen war einer, der für jede Gelegenheit auch das passende Bibelzitat hatte.

Nun geschah es, dass an einem Tag Viehmarkt war und der Bürgermeister mit dem Gemeinderat auf dem Rathaus tagte. Plötzlich rannte ein wild gewordener Ochse vom Markt ins Rathaus. Bürgermeister und Gemeinderat bemühten sich mit vereinten Kräften, den Ochsen aus dem Rathaus zu schaffen. Endlich gelang es ihnen.

Inzwischen versammelte sich vor dem Rathaus viel Volk. Unter ihm befand sich auch der bibelfeste Wengerter mit Namen Gottlob. Ärgerlich schrie der Bürgermeister diesen an: »Heit hetscht jetzt koin passende Bibelspruch!« – »O doch«, sagte Gottlob, »en dr Bibel stoht: Er kam zu den seinigen, und die seinigen nahmen ihn nicht auf!«

Ein braver Schwabe in der Hölle

Vor dem Ersten Weltkrieg und auch noch danach gingen die Leute von Rommelshausen und Fellbach, die beim Daimler arbeiteten, zu Fuß in das Werk.

Nun ging ein Heizer am frühen Neujahrsmorgen zwischen vier und fünf Uhr zur Arbeit. Es war bitterkalt. Da sah er zwischen Fellbach und Untertürkheim auf einem Kieshaufen einen Betrunkenen sitzen, der schlief. Da niemand des Weges kam, der Heizer ein großer, kräftiger Mann war, nahm er den Betrunkenen einfach auf die Schulter, trug ihn vollends bis Untertürkheim und setzte ihn in seinem Heizungskeller auf einen Kohlenhaufen.

Geraume Zeit später, der Heizer stand gerade vor dem geöffneten brennenden Kessel und schippte Koks hinein, erwachte der Betrunkene. Erschrocken fiel er vor dem Heizer auf die Knie und schrie: »O, Herr Oberdeifel, machet Se's gnädig, i be doch em Rausch gstorba.«

Der Heiland von Gablenberg

Die Gablenberger hatten sich eine Kirche gebaut, denn sie wollten nicht mehr jeden Sonntag in den Nachbarort gehen. Als das Gotteshaus eingeweiht wurde, war die ganze Gemeinde versammelt und war sehr stolz auf die neue Kirche.

Nun war aber auch ein Eingeheirateter darunter; der stammte aus Untertürkheim und hatte an allem etwas auszusetzen. Er bemängelte, dass auf dem Altar nur ein kleines Kruzifix aus Gusseisen stehe. Er erzählte, dass in seiner Heimatgemeinde an der Wand ein großer Heiland hänge, und für die Feiertage habe man sogar noch einen silbernen.

Dies ließ nun den Gablenbergern keine Ruhe. Zwei davon beschlossen nun, nach Untertürkheim zu gehen und das silberne Kruzifix zu holen. So gingen sie nun bei sinkender Nacht nach Untertürkheim in die Kirche. Doch wurden sie bald bemerkt, denn man traute denen von den Nachbarorten nicht. So waren gleich viele Männer, junge und alte, da, um die zwei abzufangen. Von allen Seiten her wurden sie verfolgt und gegen den Neckar gejagt. Nun blieb ihnen keine Wahl, als entweder unter die Fäuste der Untertürkheimer zu kommen oder den Sprung ins Wasser zu tun. Da sie fromm waren wie alle Gablenberger, wollten sie lieber Gott vertrauen, als sich in die Hände der Menschen geben und so sprangen sie in den Fluss.

Der Neckar hatte aber gerade Hochwasser, und es riss die beiden hin und her; besonders jener, der das Kruzifix im Arm hatte, tat sich schwer. Da rief ihm sein Genosse zu: »Jockele, lass da Heiland fahra ond heb de an de Weida.« Doch dieser schrie: »Meinen Jesus lass ich nicht.« Er schwamm mit einem Arm und erreichte das heimatliche Ufer.

Der Pfarrer aber hat den Gablenbergern ins Gewissen geredet, und sie mussten den silbernen Heiland wieder zurückgegeben. Sie haben sich jedoch ein eigenes Kruzifix machen lassen, natürlich viel schöner und größer als das in Untertürkheim.

Die Hasenfalle

Herzog Karl von Wirtemberg war ein großer Jagdfreund, wie auch in »Schillers Heimatjahren« zu lesen ist, und das Landvolk litt unter seiner Regierung schwer vom Wildschaden, gegen den es sich nicht wehren durfte, denn es war streng verboten, Wild abzuschießen. Ein Bäuerlein aber, dem wiederholt seine Rüben- und Krautäcker abgefressen wurden, wusste sich zu helfen und legte in seinem Hof eine Hasenfalle an, die so kunstreich mit einer Glockenschnur verbunden war, dass, so oft einer vom Geschlecht Lampe sich fing, die Glocke von selbst das Zeichen gab. Dann ging das Bäuerlein hinaus und holte sich einen fetten Braten für die Küche. Der Mann aber hatte Feinde, und die verrieten dem Revierförster seine schöne Einrichtung.

Begibt sich der Revierförster zu dem Übeltäter: »Hanspeter, ich habe gehört, dass du dir eine Hasenfalle angelegt hast.« – »Jawohl, Herr Revierförster«, antwortet der Bauer treuherzig. »Ja, weißt du nicht, dass du einen Diebstahl an unserem Herrn Herzog begehst und dass du in Strafe verfallen bist?« – »Ha, sell wär's!«, sagt der Hanspeter und versichert, dass er von keiner einschlägigen Verordnung wisse. Das scheint dem Förster sehr unglaubhaft, und er setzt dem Erstaunten auseinander, dass Unkenntnis des Gesetzes auch gar nicht vor Strafe schütze. Während sie noch reden, klingelt es vom Hofe her, und beide schauen auf.

»Hören Sie's, Herr Revierförster?«, sagt der Hanspeter mit seinem dummschlausten Gesicht, »da sitzt schon wieder einer und zeigt sich an. Jetzt kommen Sie nur mit, dann sehen Sie gleich selber, wie's gemacht wird.« Der Förster lacht sich ins Fäustchen, dass er nun beide zugleich in der Falle hat, den Hasen und den Bauern. Er folgt dem Mann in den Hof, verwundert über ein solches Maß von Dummheit. Dort zieht der Bauer Herrn Lampe bei den Löffeln aus der Falle, hält ihn vor sich und überschüttet ihn mit Schimpfreden: »Meinst du, ich pflanz meine Krautköpf und meine Rüben für dich, du elender Sauhund! Wart, ich will dir Respekt einbläuen, dass du das Wiederkommen vergisst!« Dies sagend, gerbt er dem Hasen das Fell, schüttelt ihn dann noch einmal an den Löffeln und sagt: »So, jetzt lauf heim, sag's deim Weib und deiner Freundschaft, was es da zu schmarotzen gibt.« Damit lässt er ihn los, und mit einem Sprung ist der Hase verschwunden.

»Sehen Sie, Herr Revierförster«, sagt jetzt der Hanspeter profitlich, »so wird's gemacht. Der kommt nimmer, und er sagt's auch den andern.« Und der Herr Revierförster musste mit langer Nase abziehen.

Der Lügenschmied von Cannstatt

Ein Nagelschmied, der zu Zeiten Herzog Ulrichs in Cannstatt geboren war, erzählte allerorten dermaßen abenteuerliche und unglaubliche Geschichten, dass man ihn landauf, landab den Lügenschmied nannte.

Als ich noch ein junger Wandergesell gewesen – so erzählte er – kam ich eines Tages auch wieder einmal nach Stuttgart und sah mir den Markt an. Da trat ein Edelmann zu mir heran, der mich wohl kannte, und übergab mir ein Ross mit der Weisung, ich solle es gen Hohenurach reiten zum Vogt. Es war um den kalten Ignaz herum und alles so stein- und beinhart gefroren, dass man sich des bösen Frostes kaum erwehren konnte. Ich reit und reit zu, und wie ich gen Hohenurach komm und bei den Ställen absteigen will, da bin ich, mein Seel, dermaßen hart an den Sattel gefroren, dass wir, ich und der Sattel, nicht mehr voneinander kommen konnten. Schockschwerenot! Was tun? Doch ich fand einen Rat: Die Knechte hoben mich mitsamt dem Sattel vom Gaul und trugen mich in die Stube hinter den Ofen. Hab wahrlich mehr als fünf Stunden dort im Sattel und Stegreif ausharren müssen, bis ich aufgetaut bin. Alsdann bin ich allgemach zu Fuß wieder nach Stuttgart und hab dem guten Edelmann berichtet, wie übel es mir bei dem harten Frost ergangen. Hab ein reichliches Trinkgeld bekommen! Alle Ehre, dass muss gesagt sein!

Einmal, als wir in einer Schlacht vom Feind hart verfolgt sind worden, traf sich's, dass wir an einen zugefrorenen Fluss kamen. Meine Mitreiter getrauten sich nicht, das dünne Eis zu versuchen; ich aber ritt wohlgemut zu. Da brach das Eis entzwei, und ich fiel mitsamt dem Ross ins Wasser. Lang irrt ich auf dem Grund des Flusses unterm Eis hin und her. Da griff ich in der Not zu meinem langen Spieß, stieß ein mächtiges Loch in die Eisdecke, stob davon und entkam auf diese Weis mit meinem getreuen Ross den Feinden.

Und noch eines Abenteuers gedenk ich und werd's meiner Lebtag nicht vergessen: Einmal begab sich's, dass ich mit meinem Junker, dem ich zu der Zeit gerade diente, im Winter an einem großen Fluss entlangritt. Da sah mein Junker unter den Eisschollen eine Fischreuse treiben, wies mit der Hand drauf hin und sagte: »Hätten wir die Reuse, wär's ein guter Fang; denn sie ist ohne Zweifel voller Fische!« – »Die ist leicht zu gewinnen!«, gab ich zur Antwort und sprengte alsbald in freiem Lauf ins Wasser. Nun lag da aber, wer konnte das wissen, hinter der Reuse ein großmächtiger Fisch mit aufgesperrtem Schlund auf der Lauer, bekam mich zu fassen und verschluckte mich mitsamt dem Pferd. Nicht lang danach wollt's der Zufall, dass ein

Fischer den Fisch fing und auf den Markt brachte, um ihn zum Verkauf anzubieten. Ich aber, als der Mann zum Ausweiden das Messer ansetzte und dem Untier den Bauch aufschnitt, gab meinem Ross die Sporen, sprengte mit einem Satz heraus und wie der Wind davon. – Was sagt ihr dazu, ha? Hier pfeif mir keiner, er mag's glauben, wenn er will!

Der Röhrle

Ein Röhrle zu sein, gilt im Schwabenland als höchste Auszeichnung. Das ist einer mit Witz und Gritz, ein Schlaule, ein ganz Pfiffiger, der mehr fertig bringt, als man ihm zugetraut hätte – so wie dazumal der Gottlieb Rohr aus Häfner-Neuhausen im Schönbuch, der durch diesen Ehrentitel unsterblich geworden ist. Für seine, wenn auch aufs Schwabenland begrenzte, Unsterblichkeit sorgte der Röhrle schon selber, wenn er von seinen Heldentaten zwischen Paris und Moskau im Heere Napoleons erzählte. Da war dann halt, sobald den rossmuckigen Schwerenöter und Teufelskerl die Erinnerung fortriss, Wahrheit und Dichtung nicht mehr leicht zu unterscheiden. Doch was tat's schon? Das gab seinen Geschichten gerade die Würze, und darum gehen sie heut noch, Jung und Alt zum Spaß, im Ländle um.

Mitten in der Schlacht bei Austerlitz hatte der Röhrle seinem Feldherrn Napoleon mit einem Gläschen Heidelbeergeist das Grimmen vertrieben und dadurch entscheidend zum Sieg beigetragen. Zum Dank und Lohn hatte Napoleon ihn in seinen Generalstab aufgenommen. So gut angeschrieben der Röhrle aber beim Kaiser war und wie sehr er andrerseits ihn ästimierte, in seinem Herzen blieb er ein Schwabe und getreuer Untertan seines Fürsten. Als Napoleon den Feldzug gegen die Preußen plante, bat er den Röhrle, er möge ihm doch wieder mit seinem klugen Rat beistehen. Der Röhrle ging schließlich nur unter der Bedingung drauf ein, dass er sein Vaterland Württemberg zum Königreich mache. Und das tat dann Napoleon auch, seinem Freund Röhrle zulieb.

Es brauchte alles, dass der Röhrle mit Napoleon auch noch nach Russland hineinzog. Er wollte endlich Frieden und seine Ruhe haben. »Noch einmal hilf mir aus dem Dreck und spanne mir den Gaul vor meinen Siegeswagen!«, bat ihn sein Duzfreund Napoleon. »Ich will dir's lohnen!«, setzte er hinzu. »Ich mache dich als Gottlieb I. zum König über die Schwaben!«

Da fuhr ihm aber der Röhrle entrüstet in die Quere. »Was fällt dir ein?«, sagte er. »Ich, Gottlieb Röhrle aus Häfner-Neuhausen, soll württembergischer König sein!? Nein, mein Lieber. Eher soll eine Kuh ein Füllen kriegen, eh ich mich mit Fürstensalbe schmieren lasse!« – »Du musst nochmal mittun, Röhrle!«, sagte Napoleon. »Ich kann den russischen Bären nur erlegen, wenn sich mein Kriegsgenie mit deinen Schwabenstreichen verbündet!« – »So lass blasen!«, antwortete der Röhrle, und dann ging's in die bitterböse Schlacht an der Moskwa. Als die Russen den Röhrle von ferne sahen, ergriff sie die wilde Angst. »O wai, o wai!«, schrien sie. »Rettet euch, der Röhrle von Häfner-Neuhausen kommt!«, und gaben allen Widerstand auf. Nach dieser Schlacht war es, dass Napoleon den siegreichen Röhrle mit den Worten empfing: »Röhrle, ich ziehe vor dir meinen historischen Hut! Respekt! Du bist ein Held, so wie sie nur im Schwabenland geraten. Du bist der große Herrgottsakermenter!«

Der Pfeffer von Stetten

Vor etwa zweihundert Jahren lebte in Stetten im Remstal ein Spielmann, David Pfeffer, der schwäbische Eulenspiegel, der bis zum heutigen Tag unvergessen ist.

Schon als Kind fiel er durch seine Schlagfertigkeit und seinen Mutterwitz auf.

Als eines Tages Herzog Carl Eugen zur Jagd nach Stetten geritten kam, hielt er beim Kirchplatz an und fragte die umstehenden Bauern: »Wie geht's euch denn, wie lebt ihr denn in eurem Stetten?«

Die verschüchterten Bauern wagten nichts zu sagen. Der kleine David aber trat vor und antwortete keck: »Wia d'Säu, Herr Herzog, von nex wia Milch ond Ebiera!«

Am Abend ließ der Herzog ein erlegtes Wildschein auf den Kirchplatz bringen und ließ den Bauern sagen, dies sei zur Abwechslung ihres Speisezettels; dem rothaarigen rossmuckigen Lausbuben aber soll man das Schwänzle geben.

Wenn er später, als Erwachsener, von Fellbach über Rommelshausen nach Stetten wanderte, sang und spielte er oft das ihm heute noch zugeschriebene Lied:

»Freund, ich komm von Schmiden, komm von Fellbach her,
Hab in meinem Beutel keinen Kreuzer mehr,
hab an meinem Stiefel keinen Absatz mehr.«

Auch spielte er oft auf seiner Fiedel vor dem Hause eines Rommelshäusers und sang diesem zu:

»O, du liaber Ofa Friederle,
hier hosch du dei Zöttele wieder,
das du in derselben Nacht
in dem Hirsch verloren hast.«

So lebt David Pfeffer bis zum heutigen Tage im Volksmund weiter.

Der Altstadthannes

Der Pfeffer von Stetten hatte im Neustädtle zu tun gehabt und kam auf dem Heimweg über Waiblingen. Er trug seine Geige im Zwerchsack hinten auf der Schulter, und in der vorderen Hälfte hätte etwas Eingewickeltes Platz gehabt, sie aber war leer. Als er die Stadt heraufging, stand der Altstadthannes, ein rechter Geizkrag und Hornabsäger, unter seiner Haustüre und gedachte, sich am Pfeffer zu reiben für allerlei Unsinn, den ihm dieser schon angetan, und rief ihn an: »No, Pfeffer, wo kommst du her mit deinem Bettelholz?«, und meinte seine Geige.

Für solche Anzapfungen war der Pfeffer gerade der rechte Mann. »O Hannes«, sagte er, »ich komm von Saxpommern, wo man die Esel mit de Händschich fangt. Aber Spaß beiseit: Hannes, ich weiß dir ein Geschäft, kannst hundert Prozent dabei verdienen.« – »Meinst«, sagte der Altstadthannes lauernd, »ich ließ mich anhobbeln von dir? Dich kennt man, du bist ein Jauner, hast nix als Dummheiten im Kopf oder Bosheiten!« – »Nun«, erwiderte der Pfeffer und schickte sich, als wolle er weitergehen, »es muss nicht sein, du kannst es ja bleiben lassen. Der Ruchem, wenn ich's ihm sag, ist froh.« – »Man wird doch noch etwas sagen dürfen, wo nix gilt«, sagt der Hannes, »wenn's dein Ernst ist, David, so komm rein.« – »Ja«, sagte der Pfeffer »umsonst ist der Tod.« – »Auf ein Fläschle kommt mir's nicht an oder zwei, komm nur rein.« Also wurden sie handelseins, dass der Hannes dem Pfeffer zwei Fläschlein Wein, einen Laib Brot und etwas Geräuchertes geben und der Pfeffer dem Hannes das Geschäft verraten solle.

Der Pfeffer packte den Wein und das Geräucherte sorgfältig in die vordere Hälfte seines Zwerchsackes und das Brot zu dem Bettelholz in die hintere Hälfte, denn »man trägt so leichter«, sagte er. Als er alles wohl versorgt hatte, nahm er den Zwerchsack auf den Buckel und die Türenschnalle in die Hand, um bereit zu sein, falls es an ein schnelles Abschiednehmen ginge, und sagte: »Jetzt pass auf! Jetzt gehst hinum zum Kaufmann Villinger und kaufst fünf Pack Schwefelholz, das langt auf einen Tag, wenn du fleißig bist. Dann nimmst dein schärfstes Messer und spaltest alle die Hölzle gerade in der Mitte durch, musst aber aufpassen wie ein Hechelmacher, dass dir's Messer nicht rutscht. Dann hast nachher statt hundert immer zweihundert und hast hundert Prozent verdient.«

Der Rössleswirt von Cannstatt

Eins der alten schwäbischen Originale war der einstige Besitzer des »Rössle« in Cannstatt, Wilhelm Hahn mit Namen. Er trug einen Sack voll knitzem Witz in seinem Kopf und einen stattlichen Bauch vor sich her. Seine Wirtschaft hätte aber besser »Zum Bären« geheißen, denn er hat als heiterer Unterhalter in den vielen Jahren seines Wirtslebens unzähligen Gästen einen Bären aufgebunden. Er tischte ihnen mit Vorliebe die merkwürdigsten Erlebnisse aus dem Siebziger-Krieg und von der Belagerung der französischen Hauptstadt auf, obwohl er vielleicht dazumal kein Pulver gerochen, noch weniger vor Paris gewesen ist. Im Besonderen erfand er eine witzige Anekdote, die er immer und immer wieder erzählte, sodass er schließlich selber daran geglaubt hat.

Die Geschichte, die den Rössleswirt von Cannstatt weitum bekannt und zu einer historisch gewichtigen Gestalt gemacht hat, ist die: Als anno 1871 Graf Bismarck mit dem französischen Außenminister Jules Favre im Schloss zu Versailles über den Frieden zu verhandeln anfing, wollte Favre die Bedingungen nicht annehmen, die ihm Bismarck auferlegte. Die Deutschen brauchten bei ihren Forderungen den Mund nicht gar so voll zu nehmen, bemerkte Favre, denn ihre Soldaten seien durch die Kämpfe so sehr heruntergekommen und abgemagert, dass sie über kurz oder lang so wenig mehr durchstehen könnten wie die Franzosen. Bismarck erwiderte nichts, sondern klingelte dem Kammerdiener und sagte: »Man lasse den Rössleswirt von Cannstatt vortreten!« Der Rössleswirt trat ein. Und was geschah? Als Favre seinen fetten Bauch sah, verschlug's ihm die Rede, denn er musste erkennen, dass der Mann durch den Feldzug nicht das Geringste eingebüßt hatte. Favre kratzte sich hinterm Ohr, sah ihn von oben bis unten an und unterschrieb Bismarcks Friedensbedingungen, ohne noch ein Wort zu sagen.

Also – erzählte der Rössleswirt, und alle seine schwäbischen Landsleute waren mit ihm einig – habe der Rössleswirt von Cannstatt das Vaterland in seinem Teil gerettet, nämlich durch seinen dicken Wanst, den er sich auch in den harten Kriegszeiten bewahrt habe.

Der Botnanger Kuckuck

Wie die Botnanger zu ihrem Necknamen »Kuckuck« kamen, soll sich so zugetragen haben: Der Herzog von Württemberg – man weiß nicht genau, ob es Ulrich oder Karl gewesen ist – ritt einmal durch den Botnanger Baurewald. Da hörte er einen Kuckuck rufen. Weil er schon lange einen solchen Vogel in seinem Schloss haben wollte, befahl er, den Kuckuck zu fangen. Die Botnanger gaben sich alle Mühe; aber der scheue Vogel ließ sie nicht zu nahe kommen und entkam immer wieder. Einem der Botnanger Vogeltreiber wurde das vergebliche Jagen schließlich zu viel, darum sagte er zum Schultheißen: »Woischt was, Schultes? Em Herzog schenke mr de ganze Baurewald mitsamt em Kuckuck, noh ka'n-ern selber fange!«

Wittleders Esel

Ein Spießgeselle des berüchtigten herzoglichen Ministers Montmartin war der Kirchenratsdirektor Wittleder, ein ehemaliger Gerbersgeselle aus Preußen. Um die Kasse des Herzogs Karl und auch die seinige zu füllen, verkaufte er Ämter und Würden an die Meistbietenden ohne Rücksicht auf ihre Tüchtigkeit. Ein Spaßvogel hing einmal einem Bruder Langohr einen Zettel mit der Inschrift: »Ich suche einen Dienst!« um den Hals und band ihn nachts vor dem Hause Wittleders fest. Als die Magd am Morgen vor das Haus trat, sah sie den sonderbaren Bittsteller und an der Haustüre ein angeheftetes Papier mit dem Reim:

> Ein dicker Gerbersgesell, sein Name heißt Wittleder,
> Direktor nennt er sich und ist nicht von der Feder,
> So, wenn ein Esel kommt und kann's bezahlen,
> Bekommt er einen Dienst vor den Gelehrten allen.

Die Magd ging zurück und überreichte das Bittgesuch ihrem Herrn, ohne zu sagen, dass es von einem Esel sei. Wittleder verlangte, dass man ihm den Besucher vorführe. Die schalkhafte Magd wollte nun den Esel holen. Aber dieser verführte ein schreckliches Geschrei und wollte nicht über die Schwelle, denn er war durch das Gelächter der umstehenden Leute ganz scheu und wild geworden. Wittleder kam jetzt selbst herab und merkte nun, welchen Streich man ihm gespielt hatte. Wütend drohte er mit seiner Rache. Aber es kam nicht heraus, wer der Schelm war.

Der Fehler

Der Helmele, der im Mühlwasen in Feuerbach zu Haus war, kehrte einmal in einem Dörflein des Schwäbischen Waldes in einem bescheidenen Wirtshaus ein, um von einer langen Wanderung auszuruhen und Hunger und Durst zu stillen. Es gab Bratwürste von einer Hausschlachtung, und der Helmele bestellte ein Paar. Die erste Bratwurst aß er mit großen Happen auf, die andere aber ließ er unberührt auf dem Teller liegen und starrte sie mit vorwurfsvoller Miene an. Da trat der Wirt zu ihm heran und fragte: »Schmecket Ehne vielleicht dia Würscht net?« – »Schmecke, Herr Wirt?«, erwiderte der Helmele achselzuckend. »Schmecke dätet mr Ihre Würscht scho, wenn se koin Fehler hättet!« – »Waas? En Fehler?«, fragte entrüstet der Wirt. »An dene geit's nex auszsetzet, moin i!« – »Und doch hänt se en Fehler!«, behauptete der Helmele hartnäckig. »Se send nämlich e bissle zbald zuebonde!« Der Wirt ließ sich jedoch nicht aus der Ruhe bringen und meinte gleichgültig: »Dem Fehler ka mr abhelfe, Herr: wenn Ehne oi Pärle net langt, noh esset Se halt zwoi!« Da gab sich der Helmele geschlagen, aß noch ein Paar Bratwürste, weil sie so gut schmeckten, und so kam er auf seine Rechnung und der Wirt auch.

Der Schaffle von Feuerbach

Um länger als andere, gewöhnliche Sterbliche in der Leute Mund zu bleiben, muss einer schon etwas Besonderes sein, ob er nun ein findiger Kopf, ein Spaßvogel und schlitzohriger

Schalk sei oder sich durch ein Übermaß an Weisheitsmangel auszeichnet wie der Schaffle von Feuerbach. Schon in der Schule ging ihm namentlich das Rechnen nicht in seinen dicken Kopf hinein. Was über die Zahl fünf hinausging, überstieg eben sein geistiges Vermögen. Einmal wollte ihm sein Lehrer über den Graben helfen. »Du, Schaffle«, sagte er, »wenn du fünf Äpfel hast und ich geb dir noch einen, wie viel hast du dann?« Da meinte der Schaffle: »Du geischt mr jo doch koin!« Der Lehrer legte ihm fünf rotbackige Äpfel auf die Schulbank und sagte: »So, die gehören dir! Und jetzt guck her: Wenn ich den da auch noch dazugebe, wie viel Äpfel hast du dann?« – »Ha«, antwortete der Schaffle schmunzelnd, »noh han-e gnueg.« Drauf ließ der Lehrer mit einem Stoßseufzer von ihm und sagte: »O Schaffle, an dir ist Hopfen und Malz verloren!« Was er damit meinte, merkte der Schaffle nicht; aber er merkte, dass der Lehrer ihn von dem Tag ab ungeschoren ließ. Das freute ihn, und der Mutter erzählte er: »Mei Lehrer mag mi, er loht me ganz en Ruah.«

Er mochte zwei, drei Jahre – wenigstens an Größe und Leibeskräften – gewachsen sein, als der Herr Studiendirektor, in dessen Nachbarschaft der Schaffle wohnte, ihn mit dem Auftrag, etliche Zigarren einzukaufen, in den Krämerladen schickte. Der Schaffle brachte die Zigarren, und der Herr Studiendirektor fragte ihn, ob er für den Botengang lieber ein paar Äpfel oder ein Butterbrot wolle. Da antwortete der Schaffle: »Zsämme ischt guet!« Und er bekam beides.

Nachdem er seine Schulzeit abgesessen hatte, kam der Schaffle zu einem Schneider in die Lehre. Die meiste Zeit verbrachte er aber als Handlanger der Meisterin. Doch da erwies er sich auch zu dumm zum Gänsehüten. Einmal schickte sie ihn in den Grasgarten hinterm Haus, ein halb Dutzend junge Gänslein zu hüten. »Pass aber gut auf sie auf und lass sie nicht ins Salatland laufen. Wirf ihnen lieber von Zeit zu Zeit etwas zu fressen hin!«, sagte die Meisterin. »Ischt recht!«, antwortete der Schaffle. Als aber die Gänslein so hungrig taten, riss der Schaffle einen Salatkopf aus und warf ihnen den vor die Schnäbel. Und das tat er, so oft die Gänschen biberten und bettelten. Als die Frau Schneidermeisterin nach einiger Zeit herauskam, um nach dem Rechten zu sehen, schlug sie die Hände überm Kopf zusammen, weil fast das ganze Salatbeet geplündert war. »O Schaffle!«, rief sie, »du bist ein Esel! Wenn Dummheit weh täte, müsstest du den ganzen Tag schreien!« Und der Schaffle schrie auch, aber nicht, weil ihm seine Dummheit wehtat, sondern die Ohrfeigen der zornigen Meisterin.

Kein Wunder, wenn man heut noch in Feuerbach einen, der etwas anfängt und doch um die Welt nicht hinbringt, belächelt und verdummt mit den Worten: »So ka's dr Schaffle!«

Mit den Jahren wuchs sich die einst ergötzliche Dummheit des Schaffles zu einer unverträglichen Besserwisserei aus. Eines Tages saß er in seiner Stammbeize und fiel bei der Unterhaltung mit den Gästen wieder wegen seines dickköpfigen Besserwissens unliebsam auf. Dem Wirt ging das allmählich auf die Nerven, und da er selbst nicht aufs Maul gefallen war, wandte er sich an den Schaffle mit der Frage: »Schaffle, sag emol, was ischt dr Unterschied zwische dir und em Herrgott?« Alles wartete gespannt, was wohl der Schaffle antworten werde. Aber der schwieg. »I will dir's sagen«, erklärte der Wirt: »Dr Herrgott ischt allwissend, aber du woischt älles besser!« Der Schaffle hatte, wie man so sagt, den Schaden und brauchte für den Spott nicht zu sorgen. Er trank sein Glas aus, ging verärgert fort und betrat die Wirtschaft nie mehr, – was aber dem Wirt durchaus kein Possen war.

Schimpfen will er

In einem Wirtshaus in Backnang saßen einmal einige Bürger am Stammtisch der großen Gaststube beim Abendschoppen. Es ging ziemlich laut her; eine halbe Stunde schon schimpfte ein schlichter Bewohner der Gerberstadt in den ortsüblichen Ausdrücken über die Regierung und das Kameralamt, die nichts anderes zu tun hätten, als unverschämte Steuern aus dem

armen Volk herauszupressen. Nun hatten sich im Nebenzimmer, das nur durch eine mannshohe Bretterwand von der allgemeinen Wirtsstube getrennt war, etliche Honoratioren zu einer Besprechung zusammengefunden. Das andauernde Geschimpfe ging ihnen allmählich auf die Nerven, und schließlich trat einer der Herren an den Stammtisch heran und fragte den unzufriedenen Schreier: »Wie viel Steuer haben Sie denn zu bezahlen, Mann, dass Sie so fürchterlich darüber aufbegehren?« – »Fünf Mark soll i zahle!«, brummte der Wütende. Da griff der Herr in die Tasche, legte ein Fünfmarkstück auf den Tisch und sagte: »So, hier haben Sie die fünf Mark, und jetzt hören Sie auf, andere Leute mit Ihrem Lamentieren zu stören!« Der aber wies das Angebot ab mit den Worten: »Noi noi, Herrle, des tät Ehne so passe! I lass mir mei Stuier net von Ehne zahle – i will schimpfe könne!«

Der kurzsichtige Dorfbader

Dem Hansjörg saß die Gicht schon längere Zeit in den Gliedern, ohne dass er auf seinen regelmäßigen Schoppen verzichtet oder ärztliche Hilfe in Anspruch genommen hätte. Eines Tages trat aber der unsichtbare Quälgeist recht anmaßend auf. Hansjörg wollte von der Arbeit nichts mehr wissen und ließ es gerne geschehen, dass die kleine Marie den Dorfbader holte. Dieser traf den kranken Bauern im Bette an, das in dem dunklen Alkoven seinen Platz hatte. Über die Art der Krankheit war keine lange Besprechung notwendig; auch das Mittel zur Abhilfe machte nicht viel Kopfzerbrechen. »Ein paar Blutegel oberhalb des rechten Knies werden dir bald deine Ruhe wiedergeben«, meinte der Medizinmann, »ich habe die Schmerzenstiller in einem Glase zu Hause und werde sie gleich herbeiholen.« Nach einer kleinen Viertelstunde war einem Blutegel Gelegenheit gegeben, Nahrung aus dem Fuß des Bauern zu holen. Doch zeigte das Tier keinerlei Neigung, sich festzusetzen. Die Kameraden, die nun ebenfalls das Glas verlassen durften, schienen auch nicht gewillt zu sein, dem Hansjörg sein Gicht abzunehmen. Dem Heilkünstler trat der Angstschweiß auf die Stirn. Den Blutegeln verdankte er die besten Erfolge, und jetzt war sein Ruhm durch sie gefährdet. Der Bauer bemerkte seine Verlegenheit und fragte endlich: »Ja, sollen denn die Blutegel auf der Haut festsitzen?« – »Natürlich sollen sie das, sonst kommt das schlechte Blut nicht aus deinem Körper«, bestätigte der Bader. »Wenn die Sache so ist«, sagte der Bauer, »dann muss ich erst meine Lederhosen ausziehen.« Die kurzsichtige Dorfweisheit putzte gemächlich ihre großen Brillengläser und wartete, bis die Gichtstelle freigelegt war.

Gansloser Streiche

In einer Gebirgsschlucht des Filstals liegt das gute Dorf Ganslosen (jetzt Auendorf), von dem erzählt man sich wunderliche Geschichten, wie es denn geschehen, dass man in ganz Württemberg jetzt jeden »Schick« (Posse) und dummen Streich einen »Gansloser Streich« nennt. Von den Ganslosern will man nämlich unter vielen andern insbesondere folgende Geschichte wissen:

Der Storch

Auf den Wiesen der Gansloser Bauern hielt sich früher ein Storch auf, den bewunderten und verehrten sie dergestalt, dass sie ihm zu Ehren einst ein besonderes Fest feierten und in die Kirche zogen und daselbst folgendes Lied sangen:

Heut feiern wir das hohe Tier,
Das uns auf unsern Wiesen geht;
Es hat ein schwarzweiß Wammes an
Und einen Schnabel wie a Gans.
Halleluja!

Indem wurde der Storch den Ganslosern doch bald lästig, weil er ihnen so viel gutes Gras verwatete. Sie hielten daher einen Rat, wie man den Storch am besten von den Wiesen entfernen könne, und beschlossen nach langem Hin-und-her-Reden, dass der Büttel ihn wegjagen solle. Damit aber auch dieser kein Gras verwate und man zugleich urkundlich die Ausführung dieses Beschlusses wisse, erhielten vier Gemeinderäte den Auftrag, den Büttel auf einer Bahre hinauszutragen. Und es geschah also. Der Storch aber ließ die Gansloser bis dicht in seine Nähe kommen und flog dann davon, worauf der Büttel seine Träger noch auf die Höflichkeit des Storches aufmerksam machte, indem derselbe, bevor er fortgeflogen, sich noch vor den Gemeinderäten verbeugt habe.

Die Sonnenuhr

Als die Gansloser Kirche erbaut worden, brachte man an der Seite auch eine Sonnenuhr an. Jedermann freute sich darüber; nur der »Schultes« bemerkte mit bedenklichem Gesicht, dass der Regen die schönen Farben bald abspülen werde, weshalb er den Rat erteile, dass man ein schützendes Dach über die Sonnenuhr herrichten lasse. Das tat denn die Gemeinde auch sogleich, und alle bewunderten die Weisheit und Fürsicht ihres Schultes.

Mit gesündigt, mit gebüßt

Im Jahre 1602, sagt eine Stuttgarter Chronik, ist das Rebenwerk um Stuttgart, so sich wohl angelassen gehabt, ganz zunichte geworden; den am 21., 22. und 23. Aprilis haben starke Reifen dem Rebenwerk den Garaus gemacht. Deswegen hat Herr Joh. Magirus, damals Probst allhier, diesen erbärmlichen Schaden mit solchen Worten in der Freitagspredigt beklagt: »Wir haben heut Sankt Georgentag, da leider, Gott erbarm's, der Ritter Sankt Georg uff einem weißen Pferd mit solch Ungestüm und Grausamkeit eingeritten, dass der Türk, wann er mit etlich tausend Pferden in die Christenheit eingefallen, in so kurzer Zeit so großen Schaden nicht hätte tun können.« – Die Christlichen suchten die Schuld für dieses Unglück in der Sünde der Leute, die Gottes Zorn und Missfallen erregt haben. Es gab sehr wenig Wein in diesem Jahr; auch war er ziemlich gering und sauer. Einige württembergische Pfarrer, die Wein bei ihrer Besoldung hatten, konnten diesen Wein nicht hinunterbringen. Sie wandten sich also an den Herzog Friedrich mit der Bitte, dass man als Seelsorger, die guten Magenwein vonnöten hätten, doch einen besseren Dienstwein geben solle. Der Herzog, dem die Predigten der Pfarrer über die Ursache des schlechten Weinwachses nicht unbekannt geblieben waren, ließ die Bittschriften zurückgehen und schrieb darunter die kurzen Worte: »Mit gesündigt, mit gebüßt.«

König Friedrich I. von Württemberg und sein Schimmel

König Friedrich I. von Württemberg war ein stark beleibter Herr, und so konnte er schon in seinem 50. Lebensjahr sein Reitpferd, die Schimmelstute Helene, nur noch besteigen, wenn sie sich auf die Knie niederließ. Und weil sie das immer tat, sobald sich der Fürst ihr nahte, so schätzte er sein Leibpferd ganz besonders. Als nun Helene 27 Jahre alt war, erkrankte sie. Der König hielt sich damals gerade in Schloss Freudental auf, wo er zur Frühjahrs- und Herbstzeit immer gerne einkehrte. Kaum hatte der König nun Kenntnis von der Erkrankung seines Lieblingspferdes erhalten, so ließ er sofort die bedeutendsten Tierärzte nach Freudental entbieten, und zweimal täglich ließ er sich Bericht über das Befinden des Tieres erstatten. Aber je länger, je ungünstiger lauteten diese Berichte. Da drohte der König: »Wehe dem, der mir die Nachricht vom Tode der Helene überbringt.«

Aber alle ärztliche Kunst war vergebens. Nicht lange nach seiner Erkrankung ging das Tier ein. Wie aber nun den König davon verständigen? Die Angst und Bedrängnis der Schlossdiener war groß; denn sie alle kannten des Königs Ungestüm und fürchteten seinen Zorn. Doch einer der Lakaien wusste Rat und entbot sich, alles selber ins Reine zu bringen. Er trat vor seinen Herrn und meldete: »Majestät, die Helene ...« – »Was ist's mit der Helene?« fuhr der König herum. »Majestät«, sagte der Lakai, »die Helene liegt heut halt grad so da ... sie regt sich nicht, sie ...« – »Sie ist noch schwach. Muss aufs sorgfältigste gepflegt werden!« – »Befehl, Majestät! Nur ist sie sonderbar; guckt nicht rum und guckt nicht num, ... sie ...« – »Ist noch schwer krank. Ja«, sagte der König. »Majestät, ich glaub, sie sieht nichts mehr.«

– »Was?« – »Und hört nichts mehr.« – »Waas?« – »Man hört sie nicht mehr schnaufen.« – »Was?« – »Die Füße streckt sie hinaus.« – »Dann ist sie hin!«, rief der König im höchsten Zorn. – »Majestät, ich habe das nicht gesagt«, erwiderte der Diener und verbeugte sich, »es wird aber wohl so sein.« – »Geh, Mensch, geh!«, donnerte der König, und der Lakai entfernte sich eilends; denn er war froh, dass er so glimpflich davongekommen war.

König Friedrich ließ nun für die verendete Stute im Freudentaler Wald sofort ein Grab ausheben, und dort fand nach zwei Tagen auch die feierliche Beisetzung der Stute statt. Die ganze Hofdienerschaft musste dabei sein, und dem verendeten Gaul wurden auf Befehl des Königs militärische Ehren erwiesen. Und nicht lange danach ließ der Fürst dann auch einen Grabstein auf die Ruhestätte seiner Helene setzen und darauf die Worte meißeln:

Helene
Schimmelstute
geboren auf dem Dobel 1785
geritten
von dem Herzog Friedrich Eugen
und von dem König Friedrich
gestorben den 20. Mai 1812
alt 27 Jahre.

Ein Schelm, der dies las, schrieb später darunter:

O Schimmel,
kommst net in Himmel!
’s wird e Frag sei,
kommt dei Herr nei.

Ein Stuttgarter Original

Einer der würdigsten Vertreter residenzlerischer Gemütlichkeit, Derbheit und Beschlagenheit, verbunden mit einem unverwüstlichen Humor und Mutterwitz war der Wengerter Löffel. Sein Stammtisch stand bei der »Kochabas« in Immenhofen.

Zwei Tage lang steckte er einmal Bohnen in seinen Wengert, der hinter der Wirtschaft zur »Kochabas« lag. Ehe er sich aber an das Bohnenstecken heranmachte, ging er schnell in seine Stammwirtschaft und verlangte einen Stehschoppen. »Schnell an halbe, heut muaße Bohna stecka«, sagte er. Als es aber zwei, drei und vier halbe Liter Wein wurden, war er müde und setzte sich. »Breng mer schnell no ois. No muaße aber fort zom Bohnastecka«, so sagte er noch mehr als zehn Mal.

Und so kam es, dass er nach zwei Tagen immer noch in der gleichen Wirtschaft saß. Zuletzt mit einem außerordentlichen Ballen. Mit diesem und seinem Hund ging er nun in seinen Weinberg und legte sich vor Müdigkeit in ein Gelbrübenland. Sein Hund legte sich daneben und wärmte ihn, da es ziemlich kalt war. So lag er über Nacht draußen im Freien, ohne sich selbst einen körperlichen Schaden zuzufügen, bis auf seinen Hund, der ab dieser Zeit kränkelte und darauf bald verendete.

Als er zum zweiten Male heiraten wollte und mit seiner Braut schon vor der Tür des Standesamtes stand, reute es ihn. Er lief wieder weg und überließ seine Zukünftige ihrem Schicksal. Um aber den weiten Weg in die Stadt nicht umsonst gemacht zu haben, bestellte er bei der Latrineninspektion, die bekanntlich im gleichen Hause ihre Büroräume hatte, ein Fass Latrine in seinen Wengert.

Der anspruchsvolle Bäcker

Der Königliche Hoflieferant X, »Besitzer einer hygienischen Backwarenfabrik«, hatte im Tagblatt einen »Lehrling von guter Schulbildung« gesucht. In solchem Hause geht nicht jeden Tag eine Lehrstelle auf, und da durften auch »bessere« Leute sich nicht lange besinnen, ein Söhnlein unterzubringen. Der jüngste Sprössling eines geachteten Küfermeisters machte in der Schule geringe Fortschritte, nicht weil er unbegabt gewesen wäre, sondern weil er lieber seinem Vergnügen nachging als seine Schulaufgaben ausarbeitete. So blieb er nun im Realgymnasium schon zum zweiten Mal in der fünften Klasse sitzen, und der gestrenge Vater war jetzt fest entschlossen, ihn aus der Schule zu nehmen und ihn in einer Lehrstelle unterzubringen.

Die Mutter nahm den Knaben also mit sich und suchte den vornehmen Meister auf. Schon zum Voraus glaubte sie einer freundlichen Aufnahme gewiss zu sein, waren doch ihr Mann und der Vater des Herrn Bäckermeisters langjährige Freunde gewesen. Die gute Frau täuschte sich jedoch, der Bäcker wusste rein gar nichts von diesen Beziehungen, auch der ihm mitgeteilte Name schien ihm fremd zu sein. Endlich konnte sie ihr Anliegen vorbringen, und er hörte sie gnädig an. Er antwortete ihr: »Ja freile! A Beck werde – deescht glei gsagt ond schließlich au net schwer do, wenn oiner a Grupper sei will, wie viel romdappet. Dia werdet aber bei mir net ausbildet, ond drom mueß i vor älle Denge en jonga Ma kriega, der a guata Schual gnossa hot. Heutigtags isch onser Gschäft nach Form a Kunst ond nach Inhalt a Wissaschaft worde, ond da mueß i de nötich Vorbildung o'bedingt verlanga.« Als er merkte, dass die Frau das nicht so recht zu fassen vermochte, fügte er einige Erläuterungen bei: »Was Chemie, Physik, Gemetrie ond die Sache send, kommet jo Dag für Dag vor, ond no isch vor älle Denga au notwendig, dass oiner de kaufmännisch Buchführung aus em Exzess ka, womöglich de doppelt ond dreifach. No wisset Se vielleicht, dass bei mir älles mit Maschena gmacht wird. Do derf natürlich so a jonger Kerle vorderhand net drana. Da wird's no scho nötig sei, dass mer ehn später, wenn er's Allgemeine a bissle los hot, en Baugewerkschul schickt, aber des isch jo au no em weite Feld.« Im Anschluss fragte er nach den Schulzeugnissen und der einjährigen Berechtigung des Knaben. »Wisset Se, ohne's Einjährig nehm i koin Lehrling en mei Gschäft uf«, sagte er. Da der junge Mann diesen Nachweis nicht erbringen konnte, so führte dies zum Abbruch der Unterhandlungen, und die Frau verabschiedete sich rasch mit ihrem Sohn. Daheim erzählte sie alles ihrem Mann, der darüber sehr in Harnisch geriet.

Nun hatte der Küfermeister einen guten Bekannten, dem er Mitteilung von dem Vorkommnis im Beckenhaus und vom seltsamen Grund der Zurückweisung seines Sohnes als Lehrling machte. Dieser entwarf auf der Stelle einen lustigen Plan, zu einer gründlichen Genugtuung für die Niederlage, welche die Eltern des zurückgewiesenen Burschen erlitten hatten. Statt ins so genannte Mostkasino unter der Mauer zu gehen, suchten sie nämlich gemeinsam den Glassalon auf, wo sie den Bäckermeister im Laufe des Abends zu treffen hofften. Sie saßen bereits eine gute Weile dort, da trat er herein, und unser Rächer sorgte ihm gleich für ein gutes Plätzchen in seiner nächsten Nähe. Sie unterhielten sich gut, und beiläufig fragte er nach einer Lehrstelle für den Sohn eines Verwandten, seinem Dötle (Patenkind). Die bereits erwähnten Vorbedingungen für die Aufnahme in die wissenschaftliche Kunstwerkstätte des Bäckermeisters waren aufgrund der vorzüglichen Schulzeugnisse des Jungen leicht zu erfüllen, und bald war alles im Reinen. »Jetzt, bevor wir die

Sache festmachen«, sagte unser Schelm, »auch noch eine Frage, Sie sind doch auch Reserveoffizier?« – Der Bäckermeister schien sich über diese Frage höchlichst zu verwundern und verneinte sie. »Was, Sie sind nicht Reserveoffizier?«, versetzte dann der andere. »Ich glaubte dies annehmen zu dürfen, da Sie zum Eintritt in Ihr Geschäft den Einjährigenschein verlangen. Natürlich kann unter solchen Umständen mein Dötle die Lehrstelle nicht bei Ihnen annehmen. Als späterer Einjähriger ist er es seiner Ehre schuldig, zu verlangen, dass sein Meister im Rang höher steht als er.« Alles lachte zusammen. Der Bäckermeister aber trank sein Glas aus und ging mit kurzem Gruß von dannen.

Die neun Esel

Es war einmal ein reicher Müller, der hatte eine schöne und große Mühle im Dorf Merklingen an der Würm. Er hielt neun Esel, die den Kunden das Mehl vors Haus brachten. Ein Knecht musste jeden Morgen mit den voll beladenen Eseln durch die Gegend ziehen, das Mehl mit den Kunden abrechnen und abends bei Sonnenuntergang mit den Grauen wieder in der Mühle sein.

Eines Tages, so zwischen Johanni und Jakobi, hatte der Knecht alle neun Esel seines Herrn mit Säcken beladen und ins Strohgäu getrieben. Auf dem Heimweg nahm er für drei Heimsheimer Bauern acht Säcke Korn mit in die Mühle. Acht Esel wurden mit den Fruchtsäcken beladen. Dass der neunte Esel ledig heimtrotten sollte, sah der Knecht nicht ein, und so setzte er sich auf das letzte Grautier und trieb den Zug der heimischen Mühle zu. Die Esel fanden den Weg zu ihrem Stall allein,

und als die Dämmerung heraufzog, schlief der Knecht auf seinem Esel ein.

Als sie in der Mühle ankamen, blieb der Esel, der den Treiber trug, stehen und der Knecht wachte auf. Sein Erstes war, die Tiere zu zählen.

O je, o weh! Ein Esel fehlte. Der Knecht konnte zählen, sooft er wollte, hintersche und fürsche – es waren und blieben acht Esel; also war der neunte verloren! Der arme Knecht war ratlos. Da trat der Müller unters Mühlentor und fragte, was denn los sei. Der Treiber klagte ihm seine Not, und da musste der Herr laut lachen. Der Knecht in seiner Sorge zählte indessen wieder und wieder und jammerte über den Verlust, an dem er die Schuld trug. Der Müller aber lachte so überlaut, dass die Müllerin aus dem Haus herbeigelaufen kam und zuletzt auch noch die Mägde und Mahlknechte. Als der Herr ihnen erzählte, wie's um den Knecht und seine neun Esel stand, da stimmten sie allesamt in das große Gelächter mit ein. Endlich erbarmte sich der Müller seines dummen Knechts und tröstete ihn mit den Worten: »Neun Esel han i furtgschickt, aber zehne send zruckkomme!«

Der schlechte Weg

König Friedrich reiste gerne und viel in seinem württembergischen Ländchen umher, um mit eigenen Augen zu sehen, ob alles beim rechten und nach seinem Sinne sei. Die Vorsteher der Oberämter und die Dorfschultheißen der Gegend, durch die gerade die Inspektionsreise ging, waren dabei gewöhnlich seine Begleiter. Auf diese Weise konnte er dann seine Beanstandungen mit dem nötigen Nachdruck gleich an den rechten Mann bringen.

Nun ließ er auch einmal vor einem Dorf im Filstal das Gefährt von der festen Landstraße abgehen und einen Feldweg einschlagen, der durch eine Waldschlucht auf die Alb hinaufführte und gewöhnlich nur von Tragtieren begangen wurde. Der Weg war so steil und schlecht, dass die beiden Pferde die Kutsche kaum vorwärts brachten und der König in seiner Wagenecke recht ungnädig durcheinandergerüttelt wurde. Er wandte sich darum höchst ungehalten an die ihn begleitenden Amtsleute und brachte sein Missfallen über den miserablen Weg zum Ausdruck. Der also gemaßregelte Schultheiß aber, eines Fehls oder Verschuldens sich keineswegs bewusst, entgegnete in aller Gemütsruhe: »Ja, Herr König, do ganget ao sonst bloß d' Esel nuf!« Betroffen wandte sich der König an sein Gefolge und sagte: »Das scheint mir denn doch ein starkes Stück, meine Herrn!« Musste dann aber doch über den Vorfall lachen, ließ weiterfahren und verlor kein Wort mehr über den schlechten Weg.

Zweierlei Uhren

Von Kirchheim unter der Teck ging in den 1840er oder 50er Jahren ein junger Weber nach Düsseldorf auf die Webschule, denn er hätte es gerne weitergebracht in seiner Kunst. Also gab er sich alle Mühe, saß allstund vor den neuen Webstühlen und hinter den Büchern und studierte und probierte und hatte wenig Sinn für andere Dinge und gar keinen für leeres Geschwätz.

Die Kameraden, die die Stube mit ihm teilten, waren auch rechte junge Leute, aber aus dem Norden des deutschen Vaterlandes und anders nach Lebensart und Sprache als unser Schwabe. Sie liebten es, gesellig zusammenzusitzen und über dies und jenes, Wichtiges und Unwichtiges zu reden, und das Mundwerk lief wie geschmiert.

Der Kirchheimer kam da nicht mit. Er müsse immer zuerst ordentlich über eine Sache nachdenken und sie gründlich verstehen, ehe er darüber sprechen könne. Und er wusste noch nicht, dass, je weniger der Mensch von der Sache versteht, er desto leichter und desto mehr darüber sprechen kann. Und wenn der Schwabe schließlich auch einmal mit seiner Meinung herausrücken wollte, so kam er meist zu spät, und die Kameraden waren schon bei einem anderen Gegenstand.

Also musste der Kirchheimer über seine Langsamkeit manchen Spott hören. Wenn ihn dies schon kränkte, so ließ er es doch nicht merken, denn er dachte: »Wenn man bei der Hölle wohnt, muss man mit dem Teufel gut Freund sein.«

Nun hingen in der Stube der Webschüler zwei Uhren, die eine davon war eine alte würdige Schwarzwäldertante mit großem Bleigewicht und langem Perpendikel, die ihre Arbeit tat pünktlich und mit einer wundervollen Ruhe. Die andere war ein kleines neues Werk, das daherhastete, als fürchte es beständig, zu spät zu kommen.

Einmal, an einem regnerischen Abend, saßen die Gesellen alle in ihrer Stube beisammen, redeten dies und das, von Nord und Süd, und der Schwabe bekam einiges zu hören über die Langsamkeit und Schwerfälligkeit seiner Zunge und seiner Art; und ein flinker Berliner namens Zirps sagte zu ihm: »Ach, ihr Schwaben, ihr seid ja ganz gemütliche Leute, aber ihr seid um hundert Jahre zurück. Bei euch heißt es: Heut und morgen ist auch ein Tag! Ihr denkt zu langsam, darum kommet ihr mit der Sprach nicht heraus!« – »Ja«, entgegnete der Kirchheimer, »hab's auch scho dacht, kannst Recht haben! Aber wenn ich's recht betracht, so ist es zwischen euch Berlinern und uns Schwaben so wie zwischen der kleinen Uhr und der Tante vom Schwarzwald. Die kleine hetzt und jagt von früh bis spät und tut wie nicht gescheit, und die andere lässt sich gemütlich Zeit. Wenn sie aber recht gehen, so schlagen sie doch beide zu gleicher Zeit zwölf Uhr.«

Das war eine gute Antwort, gerade so die rechte Mitte zwischen Höflichkeit und Grobheit. Schätz wohl, Freund Zirps, wenn er ein rechter Berliner gewesen ist, hat etwas daraus gelernt. Schätz wohl, der kluge Leser auch.

Quellenverzeichnis

Märchenhaftes

Die goldene Ente
Ernst Meier: Deutsche Volksmärchen aus Schwaben. Stuttgart 1852
Fläschlein, tu deine Pflicht!
Ernst Meier: Deutsche Volksmärchen aus Schwaben. Stuttgart 1852
Die Geschenke
Ludwig Aurbacher: Ein Volksbüchlein. Leipzig o. J.
Die vier Brüder
Ernst Meier: Deutsche Volksmärchen aus Schwaben. Stuttgart 1852
Der Reiter und sein Ross
Ludwig Aurbacher: Ein Volksbüchlein. Leipzig o. J.
Hans ohne Sorgen
Ernst Meier: Deutsche Volksmärchen aus Schwaben. Stuttgart 1852
Der Drache vom Drackenstein
Ernst Meier: Deutsche Sagen, Sitten und Gebräuche aus Schwaben. Stuttgart 1852
Die Tochter des Armen und das schwarze Männlein
Ernst Meier: Deutsche Volksmärchen aus Schwaben. Stuttgart 1852
Von der Stadt- und der Feldmaus
Hans Wilhelm Kirchhof: Wendunmut. Straßburg 1563
Der Räuberhauptmann und die Müllerstöchter
Ernst Meier: Deutsche Volksmärchen aus Schwaben. Stuttgart 1852
Das irdische Paradies
Anton Birlinger: Aus Schwaben. Sagen, Legenden, Aberglauben. Wiesbaden 1874, neu erzählt von Sigrid Früh
Die drei Federn des Drachen
Ernst Meier: Deutsche Volksmärchen aus Schwaben. Stuttgart 1852
Der schwäbische Froschkönig
Nach einer handschriftlichen Aufzeichnung 1850, neu erzählt von Sigrid Früh
Der lustige Ferdinand
Ernst Meier: Deutsche Volksmärchen aus Schwaben. Stuttgart 1852

Von klugen und tapferen Frauen

Die Weiber von Schorndorf
Württembergische Volksbücher: Geschichten aus schweren Zeiten, Band II. Stuttgart o. J.
Die Weiber von Göppingen
Karl-Heinz Ruess, Ausstellungskatalog »Frauenprotest 1688«. Herausgegeben von Uwe Jens Wandel, Schorndorf 1988
Der Backnanger Gänsekrieg
Mitgeteilt von Dorothee Winter, Backnang
Weiberlist
Johannes Pauli: Schimpf und Ernst. Straßburg 1597
Sibylle auf der Teck
Württembergische Volksbücher: Sagen und Geschichten, Band II. Stuttgart o. J.
Der Schatz im Sibyllenloch
Nach mündlicher Erzählung, aufgezeichnet 1992 von Sigrid Früh
Die Katharinenlinde bei Esslingen
Rudolf Kapff: Schwäbische Sagen. Jena 1926
Das Mädchen von Esslingen
Rudolf Kapff: Schwäbische Sagen. Jena 1926
Das Silberglöcklein auf der Stuttgarter Stiftskirche
Rudolf Kapff: Schwäbische Sagen. Jena 1926
Der Hexensprung über das Lenninger Tal
Rudolf Kapff: Schwäbische Sagen. Jena 1926
Die Esslinger Zwiebeln
Nach mündlicher Erzählung, aufgezeichnet von Sigrid Früh
Gräfin Henriette von Wirtemberg und Mompelgard
Gustav Schwab: Die Schwäbische Alb. Stuttgart 1878
Prinzessin Antonia von Wirtemberg
Nach verschiedenen Quellen, neu erzählt von Sigrid Früh

Von Herrschern, Rittern, Bürgern und Bauern

Der Blutturm im Nesenbachtal
Württembergische Volksbücher: Sagen und Geschichten, Band I. Stuttgart o. J.

Sankt Urban
Württembergische Volksbücher: Sagen und Geschichten, Band II. Stuttgart o. J.; Wilhelm Bauer, Stuttgart-Bad Cannstatt

Die Belagerung der Burg Hohenstaufen
Ottmar F. H. Schönhuth: Die Burgen, Klöster, Kirchen und Kapellen Württembergs und der Preußisch-Hohenzollern'schen Landesteile mit ihren Geschichten, Sagen und Märchen. Stuttgart 1860

Ein Schwabenstreich
Martin Crusius: Schwäbische Chronik. Übersetzt von J. J. Moser. Frankfurt 1733

Flämmchen am Aasrücken
Emma Kottmann: Schwabenland. Berlin 1933

Die Glocke im Sindelfinger See
Ernst Meier: Deutsche Sagen, Sitten und Gebräuche aus Schwaben. Stuttgart 1852

Die Sünderhalde
Württembergische Volksbücher: Sagen und Geschichten Band I. Stuttgart o. J.

Der Postmichel von Esslingen
Württembergische Volksbücher: Sagen und Geschichten, Band I. Stuttgart o. J.

Die drei Herrenberger Grafen
Ernst Meier: Deutsche Sagen, Sitten und Gebräuche aus Schwaben. Stuttgart 1852

Der Schäferlauf zu Markgröningen
Württembergische Volksbücher, Sagen und Geschichten, Band II. Stuttgart o. J.

Herzog Ulrich von Wirtemberg
Rudolf Kapff: Schwäbische Sagen. Jena 1926

Die Goldmacher in Stuttgart
Friedrich Nick: Stuttgarter Chronik und Sagenbuch. Stuttgart 1875

Die weiße Frau in Stuttgart
Ernst Meier: Deutsche Sagen, Sitten und Gebräuche aus Schwaben. Stuttgart 1852

Der Geiselsteiner und seine zwei Knaben
Gustav Schwab: Die Neckarseite der Schwäbischen Alb mit Andeutungen über die Donauseite. Stuttgart 1823

Die Weissagung des ersten Göppinger Stadtbrands 1425
Martin Crusius: Schwäbische Chronik. Übersetzt von J. J. Moser. Frankfurt 1738

Das Klösterle der Templerherren
Christoph Friedrich von Stälin: Beschreibung des Oberamts Geislingen. Stuttgart und Tübingen 1842
Der steinerne Laib Brot
Anton Birlinger: Volksthümliches aus Schwaben. Freiburg 1861
Der Entenwigk zu Sachsenheim
Zimmer'sche Chronik. Herausgegeben von Karl August Barack. Tübingen 1869
Die Weissagung
Martin Crusius: Schwäbische Chronik. Übersetzt von J. J. Moser. Frankfurt 1733
Der Henne von Sindelfingen
Rudolf Kapff: Schwäbische Sagen. Jena 1926
Das Raiawäldle bei Gärtringen
Eberhard Benz: Der Häseltrog, Sagen und Geschichten aus Schönbuch und Gäu. Böblingen 1951
Der Schmied von Grötzingen
Württembergische Volksbücher: Sagen und Geschichten, Band I. Stuttgart o. J.
Abt Güttigott von Murrhardt
Württembergische Volksbücher: Sagen und Geschichten, Band I. Stuttgart o. J.
Die Cannstatter Felbenköpf
Nach mündlicher Erzählung von Wulf Wager und Peter Hinderer, aufgezeichnet 2004 in der Besenwirtschaft »Beim Boskoop« von Sigrid Früh
Der Mops von Winnenden
Faltblatt des Krankenhauses für Psychiatrie und Neurologie Winnenden und mündliche Erzählung, aufgezeichnet 2004 von Sigrid Früh
Herzog Karl und Pfarrer Göz
Das Amtsoberamt Stuttgart. Vaihingen a. d. F. 1915
Der Sonnenwirtle von Ebersbach
Württembergische Volksbücher: Sagen und Geschichten, Band II. Stuttgart o. J.
Justinus Kerners Hausstand in Welzheim
Marie Niethammer: Das Leben des Justinus Kerner, erzählt von ihm und seiner Tochter Marie. Stuttgart o. J.
Originale aus Alt-Ludwigsburg
Justinus Kerner: Das Bilderbuch aus meiner Knabenzeit. Stuttgart 1849
Der falsche Einsiedler
Justinus Kerner: Das Bilderbuch aus meiner Knabenzeit. Stuttgart 1849

Pfarrer Flattich
Karl Friedrich Ledderhose: Leben und Schriften des M. Johann Friedrich Flattich, Pfarrer in Münchingen. Heidelberg 1856
Schieferdecker Baur und Schubart im Adler zu Stuttgart
Württembergische Volksbücher: Lustige Geschichten aus Schwaben, Band I. Stuttgart o. J.
Esslinger Bilder
Gustav Schwab: Wanderungen durch Schwaben. Leipzig 1837
Cannstatt in den Kriegswirren
Gustav Schwab: Wanderungen durch Schwaben. Leipzig 1837

Geheimnisvolle und unheimliche Geschehen

Der Schatz auf dem Forste
Friedrich Nick: Stuttgarter Chronik und Sagenbuch. Stuttgart 1875
Die Erdluitle bei Murrhardt in der Mühle
Anton Birlinger: Zwergsagen aus Schwaben, in Zeitschrift für deutsche Mythologie und Sittenkunde IV. Göttingen 1859
Die guten Erdluitle bei Marbach
Anton Birlinger: Zwergsagen aus Schwaben, in Zeitschrift für deutsche Mythologie und Sittenkunde IV. Göttingen 1859
Erdmännlein in Stuttgart
Zimmer'sche Chronik: Herausgegeben von Karl August Barack. Tübingen 1869
Das Hofener Grüntöffele
Nach mündlicher Erzählung von Wolfgang Zwinz, aufgezeichnet 2004 in der Besenwirtschaft »Beim Booskop« von Sigrid Früh
Das unterirdische Fräulein
Ernst Meier: Deutsche Sagen, Sitten und Gebräuche aus Schwaben. Stuttgart 1852
Der Rotgockeler
Karl Mayer: Unter der Teck, Heimat-Buch für Kirchheim unter Teck und Umgebung. Kirchheim 1920
Die unheimliche Witwe
Nach mündlicher Erzählung, aufgezeichnet von Sigrid Früh
Das weiße Fräulein vom Kahlenstein bei Bietigheim
Ernst Meier: Deutsche Sagen, Sitten und Gebräuche aus Schwaben. Stuttgart 1852
Die Hexen von Vaihingen an der Enz
Bernhard Baader: Volkssagen aus dem Lande Baden und den angrenzenden Gegenden, Band I, Karlsruhe 1851

Der Spuk im Schafhof in Rommelshausen
Nach mündlicher Erzählungen eines heutigen Schafhofbesitzers, der dies oft von seiner Mutter gehört hat, aufgezeichnet von Sigrid Früh
Schertlins Schatz in Mauren
Nach mündlicher Erzählung, aufgezeichnet von Sigrid Früh
Wie der Hohenstaufen wurde
Württembergische Volksbücher: Sagen und Geschichten, Band I. Stuttgart o. J.
Die Scheinlichter
Pleibel: Hohenstaufen und Rechberg mit ihren Umgebungen. Urach 1860
Der Gefangene im Wäscherschloss
Karl Weitbrecht: Württemberg wie es war und ist. Stuttgart 1898
Sage vom Ranzenpuffer
Ernst Meier: Deutsche Sagen, Sitten und Gebräuche aus Schwaben. Stuttgart 1852
Die Eisenbahn und der Teufel
Ernst Meier: Deutsche Sagen, Sitten und Gebräuche aus Schwaben. Stuttgart 1852
Die Erscheinung des Teufels
Ernst Meier: Deutsche Sagen, Sitten und Gebräuche aus Schwaben. Stuttgart 1852
Der Lindwurm bei Stuttgart
Anton Birlinger: Volksthümliches aus Schwaben. Freiburg 1861
Das versunkene Schatzschloss
Ernst Meier: Deutsche Sagen, Sitten und Gebräuche aus Schwaben. Stuttgart 1852
Das Fraulein vom Schlossberg
Anton Birlinger: Aus Schwaben. Sagen, Legenden, Aberglauben. Wiesbaden 1874
Der Fuchseckschäfer
Ernst Meier: Deutsche Sagen, Sitten und Gebräuche aus Schwaben. Stuttgart 1852
Die Geister auf dem Wolfschlugener Rathaus
Heimatblätter vom oberen Neckar
Das graue Männle mit den feurigen Augen
Volks- und Anzeigeblatt 1952
Die unheimliche Gesellschaft am Zuckmantel
Nach mündlicher Erzählung, aufgezeichnet von Sigrid Früh
Der Geist beim Endersbacher Brückle
Diese Geschichte wurde Sigrid Früh 1973 von einem Rommelshäuser erzählt, der aber nicht genannt werden wollte

Das Schulmeistergrab
Erzählt 1983 von Elise Blessing,
sie hat diese Geschichte von ihrer Mutter gehört,
aufgezeichnet von Sigrid Früh
Der Fole im Spittelwald
Eberhard Benz: Der Häseltrog, Sagen und Geschichten aus Schönbuch und Gäu. Böblingen 1951
Der ewige Jäger
J. Binder: Heimatbuch für den Bezirk Leonberg. Leonberg 1924
Der Bobbele von Poppenweiler
Anton Birlinger: Volksthümliches aus Schwaben. Freiburg 1861
Die Oberhofener Kirche bei Göppingen
Ernst Meier: Deutsche Sagen, Sitten und Gebräuche aus Schwaben. Stuttgart 1852
Der wilde Jäger im Schurwald
Nach mündlicher Erzählung, aufgezeichnet von Sigrid Früh
Der Leonberger Schimmelreiter
Anton Birlinger: Volksthümliches aus Schwaben. Freiburg 1861
Das steinerne Weib aus Wiesensteig
Ernst Meier: Deutsche Sagen, Sitten und Gebräuche aus Schwaben. Stuttgart 1852
Der Mönch von Marbach
Anton Birlinger: Volksthümliches aus Schwaben. Freiburg 1861

Von Schelmen und Schlawinern

Bruder Lustig
Ernst Meier: Deutsche Volksmärchen aus Schwaben. Stuttgart 1852
Der Lügner
Anton Birlinger: Aus Schwaben. Sagen, Legenden, Aberglauben. Wiesbaden 1874
Der Pfarrer und die Gartendiebe
Isolde Kurz: Aus meinem Jugendland. Tübingen 1918
Der bibelfeste Wengerter
Nach mündlicher Erzählung, aufgezeichnet 1990 von Sigrid Früh
Ein braver Schwabe in der Hölle
Nach mündlicher Erzählung, aufgezeichnet von Sigrid Früh
Der Heiland von Gablenberg
Nach mündlicher Erzählung, aufgezeichnet von Sigrid Früh
Die Hasenfalle
Isolde Kurz: Aus meinem Jugendland. Tübingen 1918

Der Lügenschmied von Cannstatt

Heinrich Bebels Schwänke, herausgegeben von Albert Wesselski. Leipzig 1907

Der Röhrle

Württembergische Volksbücher: Sagen und Geschichten, Band II. Stuttgart o. J.

Der Pfeffer von Stetten

Nach mündlicher Erzählung von Elsa Götz, aufgezeichnet 1995 von Sigrid Früh

Der Altstadthannes

August Lämmle: Spinnstubengeschichten. Stuttgart 1917

Der Rössleswirt von Cannstatt

Rudolf Kapff: Schwäbische Sagen. Jena 1926

Der Botnanger Kuckuck

Michael Greiner: Mein Stuttgart. Stuttgart 1949

Wittleders Esel

Württembergische Volksbücher: Lustige Geschichten aus Schwaben, Band I. Stuttgart o. J.

Der Fehler

Eugen Geiger: Was in Feuerbach die Amseln pfeifen. Stuttgart 1936

Der Schaffle von Feuerbach

Eugen Geiger: Was in Feuerbach die Amseln pfeifen. Stuttgart 1936

Schimpfen will er

C. Belschner: Schwäbischer Humor. Ludwigsburg 1938

Der kurzsichtige Dorfbader

Württembergische Volksbücher: Lustige Geschichten aus Schwaben, Band I. Stuttgart o. J.

Gansloser Streiche

Ernst Meier: Deutsche Sagen, Sitten und Gebräuche aus Schwaben. Stuttgart 1852

Mit gesündigt, mit gebüßt

Württembergische Volksbücher: Lustige Geschichten aus Schwaben, Band I. Stuttgart o. J.

König Friedrich I. von Württemberg und seinen Schimmel

Württembergische Volksbücher: Lustige Geschichten aus Schwaben, Band I. Stuttgart o. J.

Ein Stuttgarter Original

Michael Greiner: Schwäbische Originale. Stuttgart 1939

Der anspruchsvolle Bäcker

Württembergische Volksbücher: Lustige Geschichten aus Schwaben, Band I. Stuttgart o. J.

Die neun Esel

Eberhard Benz: Der Häseltrog, Sagen und Geschichten aus Schönbuch und Gäu. Böblingen 1951

Der schlechte Weg

Theodor Griesinger: Schwäbische Familienchronik. Stuttgart 1859

Zweierlei Uhren

August Lämmle und Hans Reyhing: Das Herz der Heimat. Stuttgart 1924

Bildquellen

Seite 59: Ezéchiel de Mélac. Gemälde von Georg Philipp Schmitt, o. J.
Seite 60 und Seite 61: Die Weiber von Schorndorf und Göppingen. Aus: Eugen Schneider: Bilderatlas zur Württembergischen Geschichte, 1913.
Seite 70: Gänsebrunnen. Stadtverwaltung Backnang.
Seite 73: Sibylle von der Teck. Aus: Sagen und Geschichten. Württembergische Volksbücher, Band 2.
Seite 74: Der Rauber. Zeichnung von August Seyffer, 1814.
Seite 77: Esslingen am Neckar. Stich von Friedrich Müller, um 1810.
Seite 79, Seite 81, Seite 87, Seite 97: Zeichnungen von A. Federer, 1898.
Seite 82: Hohenurach. Aus dem Skizzenbuch von Ochsenbach, um 1620.
Seite 91: Heiliger Urban. Mit freundlicher Genehmigung von Wilhelm Bauer, Stuttgart-Bad Cannstatt.
Seite 101: Herrenberg. Aus dem Kieserschen Forstlagerbuch, 1683.
Seite 102: Schäferlauf. Nach einem Bild von Johann Baptist Pflug.
Seite 104: Herzog Ulrich. Archiv Silberburg-Verlag.
Seite 119: Göppinger Stadtbrand. Ölbild von C. N. Kleemann, 1782.
Seite 127: Murrhardt. Aus der Kleinsträttlschen Kartographie, um 1665.
Seite 130: Der Mops von Winnenden. Foto: Silberburg-Verlag/Häussermann, 2004.
Seite 134: Illustration zu Schillers »Verbrecher aus verlorener Ehre«, Kupferstich von Carl Arnold Gonzenbach, 1817.
Seite 144: Justinus Kerner. Bleistiftzeichnung von A. Duttenhofer.
Seite 152: Christian Friedrich Daniel Schubart. Kreidezeichnung der Zeit.
Seite 157: Sankt Dionys und Frauenkirche zu Esslingen. Lithographie von Auguste Mathie, um 1840.
Seite 159: Cannstatt. Stich von Gabriel Bodenehr, um 1720.
Seite 170: Weilheim unter Teck. Aus dem Kieserschen Forstlagerbuch.
Seite 173: Vaihingen an der Enz. Zeichnung von G. W. Kleinsträttl, 1664.
Seite 176: Hohenstaufen. Kupferstich von August Seyffer, um 1815.
Seite 178: Wäscherschlössle. Lithographie von Eduard Keller, 1839.
Seite 195: Göppingen. Auf einer Landkarte, um 1534.
Seite 198: Marbach am Neckar, Schillers Geburtshaus. Stich, um 1817.
Seite 220: Waiblingen. Aus dem Kieserschen Forstlagerbuch, 1685.

Alle anderen Abbildungen: Xylographien von Ludwig Richter, um 1850.